ー文庫

死への旅

アガサ・クリスティー

奥村章子訳

Agatha Christie

早川書房

5465

DESTINATION UNKNOWN

by

Agatha Christie

Translated by
Akiko Okumura
Published 2016 in Japan by
HAYAKAWA PUBLISHING, INC.
This book is published in Japan by
arrangement with
AGATHA CHRISTIE LIMITED
through TIMO ASSOCIATES, INC.

わたしと同様に外国旅行が大好きな
アンソニーに捧ぐ

死への旅

登場人物

トーマス・ベタートン……………………失踪した科学者
オリーヴ・ベタートン……………………トーマスの妻
ボリス・グリドル…………………………トーマスのいとこ
カルヴィン・ベイカー
ミス・ヘザリントン
アンリ・ローリエ ……………………旅行者
アリスタイディーズ………………………大富豪
アンドルー・ピーターズ…………………化学者
トルキル・エリクソン……………………物理学者
ヘルガ・ニードハイム……………………内分泌学者
バロン………………………………………細菌学者
ポール・ヴァン・ハイデム………………オランダ人の大男
ドクター・ニールスン……………………副所長
サイモン・マーチソン……………………科学者
ビアンカ・マーチソン……………………サイモンの妻
ヒラリー・クレイヴン……………………自殺を望んでいる女
ジェソップ…………………………………イギリス情報部の部員
ルブラン……………………………………フランス情報部の部員

第一章

机の向こうに座っている男は、ずっしりとしたガラス製のペーパーウエイトを五センチほど右へ動かした。その男の顔は、考えごとをしているとか物思いにふけっているとかいうより、たんに表情が乏しいと形容するのがぴったりだった。色が白いのは、一日の大半を電灯の下で過ごしているからだ。たいていの者は彼のことを、毎日オフィスでデスクワークをしている人間だと思うにちがいない。オフィスが地下のまがりくねった長い廊下の奥にあるのも、なぜか妙に似合っていた。年齢をいい当てるのはむずかしい。そこそこ年をとっているようにも見えるし、若くも見える。肌はすべすべとしていてしわひとつないが、目は疲労の色に覆いつくされていた。

その部屋にはもうひとり、年輩の男がいた。軍人風のちょびひげを生やした色黒のその男は落ち着きがなく、ひどく気が立っているようだった。現にいまも、じっと座っていることができずにせかせかと部屋のなかを歩きまわって、ときおり感情を爆発させた。「もううんざりだ！」と、彼は怒鳴るようにいった。「報告、報告、報告とつぎからつぎへとよこしてはくるものの、役に立つ情報はなにひとつないんだからな！」それを聞いて、机の向こうに座っている男は目の前の書類に視線を落とした。いちばん上の書類の表紙には〝ベタートン、トーマス・チャールズ〟と書いてあるが、その名前のうしろにはクエスチョンマークがついている。

机の男が思案顔でうなずいた。

「くわしく調べてみたら、なんの役にも立たないことがわかったんですか？」

年輩の男は肩をすくめた。

「いや、はっきりとそういいきることはできないが」

机の男がため息をついた。

「問題はそこなんですよ。なにひとつはっきりしない点です」

年輩の男は、機関銃が一斉射撃をはじめたような勢いでまくしたてた。「ローマからもトゥレーヌからも報告が入ってきてるんだ。リヴィエラで見かけた、アントワープで目撃した、オスロで間違いなく本人だと確認した、ビアリッツにそれらしき人物が姿をあらわした、ストラスブールで不審な行動をとっていた、オステンドのビーチでブロンド美人と一緒にいた、グレイハウンドを連れてブリュッセルの通りを歩いていた、などという報告も！　動物園でシマウマの首に抱きついていたという報告はまだ届いてないが、そのうち届くだろうよ！」

「じゃあ、これだと思えるものはなかったんですね、ウォートン大佐？　ぼくはアントワープからの報告に期待してたんですが、まだなにもつかめてないんです。もちろん、すでに――」若いほうの男は途中で言葉を切った。一瞬、昏睡状態におちいったかのように見えたが、すぐに抜け出して途切れ途切れに先をつづけた。「そう、たぶん……しかし――どうでしょうかね」

ウォートンはいきなり椅子の肘掛けに腰を下ろした。

「とにかく、なにがなんでも突き止めないことには」と、ウォートンは強い口調でいった。「なぜ、どのようにして、どこへ行ったのかを徹底的に解明する必要がある。お抱えの科学者がひと月にほぼひとりの割合でいなくなっているというのに、なぜ、どのようにして、どこへ行ったのか、わからないようでは困るじゃないか！　はたして、彼らはわれわれの思っているところへ行ったのだろうか？　これまではそうにちがいないと思っていたが、もはや確信が持てなくなってきた。ベタートンに関するアメリカからの最新の報告にはすべて目を通したのか？」

若いほうの男がうなずいた。

「世の中のだれもがそうであったときには左翼思想に傾倒していたものの、一時的なことで、すぐに冷めたようです。ベタートンは戦前から地道に研究をしてたんですが、注目されることはありませんでした。マンハイムがドイツから亡命してくると、マンハイムのアシスタントに選ばれ、やがてマンハイムの娘と結婚します。マンハイムが死んだあともベタートンはひとりでこつこつと研究をつづけ、ZE核分裂の驚異的な発見で一躍名を馳せました。あれはまさに革命的なすばらしい発見で、彼を超一流の原子物理学者にのし上げたんです。目の前には輝かしい未来が開けていたというのに、結婚後すぐに妻を亡くして打ちのめされたベタートンは、アメリカからイギリスへ渡ってきました。ハーウェルの原子力研究所で仕事をするようになったのは一年半前のことです。なお、ベタートンは六カ月前に再婚しています」

「再婚相手にはなにも問題がないのか？」と、ウォートンが鋭くたずねた。

若いほうの男はまたうなずいた。

「ええ、調べがついた範囲ではなにも。田舎の事務弁護士の娘で、結婚前は保険会社に勤めてました。政治に強い関心を持っていたということもないようです」

「ZE核分裂か」ウォートンは顔をしかめてにがにがしげにいった。「そういったこむずかしいことはさっぱりわからん。おれは頭が古いんだ。原子がどういうものか想像もつかないのに、原子爆弾やら原子核分裂やらZE核分裂とやらには全世界を吹っ飛ばすだけの威力があるというんだから！　おまけに、ベタートンはその分野の権威のひとりだそうじゃないか！　ハーウェルでの評判はどうだったんだ？」

「人柄はよかったみたいですよ。仕事に関しては注目を浴びるほどのめざましい進展はなく、ZE核分裂の応用について研究していただけのようです」

ふたりはしばし黙り込んだ。彼らの会話はとりとめがなく、思いついたことをそのまま口にしているだけだった。机の上には極秘扱いの報告書が積み上げてあるが、たいしたことは書かれていない。

「こっちへ来たときには、もちろん徹底的な審査を受けたんだよな」と、ウォートンがいった。

「ええ、結果は充分に満足できるものでした」

「一年半か」ウォートンは思慮深げにつぶやいた。「だれでもまいってしまうんだよ。厳重な警備のもとで暮らしていると、つねに監視されているような、または隔離されているような気になって、神経衰弱におちいったり頭がおかしくなったりするものだ。おれはそういう例を何度も目にした。彼らはそのうち、理想の世界を夢見るようになる。自由、人類同胞主義、すべてを分かち、人類の利益のために働く！　そんなことを考えはじめたときに、くだらん連中がいまだとばかりにつけ込んでくるんだ」ウォートンが鼻をこすった。「科学者ほどだましやすい人種はいないと、いかさま霊媒師はみないうらしい。なぜなのかはわからんが」

若いほうの男はうんざりしたような笑みを浮かべた。

「たしかにそうかもしれません。自分たちはなんでも知っていると思ってますからね、科学者は。だから危ないんだ。だが、われわれは違う。われわれは謙虚です。世界を救おうなんて大それたことは考えず、ごみをひとつふたつ拾ったり、邪魔になる障害物を取り除いたりするだけですから」そういうと、指で軽く机をたたきながらしばらく考え込んだ。「ベタートンのことがもっとくわしくわかればいいんですが。経歴や業績ではなく、彼の素顔を語る日常のエピソードを知りたいんです。どんなジョークが好きで、腹を立てるのはどんなときだったかとか、だれを尊敬し、だれを嫌っていたかというようなことを」

ウォートンは興味をそそられて相手を見た。

「妻はどうなんだ――話をしたんだろ？」

「ええ、何度か」

「なんの助けにもならなかったのか？」

若いほうの男は肩をすくめた。

「これまでのところは、まったく」

「なにか知っているようなのか？」

「もちろん、本人はなにも知らないといってます。心配、嘆き、不安といったおきまりの反応を示して、思い当たる節はない、夫の言動に不審な点はなにひとつなく、いつもどおりに生活し、ストレスを感じている様子も見受けられなかったと繰り返すだけで。夫は誘拐されたというのが彼女の推測です」

「でも、きみは信用してないわけか？」

「ぼくには性格的な欠点があるんですよ」若いほうの男は自嘲《じちょう》気味にいった。「だれの話も信用しないという欠点が」

「なるほど」ウォートンはおもむろに応じた。「しかし、広い心を持たないとな。で、ベタートンの妻はどんな女性だ？」

「ブリッジが好きそうな、ごく平凡な女性です」

ウォートンは、それですべてがわかったといわんばかりにうなずいた。

「となると、ますます厄介だな」

「じつは、いまここに来てるんです。また同じ話を繰り返すことになるはずですが」

「しかたなかろう」と、ウォートンがいった。「ただし、おれはご免だ。忍耐力がないので」そういって立ち上がった。「きみの仕事の邪魔をしては悪いから、そろそろ引きあげることにするよ。捜査はなかなか進展しそうにないようだな」

「ええ、残念ながら。できれば、オスロからの報告を念入りに洗い直してもらえませんか？　見込みがあるかもしれないので」

ウォートンはうなずいて部屋を出ていった。残された男は机の上の電話に手を伸ばした。

「ベタートン夫人に会うから、お通ししてくれ」

男が椅子に座ったまま宙を見つめていると、ドアにノックの音がしてオリーヴ・ベタートンが部屋に入ってきた。二十七歳前後の背の高い女性で、もっとも目を引くのは、とび色の美しい髪だ。しかし、その美しい髪に縁取られた顔は少しも魅力的ではなかった。赤毛の女性がたいていそうであるように、目は青みがかった緑色で、まつげの色は薄い。男は夫人が化粧をしていないことに気づき、あいさつをかわして机の脇の椅子をさりげなくすすめながら、その理由について考えた。そして、なにか隠しているのではないかという疑念をわずかながら強めた。

激しい悲しみや不安にさいなまれている女性が化粧をせずに人前に出てくるのを、彼はいまだかつて見たことがなかった。女性は悲しみや不安が顔に与えたダメージに気づき、ありとあらゆる手をつくしてそれを隠そうとするものだ。オリーヴ・ベタートンは、取り乱した妻の役を演じつづけたほうがいいと考えて、わざと化粧をせずに来たのだろうか？

彼女はさっそく喘《あえ》ぐような口調でたずねた。

「それで、なにかわかったんですか、ミスター・ジェソップ？」

ジェソップと呼ばれた男は、かぶりを振って静かに答えた。

「わざわざ来ていただいて、すみません。残念ながら、お知らせできるような確たる情報はなにもないんです」

ベタートン夫人はすかさずいった。

「そうですか。お手紙にそう書いてありましたから、わかってはいたんですが、もしかして──新しい情報が入ったのかもしれないと思って──ああ！　でも、呼び出してもらってよかったと思ってるんです。家にこもってひとりで考えていると、気が滅入るばかりで。だって、どうすることもできないんですもの！」

ジェソップはなだめるようにいった。

「まことに恐縮なんですが、さしつかえなければきょうもまた同じ話をして、同じ質問を繰り返したり、要点をしぼり込んだりしたいんです。そうすることによって、ちょっとした問題点が浮かびあがってくるかもしれませんから。これまで思いつかなかったことや、わざわざ話す価値などないと思ってらしたことが」

「ええ、ええ、わかります。かまいませんから、なんでも訊いてください」

「最後にご主人の姿を見たのは八月二十三日でしたよね？」

「そうです」

「ご主人はその日、学会に出席するためにパリへ向かわれたんですね」

「ええ」

ジェソップはさっさと先をつづけた。

「ご主人が学会に出たのは最初の二日間だけで、三日目は姿をあらわさなかった。同僚には、バトームーシュに乗りにいくといったそうです」

「バトームーシュ？　バトームーシュってなんですか？」

ジェソップが笑みを浮かべた。

「セーヌ河の遊覧船です」そういって、ベタートン夫人に鋭い視線を投げかけた。「ご主人らしくないとお思いなんですか？」

ベタートン夫人はあいまいに返事をした。

「ええ、まあ。学会で議論される問題に強い関心を持っているのだとばかり思ってましたから」

「あなたのおっしゃるとおりだったのかもしれませんよ。ただし、三日目のテーマにはあまり関心がなかったので、一日だけ観光を楽しむことにしたんじゃないでしょうか。それでもご主人らしくないとお思いですか？」

ベタートン夫人は無言でうなずいた。

「ご主人はその夜、ホテルに戻らなかった」ジェソップはさらに先をつづけた。「でも、確認が取れたかぎりでは、国境を越えた形跡はないんです。もちろん、自分のパスポートを使ってという意味ですが。ご主人がパスポートをもう一通——おそらく偽名のパスポートを——持っていた可能性はありませんか？」

「とんでもない。そんなものを持っているはずがないでしょ？」

ジェソップがベタートン夫人を見つめた。

「家でたまたま見かけたというようなことは？」

ベタートン夫人は激しくかぶりを振った。

「いいえ。信じられないわ。信じろというほうが無理です。あなたたちは主人が自分の意思で姿を消したってことにしたいようだけど、そんな話、ぜったいに信じませんからね。なにか事故が起きたんですよ。あるいは——記憶喪失におちいったのかも」

「健康状態には問題がなかったんですか？」

「ええ。仕事のしすぎで疲れがたまることはあったようですが、それだけです」

「悩んだり、落ち込んだりしていたことは？」

「悩みなんかなかったし、落ち込んでいたこともありません！」ベタートン夫人は、震える手でハンドバッグのなかからハンカチを取り出した。「なんだか恐ろしいわ」声も震えていた。「わたしにはどうしても信じられないんです。主人がわたしになにも告げずにどこかへ出かけたことなど、一度もなかったんですよ。きっと主人の身になにか起きたんだわ。誘拐されたとか、襲われたとか。そんなことは極力考えないようにしてるんですが、そうにちがいないと思うこともあるんです。主人はもう死んだのかもしれません」

「待ってください、ミセス・ベタートン。そんなふうに考えるのは早すぎます。亡くなったのなら、遺体が発見されているはずです」

「そうとはかぎらないと思います。世間ではいろいろと恐ろしいことが起きてるじゃないですか。主人はだれかに溺れさせられたのかもしれないし、下水道に突き落とされたのかもしれません。パリではなにが起きても不思議じゃないわ」

「いや、パリは非常に治安のいい街ですよ、ミセス・ベタートン」

ベタートン夫人は目頭からハンカチを離し、目に怒りをたぎらせてジェソップを見つめた。

「あなたたちの考えてることはわかってますが、それは間違いです！　主人は国の大事な秘密を売ったりもらしたりするような人間じゃありません。共産主義者でもないし、人に知られて困るようなことはいっさいないんです」

「政治に対してはどのような考えをお持ちだったんですか？」

「アメリカにいたときは共和党を支持していたようです。イギリスに来てからは労働党に投票してました。政治にはあまり関心がなかったんです。根っからの科学者でしたから」ベタートン夫人は挑むような口調でつけたした。「それも、非常に優秀な」

「ご主人が優秀な科学者だったことはわかってます」と、ジェソップがいった。「そこがいちばんの問題点なんですよ。優秀な科学者なら、強い誘いを受けてどこかよその国へ行った可能性もあるので」

「それはありません」夫人はまたもや怒りをたぎらせた。「新聞が勝手に騒ぎたててるだけですよ。それに、わたしを取り調べるあなたたちも。でも、そんなことはぜったいにないわ。主人がなにも打ち明けず、黙ってわたしのもとから姿を消すはずがありません」

「じゃあ、ご主人はなにもおっしゃらなかったんですか——まったくなにも？」

ジェソップはふたたびベタートン夫人に鋭い視線を向けた。

「ええ。わたしは主人がいまどこにいるか知らないんです。主人は誘拐されたんです。そうでなければ、先ほどもいったように、すでに死んだのかもしれません。でも、もし死んだのなら、知りたいんです。早く知りたいんです。気を揉みながらじっと待つなんて、これ以上できないわ。食事も喉を通らず、夜もろくに眠れないんです。心労で、体の調子が悪いんです。なんとかしてください。あなたたちにはどうすることもできないんですか？」

ジェソップは立ち上がり、机のまわりを一周してつぶやくようにいった。

「すみません、ミセス・ベタートン。お気持ちはお察しします。ただし、われわれも、ご主人の身になにが起きたのか突き止めるためにあらゆる努力をしてるんです。毎日、あちこちから続々と報告も入ってきています」

「あちこちって、どこからですか？」と、ベタートン夫人がすぐさまたずねた。「なにを報告してくるんですか？」

　ジェソップはかぶりを振った。

「報告書には隅から隅まで目を通して、大事な情報とそうでないものをより分けたりもう一度調べ直したりしてるんですが、残念ながら、漠然としたものばかりで」

「とにかく、わたしは主人の消息が知りたいんです」ベタートン夫人の声がまた震えた。

「こんな状態のままじゃ、耐えられません」

「心からご主人を愛してらっしゃるんですか、ミセス・ベタートン？」

「もちろん愛してます。だって、結婚して半年しかたってないんですよ。たった半年しか」

「ええ、知ってます。こんなことを訊くのは失礼かもしれませんが、ご主人と喧嘩をしたことはないんですか？」

「ありません！」

「ほかの女性をめぐるトラブルは？」

「あるわけないでしょ。いまもいったように、わたしたちは今年の四月に結婚したばかりなんですよ」

「誤解しないでほしいんですが、べつにあなたがたの仲のよさを疑ってるわけじゃないんです。ただ、ご主人のとつぜんの失踪の原因になりそうなことはすべて検討してみる必要があるので。最近、ご主人が悩んだり落ち込んだりしていたことはないとおっしゃいましたよね。興奮したりいらいらしたりすることもなかったんですか？」

「ええ、まったく！」

「ご主人のような仕事をしていると神経が過敏になりやすいんです。厳重な警備体制のもとで仕事をしているわけですから。いや」――ジェソップはベタートン夫人にほほ笑みかけた――「いらいらするのが普通ですよ」

ベタートン夫人はほほ笑み返さなかった。

「主人は普段と同じでした」と、無表情にいった。

「仕事は楽しかったんでしょうか？　あなたに仕事の話をしたことはありますか？」

「いいえ。むずかしくて、わたしにはわかりませんから」

「あなただって、ご主人が自分の研究に――人類を破滅に導く可能性のある研究をしていることに――良心の呵責を感じていなかったと思っておられるわけじゃないでしょう？　科学者はときどき良心の呵責に駆られるんです」

「わたしにはなにもいいませんでした」

「いいですか、ミセス・ベタートン」ジェソップはそれまでの冷静な態度をほんの少し変えて、机の上に身を乗り出した。「ぼくはご主人のことを理解しようとしてるんです。ご主人がどんな人物だったのかを。なのに、なぜかあなたは協力してくれない」

「わたしにこれ以上なにをしろというんですか？　質問にはすべて答えてるじゃないですか」

「ええ、たしかに。でも、なにを訊いても消極的な答えしか返ってこないので。ぼくは、もっと積極的で、かつ建設的な答えを求めてるんです。ぼくのいわんとすることがわかりますか？　どんな人物なのか知っていたほうが、捜しやすいんですよ」

ベタートン夫人は一瞬考え込んだ。「わかりました。いえ、わかったような気がします。じゃあ、お話ししましょう。トムはほがらかで、温厚な人でした。それに、もちろん頭はよかったわ」

ジェソップが苦笑した。「それじゃ、ご主人の長所を並べたてただけじゃないですか。ぼくは、ごく親しい人しか知らないことを教えてほしいんです。本はよく読んでましたか？」

「ええ、かなり」

「どんな本を？」

「さあ、伝記が多かったかしら。それに、読書クラブの推薦本も。疲れたときは犯罪小説やなんかも読んでました」

「じゃあ、ごく一般的な読者だったんですね。とくに好みはなかったんですね。トランプやチェスはしましたか？」

「ブリッジはしてました。わたしも一緒に、エヴァンズ博士ご夫妻と、週に一度か二度」

「友人は大勢いましたか？」

「ええ、人付き合いは上手なほうでした」

「そういうことではなくて、ぼくが知りたいのは、ご主人が友人との付き合いを大事にしてたかどうかです」

「近所の人たちとゴルフを楽しむことはありました」

「親友や幼なじみはいなかったんですか？」

「ええ。だって、主人はずっとアメリカで暮らしてたんですよ。それに、生まれたのはカナダだし。こっちにはあまり親しい人がいなかったんです」

ジェソップはかたわらの紙切れに目をやった。

「つい先ごろ、アメリカから三人の人物が訪ねてきたはずです。ここにその三人の名前が書いてあります。われわれが調べたかぎりでは、最近ご主人が接触を持った、いわゆる〝外部の人間〟はその三人だけのようです。それで、われわれもとくに注目したんです。ひとり目はウォルター・グリフィスという男で、彼はあなたがたを訪ねてハーウェルへ来ましたよね」

「ええ。旅行でイギリスへ来たついでに訪ねてくれたんです」

「で、ご主人の反応は？」

「驚いてはいたものの、喜んでました。アメリカでは親しくしていたようですから」

「そのグリフィスという人物は、あなたの目にどんなふうに映りました？　印象を話してください」

「どんな人かはご存じなんでしょ？」

「ええ、知ってます。でも、あなたがどう思ったか知りたいんです」

ベタートン夫人はしばらく考えてから話しはじめた。

「もったいぶったところがあって、まわりくどい話をする人でした。わたしに対しては礼儀正しい態度をとってましたが、主人とは気心の知れた仲のようで、主人がイギリスへ来てから向こうで起きたことの話をしてました。すべて仲間の噂話だったように思います。向こうの人を知らないわたしにとっては、おもしろくない話でした。いずれにせよ、わたしはふたりが旧交をあたためているあいだに食事の支度をしてたんですが」

「政治の話は出なかったんですか?」

「ミスター・グリフィスは共産主義者だとおっしゃりたいのね」ベタートン夫人が顔を紅潮させた。「わたしはそうじゃないと思います。彼は役所で働いてるんですよ——地方検事事務所かなにかで。それに、アメリカで行なわれている例の魔女狩りのことを主人が冗談半分に批判すると、イギリスにいるきみたちにはわからないだろうが、あれはやむを得ないことなんだと、ミスター・グリフィスが真剣な口調で反論したんです。なのに、共産主義者のはずがないわ！」

「お願いですから、興奮しないでください、ミセス・ベタートン」

「主人は共産主義者じゃありません！　何度もそういってるのに、信じてないのね」

「信じてますよ。でも、これはないがしろにできない大事な問題なんです。さあ、つぎは、ご主人が接触を持ったふたり目の外国人であるマーク・ルーカス博士の話に移りましょう。彼には、ロンドンのドーセット・ホテルでばったり会ったんですよね」

「ええ。お芝居を見にいって、そのあとドーセット・ホテルで食事をしたんです。そしたら、その、ルークだかルーカスだかいう人がとつぜんあらわれて、主人にあいさつしたんです。なにが専門なのかは知りませんが、とにかく化学者で、主人がイギリスへ来てからは一度も会っていないようでした。ドイツの亡命者で、アメリカの市民権を取ってるそうです。もちろんあなたは——？」

「すでに知っているってことですか？　ええ、知ってます。ご主人は彼に会って驚いてましたか？」

「ええ、とても驚いてました」

「うれしそうでしたか？」

「ええ、まあ」

「確信はないんですか？」ジェソップはさらに追及した。

「主人は彼のことがあまり好きじゃなかったようです。あとでそういってましたから」

「たまたまばったり会っただけなんですね？　近いうちにまた会おうというような約束はしなかったんですね？」

「ええ、そんな約束はしませんでした」

「なるほど。ご主人が接触を持った三人目の外国人はキャロル・スピーダー夫人で、同じくアメリカ人です。知っていることを話してもらえませんか？」

「たしか、彼女は国連の仕事をしてるんだと思います。主人がアメリカにいたときの知り合いなんですが、とつぜん電話をかけてきて、いまロンドンにいるので、出てきて一緒にお昼を食べないかとわたしたちを誘ったんです」

「それで、出かけていったんですね」

「いいえ」

「あなたは行かなかったが、ご主人は行ったんですよ！」

「なんですって！」ベタートン夫人が目を丸くした。

「ご主人から聞いてらっしゃらないんですね」

「ええ」

ベタートン夫人は理解に苦しみ、激しく動揺しているようだった。ジェソップはいささか気の毒に思ったが、容赦はしなかった。ようやくなんらかの手がかりをつかんだような気がしたからだ。

「おかしいわ」ベタートン夫人は不安のにじむ声でつぶやいた。「どうして話してくれなかったのかしら」

「ふたりは八月十二日の水曜日に、スピーダー夫人が泊まっていたドーセット・ホテルで一緒に昼食をとってます」

「八月十二日？」

「そうです」

「そういえば、たしかに主人はそのころロンドンへ行きました……わたしにはなにもいいませんでしたが――」ベタートン夫人はまた途中で言葉を切って、いきなりジェソップに質問した。「どんな女性なんですか？」

ジェソップは、相手を安心させるような口調ですばやく答えた。「けっして魅力的な女性じゃありませんよ、ミセス・ベタートン。三十代で、有能なキャリアウーマンといった感じですが、容姿は十人並みです。彼女がご主人と親密な関係を持っていたということは断じてありません。だから、一緒に食事をしたことをご主人がなぜあなたに話さなかったのか、不思議で」

「そうですよね」

「よく考えてください。そのころ、なにかご主人の変化に気づきませんでしたか？　八月のなかばごろ、つまり、ご主人が学会に出席するためにフランスへ発つ一週間ほど前に」

「いいえ――気づきませんでした。まったく、なにも」

ジェソップはため息をついた。

机の上の電話が小さな音を立てたので、ジェソップが受話器を取った。

「どうした？」

相手の声が聞こえてきた。

「ベタートン事件のことで責任者に会いたいといって、男の方がお見えになってますが」

「名前は？」

電話の相手は遠慮がちに咳払いをした。

「読み方がわからないので、綴《つづ》りをいいます」

「わかった。いってくれ」

ジェソップはメモ用紙に綴りを書き取った。

「ポーランド人か？」書き終えると、いぶかるような口調で訊いた。

「さあ、本人はなにもおっしゃいませんでした。流暢な英語をお話しになりますが、少し訛《なま》りがあります」

「待たせておいてくれ」

「承知しました」

ジェソップは受話器を置いて、ベタートン夫人に視線を戻した。オリーヴ・ベタートンはあきらめたような、拍子抜けするほどおだやかな顔をして静かに座っていた。ジェソップは名前を書いたメモ用紙をはぎ取って、彼女の前へ差し出した。

「こういう名前の人物をご存じですか？」

ベタートン夫人は、メモ用紙を見るなり目を見開いた。ジェソップには、彼女がはっとしたように見えた。

「ええ、知ってます。手紙をもらいましたから」

「いつ？」

「きのうです。その人は主人の最初の奥さんのいとこで、イギリスへ着いたばかりだそうです。主人が失踪したことをひどく気にかけて、なにかわかったかどうか、手紙でたずねてきたんです。わたしに心から同情するとも書いてありました」

「それまでは彼のことを知らなかったんですね」

ベタートン夫人がうなずいた。

「ご主人が彼の話をしたことは？」

「ありません」

「じゃあ、いとこだというのは嘘かもしれないわけですね」

「ええ、もしかすると。そんなこと、考えてもみなかったんですが」ベタートン夫人は驚いているようだった。「でも、主人の最初の奥さんは外国人だったんです。マンハイム教授の娘でしたから。手紙を読んだかぎりでは、その男の人は主人や主人の最初の奥さんのことをよく知っているようでした。言葉遣いもていねいで、やけに堅苦しくて――

—なんというかその、いかにも外国人風だったんです。だから、嘘をついているようには思えませんでした。いずれにせよ、もしそうだったら——もしその人が偽物なら——なんのために手紙をよこしたんですか？」

「いや、人間は疑り深い動物なんですよ」ジェソップはうっすらと笑みを浮かべた。「疑ってばかりいると、ささいなことがばかでかく見えてくるようになるんです」

「ええ、そうかもしれません」ベタートン夫人はいきなりぶるっと体を震わせた。「なんだか、迷路のような廊下の奥にあるこの部屋みたいだわ。けっして抜け出すことのできない悪い夢を見ているようで……」

「たしかに、ここにいると閉所恐怖症に似た症状があらわれるんです」と、ジェソップが茶化すようにいった。

ベタートン夫人は片手を上げて、額に垂れた髪を払いのけた。

「もうこれ以上耐えられません。なにもしないでじっと待ってるなんて。できることなら、気分転換にどこかへ行きたいわ。たとえば、外国へでも。新聞記者が朝から晩まで電話をかけてくることもなく、人にじろじろ見つめられることもないところへ。こっちにいたら友だちにも会うし、そのたびに、なにかわかったかって訊かれるんですよ」ベタートン夫人はしばらく間を置いてふたたびつづけた。「そのうち——気が変になるかもしれません。しっかりしなきゃと思ってずいぶん頑張ったんですが、もう限界です。お医者さまも、ただちに三、四週間の転地静養をしたほうがいいとおっしゃってるんです。診断書を書いてもらったので、お見せします」

ベタートン夫人はバッグのなかをまさぐって一通の封筒を取り出すと、机の上を滑らせてジェソップの前に置いた。

「お読みになってください」

ジェソップは封筒から診断書を出して読んだ。

「なるほど。よくわかりました」

診断書をふたたび封筒に戻した。

「じゃあ――行ってもいいんですか？」ベタートン夫人がおずおずとジェソップを見た。

「もちろんですよ、ミセス・ベタートン」ジェソップは驚いたように眉を吊り上げた。

「いいに決まってるじゃないですか」

「反対されると思ってたんです」

「反対？　なぜですか？　どこへ行こうと、あなたの自由です。ただし、留守中にあらたな情報が入るかもしれないので、連絡がつくようにしておいてもらえますか？」

「わかりました」

「で、どこへ行くつもりなんですか？」

「太陽の光に満ちていて、イギリス人があまりいないところです。スペインかモロッコにしようと思ってるんですが」

「そうですか。きっといい気分転換になるでしょう」

「ありがとうございます。では、これで」

ベタートン夫人は喜んでいそいそと立ち上がった——しかし、まだどこか不安げだった。

ジェソップも立ち上がって握手をかわし、ブザーを押してアシスタントを呼んだ。アシスタントがオリーヴ・ベタートンを送っていくと、ジェソップはふたたび椅子に腰を下ろした。ジェソップの顔はそれまでと同様に無表情だったが、しばらくすると、ゆっくりと頬をほころばせて受話器を取った。

「では、グリドル少佐に会おう」

第二章

「グリドル少佐、ですね？」ジェソップはためらいがちに呼びかけた。

「いや、読みにくい名前なんです」と、相手は鷹揚《おうよう》に理解を示した。「戦争中はあなたのお国の人たちにグライダーと呼ばれていましてね。いまはアメリカに住んでいるので、グリンと名前を変えようかと思っています。そのほうがなにかと便利なので」

「じゃあ、アメリカからいらしたんですか？」

「はい、一週間前に。失礼ですが、あなたがミスター・ジェソップですか？」

「そうです」

グリドル少佐はまじまじとジェソップを見つめた。

「なるほど。お噂は聞いております」

「えっ？　だれから？」

少佐が笑みを浮かべた。

「話が少々先へ進みすぎたようですね。じつは、いくつかおたずねしたいことがあってこちらへうかがったのですが、まずは、アメリカ大使館からの手紙をお渡ししておきましょう」

少佐はお辞儀をして手紙を差し出した。ジェソップは手紙を受け取り、形式的な短い紹介文を読んで机の上に置くと、品定めするように相手を見た。グリドル少佐は背が高く、歳は三十前後で、物腰がやけにぎこちない感じがした。髪はブロンドで、ヨーロッパの流行を真似て短く刈り込んでいる。注意深くゆっくりと話す英語には強い外国訛りがあるが、文法的な間違いはない。少佐が緊張も不安も覚えていないことにはジェソップも気づいていたが、それ自体、じつにめずらしいことだった。この部屋に来る者はたいてい、緊張したり興奮したり不安を覚えたりするからだ。彼らはときに話をはぐらかし、ときには激高した。

しかし、いま目の前にいる男はみごとに感情を押し殺してポーカーフェースをよそおい、自分がなんのためになにをしようとしているか心得ていて、こっちがどんなにたくみに水を向けようと、必要なこと以外はひとこともしゃべりそうになかった。そこで、ジェソップは精いっぱい愛想よくたずねた。

「で、なにをお知りになりたいんですか？」

「つい最近とつぜん姿を消して世間を騒がせたトーマス・ベタートンの消息について、あらたにわかったことはないかと思いまして。新聞に書いてあることを鵜呑《うの》みにするわけにはいかないので、確実な情報を得るにはどこへ行けばいいか、そういった事情に通じた知人に訊いてみたところ、ここへ来るのがいちばんだと教えられたものですから」

「残念ながら、ベタートンの消息に関してはわれわれも確たる情報をつかんでないんです」

「もしかすると、彼はなんらかの任務を帯びて外国へ派遣されたのではないでしょうか」グリドル少佐はいったん言葉を切り、声をひそめてつけたした。「つまりその、極秘の任務を帯びて」

「いいですか」ジェソップは顔をしかめた。「ベタートンは科学者で、外交官や諜報員ではないんですよ」

「すみません。しかし、肩書きは信用できませんから。わたしがなぜこの件に興味を持っているのか不思議にお思いでしょうが、トーマス・ベタートンとわたしは縁戚関係にあるのです」

「知ってます。あなたは、亡くなったマンハイム教授の甥にあたるんですよね」

「おや、すでにご存じなんですね。さすがだな」

「いろんな人間が来て、いろんな話をしてくれますから」と、ジェソップはさらりとかわした。「じつは、ベタートン夫人がここに来て、あなたの話をしたんです。彼女に手紙を出したそうですね」

「ええ。なぐさめたかったし、なにかわかったことがあれば教えてほしかったので」

「それはそれは」

「わたしの母はマンハイム教授のただひとりの妹で、ふたりは非常に仲がよかったのです。ワルシャワで過ごした子供時代はしょっちゅうおじの家に遊びにいっていたので、わたしにとって、おじの娘のエルザは妹のような存在でした。わたしは早くに両親を亡くし、それからは、おじやエルザと一緒に暮らすようになったのです。あのころは幸せでした。ところが、戦争がはじまって恐怖と悲劇に見舞われ……いや、その話はよしましょう。とにかく、おじとエルザはアメリカへ逃げました。わたしはヨーロッパで地下抵抗運動に参加し、戦後もある任務を与えられていました。その間、おじといとこのエルザには、一度会いにいっただけでした。けれども、やがて任務が終了してヨーロッパにいる必要がなくなったので、わたしはアメリカへの移住を決意しました。おじや、すでに結婚していたエルザの近くで暮らそうと、いえ、ぜひそうしたいと思ったのです。ところが」――グリドル少佐が両手を広げた――「アメリカへ行ってみると、おじもエルザもすでに亡くなっており、エルザの夫はイギリスに渡って再婚していました。わたしはふたたび家族を失ったわけです。そうこうしているうちに、エルザの夫だった有名な科学者、トーマス・ベタートンが失踪したことを新聞で知り、なにか自分にできることはないかと思ってイギリスへ来たのです」そこまで話すと、ジェソップに問いかけるようなまなざしを向けた。

ジェソップは無表情に少佐を見つめ返した。

「彼はなぜ失踪したのですか、ミスター・ジェソップ？」

「われわれもそれが知りたいんです」と、ジェソップが応じた。

「あなたがたはご存じじゃないのですか？」

ジェソップはたがいの役割がいとも簡単に逆転しつつあることに気づいて、興味を引かれた。彼はその部屋でいつも人にあれこれと質問しているのに、いまは、とつぜん訪ねてきたグリドル少佐のほうが尋問官のようだった。

それでも、ジェソップはにこやかな笑みを浮かべて返事をした。

「いいえ、ほんとうに知らないんです」

「でも、察しはついているのでしょう？」

「この件もパターンを踏むんじゃないかとは思ってます」ジェソップは慎重に言葉を選

んだ。「いくつか似たような事件が起きてるんです」

「知ってます」少佐は五、六人の名前を立てつづけに並べあげて、「全員、科学者です」と、その点が重要だといわんばかりにつけたした。

「ええ」

「みな、鉄のカーテンの向こうへ行ったのではないでしょうか」

「その可能性はありますが、くわしいことはわかりません」

「でも、彼らは各自の自由意思にもとづいて姿を消したのでしょう？」

「それも、しかとはわかりません」と、ジェソップがいった。

「よけいなことに首を突っ込むなとお思いでしょうね」

「とんでもない」

「いいえ、そう思われてもしかたありません。ただし、わたしが興味を持っているのはベタートンの事件だけです」

「失礼ですが、そこがよくわからないんです」と、ジェソップがいった。「あなたにとってベタートンはいとこの結婚相手というだけで、会ったこともないんですよね」

「おっしゃるとおりです。しかし、われわれポーランド人にとって親戚は家族同然なので、放っておけないのです」少佐は立ち上がって、うやうやしくお辞儀をした。「お仕事のお邪魔をして申しわけありませんでした。わざわざ会っていただいて、感謝しています」

　ジェソップも立ち上がった。

「お役に立てなくてすみません」と、ジェソップが謝った。「しかし、われわれもまったく手がかりがつかめずにいるんです。なにかわかった場合はどこへお知らせすればいいんでしょう？」

「アメリカ大使館に伝えておいていただければけっこうです。よろしくお願いします」

少佐はふたたび深々とお辞儀をした。

　ジェソップはブザーを鳴らし、グリドル少佐が出ていくのを待って受話器を手に取った。

「ウォートン大佐に来てもらってくれ」

　ウォートンが部屋に入ってくるなり、ジェソップがいった。

「ようやく動きが出てきました」

「どんな？」

「ミセス・ベタートンが外国へ行きたがってるんです」

　ウォートンが口笛を吹いた。

「亭主と合流するつもりなのか？」

「だといいんですが。彼女は、主治医におあつらえむきの診断書を書いてもらって持ってきました。転地静養が必要だという診断書を」

「すばらしいじゃないか！」

「でも、もちろん、そのとおりだという可能性もありますから」と、ジェソップがウォートンに警告した。「それが嘘いつわりのない真実だという可能性も」

「そう思う者などひとりもいないさ」と、ウォートンがいった。

「たしかに。それにしても、みごとな演技でしたよ。言葉に詰まることもなく、すらすらとしゃべってました」

「あらたなことはなにも聞き出せなかったのか？」

「ひとつだけ、ちょっとした手がかりがつかめました。ドーセット・ホテルでベタートンと昼食をともにしたスピーダー夫人のことです」

「というと？」

「ベタートンはそのことを妻に話してなかったんです」

「なるほど」ウォートンはしばらく考え込んだ。「それが、彼の失踪と関係があるとでも？」

「ええ、もしかすると。キャロル・スピーダーは非米活動調査委員会に喚問されたことがあるんです。本人は無実を主張したものの、身の潔白を証明することは……つまり、アカだというレッテルをはがすことはできませんでした。ベタートンと食事をしたのは、連絡を取るためだったのかもしれません。ベタートンと接触した人物のなかで怪しいのは彼女だけなんです」

「妻のほうはどうなんだ？　最近だれかと会って、外国行きをそそのかされたというようなことはないのか？」

「直接会ったわけではありませんが、きのうポーランド人から手紙を受け取ってます。その男はベタートンの先妻のいとこで、さっき、あらたにわかったことがないかどうかたずねにここへ来たんです」

「どんなやつだ？」

「妙な男でした」と、ジェソップはいった。「不自然なほど礼儀正しくて、くわしいことまでいろいろ知っていて、どうも胡散《うさん》臭いんです」

「きみは、その男がベタートンの妻を連れにきたと思ってるのか？」

「ええ、まあ。でも、確信はありません。なんとも不可解な男で」

「監視をつけるのか？」

ジェソップがにやりとした。

「ブザーを二度鳴らしておきました」

「抜け目のないやつだな——感心するよ」ウォートンは事務的な口調に戻った。「で、作戦は？」

「ジャネットを使っていつものようにやるつもりです。スペインかモロッコで」

「スイスじゃないのか？」

「ええ、今回は」

「連中だって、スペインやモロッコじゃやりにくいはずだが」

「敵を甘く見てはいけませんよ」

ウォートンは苦虫を嚙みつぶしたような顔をして、指先で機密書類をめくった。

「ベタートンが目撃されてないのはその二カ国だけだよな」と、くやしそうにいった。

「よし、徹底的にやろう。もし今度しくじったら——」

ジェソップは椅子の背にもたれかかった。

「ぼくはもうずいぶん長いこと休暇をとってないんです。そろそろこの部屋にも飽きてきたし、ちょっと外国旅行でもしようかと思って……」

第三章

1

「エールフランス、パリ行き一〇八便にご搭乗のお客様はこちらへお越しください」

ヒースロー空港の待合室にいた乗客がいっせいに立ち上がった。ヒラリー・クレイヴンもトカゲ革の小さな旅行鞄を持って、ほかの乗客とともに滑走路に出た。暖房のきいた待合室から外に出ると、風の冷たさが身にしみた。

ヒラリーはぶるっと体を震わせて毛皮の襟巻きをきつく巻きつけると、待機している飛行機のほうへ歩いていった。ついにそのときが来たのだ！　脱出するときが！　どんよりと曇った寒いイギリスからも、気持ちを萎えさせてしまうみじめな思いからも逃れて、青い空から太陽の光が燦々《さんさん》と降りそそぐ土地であらたな生活をはじめるときが。長いあいだ重くのしかかっていた苦悩と絶望は、すべてイギリスに置いていくつもりでいた。飛行機のタラップをのぼって頭を下げながらなかに入ると、男性の客室乗務員が座席に案内してくれた。ここ数カ月のあいだ激しくうずきつづけていた心の痛みは、もう消えていた。「きっと逃げ出せるわ」と、彼女は期待をこめてつぶやいた。「かならず逃げ出してみせるわ」

飛行機のエンジン音とプロペラのうなりは——その野性的な響きは——興奮をかき立てた。文明社会の苦悩ほどつらいものはない。陰鬱《いんうつ》で、救いようがないからだ。「でも、もうこれで脱出できるんだわ」と彼女は思った。

飛行機がゆっくりと滑走路を走りだすと、スチュワーデスの声が聞こえた。

「シートベルトをお締めください」

飛行機は直角に向きを変えて離陸の許可を待った。「もしかすると、この飛行機は墜落するかも……もしかすると、離陸に失敗するかもしれない。そうしたら、すべてが終わって、なにもかも解決するのよね」と、ヒラリーは考えた。飛行機は滑走路にとまったまま、なかなか離陸しそうにない。自由を求めて飛び立つ瞬間を待ちわびていたヒラリーの頭を、ふとばかげた思いがよぎった。「いや、逃げ出せないかもしれない。永遠にここに閉じ込められることになるかもしれない——まるで、囚人のように……」

やっと機体が動いた。

エンジン音がますます大きくなって飛行機が前進し、徐々に速度を増した。ヒラリーはそれでもまだ、「浮き上がらないかもしれないわ。きっと無理よ……これでおしまいね」と思った。しかし、機体はすでに地面を離れたようだった。ただし、飛び立ったというより、地球が落下していくような感じで、飛行機が高度を上げて誇らしげに雲のなかへ突っ込んでいくと、地球はみずからが抱えるさまざまな問題や苦悩の重みでどんどん落っこちていった。一定の高度に達して機体が旋回すると、はるか下方におもちゃのような空港が見えた。やけに細い道路も、細い線路の上を走る小さな電車も見えた。人々が愛したり憎んだり悲嘆に暮れたりしている場所が、子供じみた滑稽《こっけい》な世界のように思えた。そんな、やけにみみっちくてちゃちで滑稽な世界など、もうどうでもよかった。やがて、灰色がかった分厚い雲が眼下の視界をさえぎった。ドーバー海峡にさしかかったのだ。ヒラリーは座席にもたれて目を閉じた。とうとう脱出したのだ。イギリスも、ナイジェルも、可哀相なブレンダの眠る小さな墓も、すべてを捨てて。彼女はいったん目を開けたが、長いため息をつきながらふたたび閉じて、ほどなく眠りのなかへといざなわれた。

2

目を覚ましたときには飛行機が降下をはじめていた。「パリに着いたんだわ」と思いながらヒラリーは体を起こして、ハンドバッグを手に取った。しかし、そこはパリではなかった。スチュワーデスが通路を歩いてきて、乗客のなかには気分を害する者もいたはずの、保母兼家庭教師のようなはつらつとした声でいった。

「パリは霧が濃いので、ボーヴェに着陸することになりました」

まるで、「すてきだと思いませんか、みなさん？」といっているようだった。座席の横の小さな窓から外を見たが、なにも見えない。どうやらボーヴェも霧が濃いようで、飛行機はゆっくり旋回している。しばらくしてようやく着陸すると、乗客はじめっとした冷たい霧のなかを歩かされて、わずかな椅子と長い木製のカウンターがひとつあるだけの粗末な木造の建物へ案内された。

ヒラリーは憂鬱《ゆううつ》になったが、なんとか気を取り直そうとした。

「戦時中の古い飛行場だから、暖房も快適な設備もないんですよ」と、近くにいた男性が小声でささやいた。「でも、幸いここはフランスなんで、酒は出てくるはずだ」

案の定、鍵束を手にしたひとりの男がすぐにやって来て、乗客をなぐさめるためにさまざまな種類の酒をふるまった。そのおかげで、乗客は長いあいだ待たされても文句をいわず、いらだつこともなかった。

数時間はなにごともなく過ぎたが、そのうち、パリに着陸できずに行き先を変更した飛行機がつぎからつぎへと霧のなかから姿をあらわして、滑走路に着陸した。するとたちまち、寒さと予定が狂ったことに不平をもらす人たちで狭い待合室がいっぱいになった。

だが、ヒラリーは事態をさほど深刻に受け止めていなかった。まだ夢を見ているようだったので、ありがたいことに、現実を直視せずにすんだのだ。パリに着くのは少し遅れるが、待てばなんとかなると思っていた。彼女の旅は——脱出の旅は——まだ途中だった。彼女はすべてから逃れて、再出発をはかる土地へ行く途中だった。ずっとそう思っていた。うんざりするほど長いこと待たされたあげく、日が暮れてずいぶんたってから、乗客をパリへ運ぶバスが到着したと知らされて待合室がざわめいても、彼女の気持ちに変化はなかった。

乗客や航空会社の係員や荷物を運ぶポーターが体をぶつけ合いながら暗がりのなかをバスへと急ぎ、一時はあたりが大混乱におちいった。けれども、ヒラリーがバスに乗り込んで両脚がつま先まで氷のように冷たくなっているのに気づいたときにはもう、バスはパリに向かって霧のなかをゆっくりと走りだしていた。

退屈なバスの旅は四時間つづき、アンヴァリッドに着いたのは真夜中だった。ヒラリーはほっとしながら荷物を受け取ると、予約していたホテルへタクシーを飛ばした。食事をする気力もないほど疲れていたので、熱い風呂に入ってそのままベッドにもぐり込んだ。

カサブランカ行きの飛行機は翌朝の十時三十分にオルリー空港を発《た》つ予定だったが、ヒラリーが空港に行ったときはまだダイヤが大幅に乱れていた。多くの飛行機がヨーロッパ各地の空港に臨時着陸したために、それらの飛行機が遅れて到着し、そのせいで出発便にも遅れが出ていたのだ。

搭乗カウンターにいた疲れきった様子の係員は、肩をすくめてこういった。

「予約なさっていた飛行機に乗るなんて、不可能ですよ！　みなさまに予定の変更をお願いしてるんです。少しお待ちいただければ、なんとかできると思います」

しばらくするとヒラリーは係員に呼ばれ、ダカール行きの飛行機にひとつ空席があると告げられた。通常、ダカール行きの便はカサブランカを経由しないのだが、今回だけ特別に寄るという。

「これにお乗りになれば、当初の予定より三時間遅れるだけです」

ヒラリーは文句ひとついわずに係員の提案を受け入れた。係員は彼女の態度に驚くのと同時に、喜んでもいるようだった。

「お客さまには見当もつかないでしょうが、今朝はさんざんな目にあいましてね」と、係員がぼやいた。「とにかく、みなさん理不尽にわたしをお責めになるんです。わたしがパリの空を霧で覆ったわけじゃないのに。それで、収拾がつかなくなってしまって。予定を変更するのはたしかに不愉快なことですが、おおらかな気持ちで受け入れるしかないと思うんです。だって、一、二時間、いえ、たとえ三時間遅れたところでどうってことないじゃないですか。どの便に乗ろうと、カサブランカに着きさえすればそれでいいわけでしょう？」

だが、その日にかぎって、それがそのフランス人係員が想像だにしなかったほどの重大な意味を持つことになった。ヒラリーがカサブランカに着いて、太陽が燦々と降りそそぐ滑走路に降り立つと、手押し車に荷物を積んですぐそばを歩いていたポーターがこういったのだ。

「あんたは運がいいよ、マダム。先に着くはずだったカサブランカ行きの定期便に乗らなくて」

「どうして？　なにかあったの？」と、ヒラリーが訊いた。

ポーターはこっそりあたりを見まわしたが、いずれわかることだと思い、ヒラリーのほうへ身を乗り出して、内緒話をするような低い声でいった。

「大惨事《モヴエ・ザフエール》さ！　墜落したんだよ——着陸に失敗して。操縦士もほかの乗務員も、それに、乗客もほとんど死んだ。生存者は四、五人で、病院に運ばれたけど、かなりの重傷を負った人もいるらしい」

それを聞いてヒラリーがまっ先に感じたのは、激しい怒りだった。そして、とつぜんつぎのような思いが頭に浮かんだ。「どうしてわたしはその飛行機に乗ってなかったの？　乗っていれば、なにもかも終わってたはずなのに——死んで、すべてから解放されてたはずなのに。もう心を痛めることも、みじめな思いをすることもなかったはずよ。墜落した飛行機に乗っていた人たちは、生きたいと思ってたにちがいないわ。でも、わたしは——そんなこと思ってないのよ。なのに、どうして死ねなかったの？」

彼女は税関で形だけの入国審査を受けると、タクシーに荷物を積み込んでホテルへ向かった。陽はすでに西に傾きかけていたが、光に満ちた心地いい午後だった。澄んだ空気も金色に輝く太陽の光も、想像していたとおりだった。やっと来たのだ！　苦しみもみじめな思いも迷いも、霧に覆われた寒くて暗いロンドンに残して、太陽の光とあざやかな色彩に包まれて人々が生き生きと暮らしているこの土地へ。

ホテルの部屋に入るとベッドルームを横切り、窓の鎧戸《よろいど》を開けて通りを見下ろした。そのとき目にした光景も思い描いていたとおりのものだった。彼女はゆっくりと窓辺を離れて、ベッドの端に腰かけた。脱出、脱出！　その言葉は、イギリスを発って以来ずっと頭のなかで鳴り響いていた。脱出。脱出。だが、どこへ行こうと逃げ出すことなどできないのだとはたと気づいて、恐怖と悪寒に襲われた。

なにもかもロンドンにいたときと同じだった。彼女自身もヒラリー・クレイヴンのままだった。ヒラリー・クレイヴンであることから逃げ出したかったのに、はるばるモロッコまでやって来たヒラリー・クレイヴンは、ロンドンにいたときのヒラリー・クレイヴンとなにひとつ変わっていない。彼女は小さな声で独り言をいった。

「ああ、なんてばかだったのかしら――ほんとうにばかだわ。どうして、イギリスを離れたら気持ちも変わるなんて思ったのかしら？」

ブレンダは痛ましい小さな墓で眠り、ナイジェルはもうすぐ再婚しようとしている。なぜ、イギリスを離れたらブレンダのこともナイジェルのこともそれほど気にならなくなると思ったのだろう？　たんにそう思いたかっただけなのだ。しかし、彼女のはかない願いはかなえられず、ふたたび現実に直面した。どこへ行こうと自分は自分だということに気がついたのだ。それに、忍耐には限界があることにも。耐える理由があるかぎり人はどんなことにでも耐えられるとヒラリーは思っていた。彼女は長きにわたる自分自身の闘病生活にも、ナイジェルの浮気にも、妻である彼女に対する思いやりのかけらもない冷酷な態度にも耐えてきた。ブレンダがいたからこそ耐えることができたのだ。しかし、そのブレンダが病《やまい》にかかり、徐々に病状が悪化してついに息を引き取ると、もはや生きる目的がなくなってしまった。彼女はモロッコに来てはじめてそのことを悟った。ロンドンにいたときは、遠くへ行きさえすればイギリスでのことは忘れてあらたにやり直せるという、見当違いの妙な考えに取りつかれていた。だから、過去とはなんの関わりもないこの土地への旅の切符を買ったのだ。はじめて訪れるモロッコは太陽が燦々と降りそそぎ、空気がきれいで、エキゾチックな人やものとのあらたな出会いがあるという、彼女が求めていた条件にぴったりだった。だから、なにもかも変わると思い込んでいたのだが、なにも変わりはしなかった。すべてもとのままだった。それはじつに明白で、否定のしようがなかった。それに気づいたヒラリーは、生きる意欲を完全に失った。それもきわめて明白だった。

もし、霧に邪魔されることなく予約していた飛行機で旅をつづけていれば、悩みはすでに解決していた。いまごろはどこかの遺体安置所に横たわり、たとえ体は傷だらけでばらばらになっていたとしても、彼女の心はもはや思い悩むことなくやすらぎに浸っていたはずだ。もちろん、同じような結末を迎えることも可能だが、それにはいささか手間がかかる。

睡眠薬を持ってきていれば、ことは簡単だった。いまでもはっきりと覚えているが、睡眠薬がほしいと彼女が頼むと、グレイ医師はいぶかしげな表情を浮かべてこういった。

「それはどうでしょうかね。薬に頼らずに眠る努力をしたほうがいいと思いますよ。最初はつらいかもしれないが、そのうち眠れるようになるはずです」

グレイ医師があんな顔をしたのは、こうなることがわかっていたからだろうか？　彼女を疑っていたからだろうか？　しかし、手間がかかるといってもたいしたことではない。彼女は意を決して立ち上がった。これから街に出て、薬局を探すのだ。

3

ヒラリーはこれまで、外国では簡単に睡眠薬が手に入るものだとばかり思っていた。ところが、意外にもそうではなく、最初に見つけた薬局は二錠しか売ってくれなかった。医者の処方箋がなければそれ以上は売れないのだそうだ。彼女は平静をよそおってにっこり笑いながら薬局の主人に礼をいい、足早に戸口へ向かった。そのとき、たまたま店に入ってきた、しかつめらしい顔をした長身の若い男とぶつかり、男が英語で謝った。彼女が店を出ていくときには、男は店の主人に歯磨き粉はないかとたずねていた。

彼女はなぜかそれを滑稽に思った。歯磨き粉とは、あまりに普通であまりに平凡なので、かえっておかしかったのだ。が、つぎの瞬間、鋭い痛みが胸をつらぬいた。その男が探していた歯磨き粉は、かつてナイジェルが好んで使っていたのと同じ製品だったのだ。彼女は通りを渡って向かいの薬局に入り、あと二軒べつの薬局に寄ってホテルに戻った。一軒目の店でぶつかったまじめそうな若い男が三軒目の店にも姿をあらわして、店の主人にしつこく例の歯磨き粉のことをたずねているのを耳にしたときは、思わずくすっと笑いそうになった。フランス人が経営しているカサブランカの薬局は、どこもその製品を置いていないらしい。

ヒラリーはさばさばとした気分で服を着替え、化粧を直して食事に行く準備を整えた。食堂へ下りていくのはわざと遅らせた。飛行機で一緒だった乗客や乗務員と顔を合わせるのはいやだった。だが、乗ってきた飛行機は最終目的地のダカールへ向けて飛び立ったし、カサブランカで降りたのは彼女だけのようだったので、いずれにせよ、顔を合わす可能性は低かった。

ようやく下りていくと、食堂は閑散としていたが、昼間、薬局に歯磨き粉を買いにきていた、しかつめらしい顔をした若い男が壁際のテーブルについていた。イギリス人らしいその男はすでに食事をすませて、熱心にフランスの新聞を読んでいる。

ヒラリーは豪華な食事とハーフボトルのワインを注文し、酔いしれるような興奮を味わいながら、「これが最後の冒険なのよね」と、心のなかでつぶやいた。食事を終えると、ヴィシー水をひと瓶、部屋へ持ってきてくれるように頼み、食堂を出て部屋に戻った。

ヴィシー水を持ってきたウエイターは、栓を開けて瓶をテーブルの上に置くと、おやすみなさいといって出ていった。ヒラリーはほっとため息をついた。ウエイターがドアを閉めると、ヒラリーはさっさと戸口へ歩いていって内側から錠に鍵を差し込み、薬局で手に入れた小さな包みを四つ、鏡台の引き出しから取り出した。包みのなかに入っていた錠剤はいったんテーブルの上に置き、グラスにヴィシー水をついだ。あとは、錠剤を口に入れて、ヴィシー水で喉の奥に流し込めばいいだけだ。

彼女は服を脱ぎ、ガウンを羽織ってテーブルの前に座った。心臓は早鐘を打っていた。恐怖に似た思いも感じていたが、その恐怖はとても魅惑的で、彼女をひるませて計画を思いとどまらせるたぐいのものではなかった。彼女は非常に落ち着いていて、自分がなにをしようとしているか、はっきりと理解していた。これでついに脱出できるのだ――今度こそ、ほんとうに。遺書を残そうかどうか考えながらライティングテーブルに目をやったが、結局、やめておくことにした。身内もいないし、親しい友人もいない。別れを告げたい人はだれもいない。ナイジェルに遺書を残せば後悔させることができるかもしれないが、不必要に苦しめたくはなかった。おそらく彼は、ミセス・ヒラリー・クレイヴンが睡眠薬の飲みすぎでカサブランカで死亡したという新聞記事を目にして、その小さな記事を額面通りに受け取るだろう。「ヒラリーも可哀相に。運が悪かったんだ」といいつつ、内心ほっとするにちがいない。なぜなら、ナイジェルも多少は罪悪感にさいなまれていたようだが、もともと気楽に暮らしたがっていたからだ。

いまや彼女にとってナイジェルは遠い存在で、なぜかまったく気にならなかった。もう、やるべきことはなにもない。睡眠薬を飲み、ベッドに体を横たえて眠るだけだ。そして、その眠りから目覚めることはない。神は信じていなかった――自分ではそう思っていた。ブレンダの死が神への信仰を失わせたのだ。だから、考えることはなにもなかった。ヒースロー空港を飛び立ったときと同様に、また旅人になったのだ。大きな荷物も見送ってくれる人もなく、ひとりで行方の知れない旅に出ようとしている旅人に。こんな解放感を味わったのは生まれてはじめてで、なにをするのも彼女の自由だった。過去はすでに断ち切った。起きているあいだじゅう彼女を悩ませつづけていたみじめな思いも、もう消えた。そう、すべての重荷を下ろして身軽に、そして、自由になったのだ。さあ、いよいよ出発だ！

ヒラリーは最初の一錠を飲もうと思って手を伸ばした。と、そのとき、だれかがそっとドアをノックした。彼女は顔をしかめ、テーブルの前に座ったまま、伸ばした手を途中で止めた。だれだろう――メイドかしら？　いや、ベッドカバーはすでに取りはずされている。ひょっとして、パスポートでも調べに来たのだろうか？　彼女は肩をすくめた。ドアを開けるつもりはなかった。どうして開けなければいけないのだ？　だれだか知らないが、返事をしなければそのまま立ち去って、戻ってくるにしても、しばらくたってからだろう。

ふたたびだれかが、今度は先ほどより強くドアをノックした。それでもヒラリーはじっとしていた。緊急の用などあるはずないので、すぐに立ち去るはずだと思った。

ドアを見つめていたヒラリーは、びっくりして目を大きく見開いた。錠に差し込んでおいた鍵がゆっくりと逆向きにまわったのだ。やがて鍵は鍵穴から飛び出し、カチンと音を立てて床に落ちた。つぎの瞬間には取っ手が回転し、ドアが開いてひとりの男が入ってきた。しかつめらしい顔をした、例の若いイギリス人だった。ヒラリーは目を丸くして男を見つめた。あまりに驚きが激しくて声が出ず、身動きすらできなかった。男はうしろを向いてドアを閉めると、床に落ちた鍵を拾い、錠に差し込んでまわした。すかさずテーブルのそばまで歩いてきた男は、ヒラリーの正面に座って、彼女にはひどく場違いに思える台詞《せりふ》を吐いた。

「ぼくはジェソップという者です」

ヒラリーは頬を紅潮させ、身を乗り出しながら冷ややかな怒りをこめていった。

「いったい、どういうつもりなの?」

相手は真剣なまなざしでヒラリーを見つめ、やがてまばたきをした。

「これはこれは。ぼくも同じことを訊こうと思ってここへ来たんです」そういいながら、錠剤と水が置かれたテーブルにちらっと目をやった。

ヒラリーは鋭くいい返した。

「なんのことか、さっぱりわからないわ」

「いいえ、わかっているはずです」

ヒラリーは懸命に言葉を探した。いいたいことは山ほどあった。怒りをぶちまけて、出ていってくれと叫びたかった。けれども、不思議なことに好奇心が怒りを凌駕《りょうが》して、疑問がごく自然に言葉になり、気がついたときにはもうたずねていた。

「錠に差し込んであったあの鍵はひとりでにまわったの？」

「ああ、あれですか！」男が子供っぽい笑みを浮かべると、すっかり顔つきが変わった。男はポケットに手を突っ込み、金属製の棒のようなものを取り出してヒラリーに渡した。

「それはとても便利なんです。それを外から差し込むと、内側に差し込んである鍵をつかんでまわすことができるんですよ」男はヒラリーからその道具を受け取って、ポケットにしまった。「泥棒の商売道具です」

「じゃあ、あなたも泥棒なの？」

「それはあんまりですよ、ミセス・クレイヴン。ちゃんとノックしたじゃないですか。泥棒はノックなんてしません。でも、あなたがドアを開けてくれそうにないので、さっきの道具を使ったんです」

「でも、なぜ？」

男の目がふたたびテーブルのほうへ向けられた。

「ぼくなら思いとどまりますね。あなたが想像してるのとはずいぶん違うからです。たぶん、すぐに眠ってしまって二度と目を覚ますことはないと思ってるんでしょうが、実際はそうじゃないんです。いろいろ副作用が出るんですよ。たとえば、痙攣《けいれん》とか、壊疽《えそ》とか。すでに耐性ができている場合は薬が効くまで時間がかかるので、もし早いうちにだれかに見つかったら、ひどい目にあいますよ。胃を洗浄されて、無理やりひまし油と熱いコーヒーを飲まされたうえに、顔をたたかれたり体をゆすられたりするんです。つまり、非常にみっともないことになるわけです」

ヒラリーは椅子の背にもたれかかって目を細め、両手を軽く握りしめてつくり笑いを浮かべた。

「おかしな人ね。わたしが自殺しようとしてたとでも思ってるの？」

「ただ思ってるだけじゃありません」ジェソップと名乗る若い男がいった。「はっきり確信してるんです。あなたを薬局で見かけたんですよ、歯磨き粉を買いにいったときに。でも、そこにはいつも使っているのがなかったので、ぼくはほかの店へ行った。そしたら、そこにもあなたがいて、睡眠薬を買っていた。これはちょっとおかしいと思ってあとをつけたんです。結局、あなたは何軒もの店で睡眠薬を買ったわけだけど、その目的はひとつしかないでしょう？」

ジェソップはくだけた感じで親しげに話をしたが、その口調は自信に満ちていた。ヒラリーは白《しら》を切るのをやめて相手を見た。

「人の自殺を止めようとするなんて、よけいなおせっかいだと思わない？」

ジェソップはしばらく考えてからかぶりを振った。

「思いません。見て見ぬふりをしているわけにはいかないんです――わかってください」

ヒラリーはきっぱりとした口調でいった。「とりあえずは止められるかもしれないわ。その薬を捨てればいいんだから――窓からでも投げ捨てれば。でも、わたしがふたたび薬を買いにいくのを止めることはできないし、ビルの最上階から飛び下りたり、走ってくる列車に飛び込んだりするのを止めることもできないはずよ」

ジェソップはまた考え込んだ。

「たしかに、そこまでは。でも、あなたがほんとうにそんなことをするかどうかわかりませんからね。あすになってみないことには」

「あすになったら気が変わるとでも思ってるの？」ヒラリーは怒りをこめて訊いた。

「人の気持ちはころころ変わりますから」と、ジェソップは弁解がましくいった。

「まあね」ヒラリーもしばらく考え込んだ。「激しい絶望に駆られて自殺をしようとしてるのなら、ひと晩寝れば気が変わるかもしれないわ。でも、冷めた絶望の場合は違うはずよ。わたしは生きる目的をなくしてしまったの」

ジェソップはしかつめらしい顔を横に倒してまばたきをした。

「おもしろいことをいいますね」

「とんでもない。おもしろくなんかないわ。わたしはおもしろみのない女よ。愛していた夫に捨てられ、ひとり娘は髄膜炎で苦しみながら死んでいき、親しい友人も身内もいないの。仕事もしてないいし、絵を描いたり手芸をしたりする趣味もないの」

「つらいのはわかります」ジェソップは同情を示して、ためらいながらつけたした。「でも、悪いことだとは思わないんですか？」

ヒラリーは語気を強めた。「どうして？　わたしの命はわたしのものよ」

「ええ、そうです」ジェソップはあわてて相槌《あいづち》を打った。「ぼくだって、べつに高尚な倫理観を持ち合わせてるわけじゃないんですが、自殺を罪悪だと考える人もいるので」

「わたしはそのうちのひとりじゃないわ」

ジェソップは間の抜けた返事をした。

「そうですよね」

そのあと、ヒラリーを見つめて、またまばたきをしながら思案をめぐらせた。

「それじゃ、もう、ミスター――」

「ジェソップです」

「それじゃ、もうこのへんでわたしをひとりにしてくれないかしら、ミスター・ジェソップ？」

ジェソップはかぶりを振った。

「いや、だめです。ぼくは背後にある理由を知りたかったんですが、それはわかりました。つまり、こういうことなんでしょう？　あなたは生きる目的をなくし、生きているのがいやになって、死にたいと思ってるんですよね？」

「そうよ」

「よかった」と、ジェソップはうれしそうにいった。「その点はもうはっきりしたわけだ。じゃあ、先に進みましょう。どうしても睡眠薬じゃなきゃだめなんですか？」

「どういうこと？」

「先ほどもいったように、睡眠薬で自殺するのは、世間の人たちが考えているほどロマンティックじゃないんです。ビルから飛び下りるのもあまりおすすめできません。すぐに死ねるとはかぎりませんからね。列車に飛び込むのだって同じです。要するに、ほかにも方法があるってことです」

「いったいなにをいいたいの？」

「ぼくはほかの方法をすすめてるんです。もっとスマートで、しかも、スリルに満ちた方法を。嘘はつきたくないのではっきりいいますが、死にそこなう確率はわずか百にひとつです。でも、たとえ死にそこなったところで、あなたは文句をいわないでしょう」

「なんの話か、さっぱりわからないわ」

「そりゃそうですよ。まだ本題に入ってないんですから。大事な話なんで、長くなると思いますが、かまいませんか？」

「そうね」

ジェソップはヒラリーの気のない返事を無視して、おもむろに話しはじめた。

「おそらくあなたは新聞を読んでいるはずなので、世の中でいまどんなことが起きているかご存じのはずです。じつは、科学者がつぎからつぎへと失踪する事件が起きてるんですが、それもご存じだと思います。一年前にイタリア人の科学者が失踪し、二カ月前には、トーマス・ベタートンという名の若い科学者がとつぜん姿をくらましました」

ヒラリーがうなずいた。「ええ、新聞で読んだわ」

「新聞に載ったのがすべてじゃないんです。姿をくらました人間はほかにも大勢います。全員が科学者だというわけではありません。重要な研究にたずさわっていた若い医者や、化学者や物理学者のほかに、法廷弁護士もひとりいます。しかも、失踪事件はいろんなところで起きてるんです。イギリスはいわゆる自由国家なので、外国へ行きたければいつでも行けるんですが、失踪となると話がべつで、われわれとしては、彼らがどんな理由で姿をくらましてどこへ行ったのか、そして、これも重要なんですが、どのようにして行ったのかを突き止めたいんです。みずからの意思で行ったのか、それとも誘拐されたのか、脅されてしかたなく行ったのか？　なんらかのルートがあるのか――つまり、なんらかの組織が手引きをしているのか、そして、もしそうなら、その組織の究極の目的はなんなのか？　ほかにも謎はいくつもあって、われわれはその答えを知りたいんです。あなたなら、その手助けをしてくれるかもしれないと思って」

ヒラリーはジェソップを見つめた。

「わたしが？　どうやって？　なぜ？」

「トーマス・ベタートンのケースについて、くわしくお話ししましょう。彼は二カ月ほど前にパリで行方をくらましました。妻をイギリスに残して。ベタートンの妻は心労がたたって、体調を崩してしまいました。とにかく、本人はそういってます。彼女は、夫がなぜ、どこへ、どのようにして行ったのか、見当もつかないそうです。彼女の話はほんとうかもしれないし、嘘かもしれません。嘘だと思う人間も何人かいます。ちなみに、ぼくもそのひとりですが」

ヒラリーは知らず知らずのうちに話に引き込まれて、椅子に座ったまま身を乗り出した。ジェソップは先をつづけた。

「そこでわれわれは、気づかれないようにこっそりベタートン夫人を監視する手筈を整えたんです。彼女は二週間ほど前にぼくのところへ来て、気分転換と静養のために外国へ行ってはどうかと医者にすすめられたといいました。イギリスは気候がよくないし、いろんな人につきまとわれるからだそうです——新聞記者や、親戚や、おせっかいな友人に」

ヒラリーはそっけなくいった。「でしょうね」

「たしかにわずらわしいですよね。だから、どこかへ逃げ出したくなったところで、当然といえば当然なんです」

「わたしもそう思うわ」

「でも、うちの部の人間は疑り深いひねくれ屋ばかりなので、ベタートン夫人を厳重に監視することになったんです。彼女はきのう、予定どおりイギリスを発ってカサブランカへ向かいました」

「カサブランカへ？」

「ええ——もちろん、モロッコのほかの街も訪ねるつもりだったようです。人目を忍んでこっそりと、というわけではなく、前もって計画を立てて、予約も取って、じつにおおっぴらに。しかし、ベタートン夫人がモロッコへ来たのは姿をくらますためだったのかもしれません」

ヒラリーは肩をすくめた。

「なぜそのことがわたしと関係あるの？」

ジェソップが笑みを浮かべた。

「あなたの髪が美しい赤毛だからですよ、ミセス・クレイヴン」

「赤毛？」

「ええ。それが、ベタートン夫人のもっとも目につく特徴なんです――まっ赤な髪が。きょう、あなたの乗ったひと便前の飛行機が着陸に失敗して墜落したのは、すでにご存じですよね」

「知ってるわ。わたしもあの飛行機に乗るはずだったの。実際、予約を入れてたのよ」

「それは都合がいい。じつは、墜落した飛行機にベタートン夫人が乗ってたんです。ただし、死んだわけではなく、機体の残骸のなかから救け出されて、いまは病院にいます。医者は、あすまでもたないだろうといってるんですが」

ヒラリーは目をかすかにきらめかせて、もの問いたげにジェソップを見た。

「これで、ぼくがすすめようとしている自殺の方法がわかったはずです。あなたにベタートン夫人になってほしいんです」

「でも、それは無理じゃない？」と、ヒラリーがいった。「向こうはすぐに偽物だと見破るわ」

ジェソップが首をかしげた。

「それは、その〝向こう〟というのがなにを指すかによります。ずいぶんあいまいない方ですからね。〝向こう〟とはなんのことですか？　だれのことですか？　そもそも、そんな組織や人物が実際に存在するんでしょうか？　はっきりしたことはわからないんですが、これだけはいえます。かりに、もっとも一般的な解釈をするのであれば、〝向こう〟の連中は独立した小さなグループに分かれて秘密裏に活動しているはずです。自分たちの身の安全を守るためにそうしてるんです。したがって、もしベタートン夫人の旅に目的があって、その目的にもとづいて計画が立てられたのだとしても、こっちにいる担当者はイギリス国内での仲間の活動についてなにも知らないはずです。彼らは指定された日時にどこかで彼女と接触し、そのあと定められたとおりの行動をとるだけです。ベタートン夫人のパスポートには、身長が百七十センチで、髪は赤く、目は青緑色、口の大きさは中程度で、目立つ痣《あざ》やほくろはないと書かれています。だから、心配いりません」

「でも、ここの警察はきっと――」

「その点は大丈夫です。フランスも若い有能な科学者を何人か失っているので、協力してくれるでしょう。筋書きはこうです。ベタートン夫人は脳震盪《のうしんとう》を起こして病院に収容された。墜落した飛行機に乗っていたクレイヴン夫人も病院に収容されたが、クレイヴン夫人は一両日中に死亡する。一方、ベタートン夫人はまだ万全の体調ではないものの、旅行をつづけるのは可能だと診断されて、退院する。飛行機が墜落したのもベタートン夫人が脳震盪を起こしたのも事実だし、脳震盪というのはあなたの正体をごまかすのにもってこいの口実になります。とんちんかんなことをいったり突飛な行動をとったりしても、大目に見てもらえますからね」

「正気の沙汰じゃないわ！」

「ええ、まあ」と、ジェソップがいった。「それはわかってます。これは非常に困難な任務で、もしわれわれの疑念どおりであれば、おそらくあなたは殺されるでしょう。ぼくは正直に話してるんです。でも、あなたは生きているのがいやになって死のうとしてたわけですよね。列車に飛び込んだりするより、こっちのほうがはるかにスリルがあると思うんですが」

ヒラリーが不意に声を上げて笑いだした。

「たしかに、あなたのいうとおりだわ」

「じゃあ、引き受けてくれるんですね」

「もちろん」

「それなら、のんびりしているわけにはいかない」ジェソップはそういって、勢いよく立ち上がった。

第四章

1

病院のなかはそれほど寒くなかったが、なぜか冷え冷えとしていた。消毒液のにおいが鼻をつき、病室の前の廊下を手押し車が通るたびに、ガラスやその他の器具が触れ合うガチャガチャという音が聞こえる。ヒラリー・クレイヴンは、ベッドの脇に置いてある鉄製のかたい椅子に座っていた。

仄暗《ほのぐら》い明かりに照らされたベッドの上には、頭に包帯を巻いたオリーヴ・ベタートンが意識不明のまま横たわっていた。ベッドの片側には看護婦が立ち、反対側には医者が立っている。ジェソップは部屋の片隅で椅子に座っていた。医者はジェソップのほうを向いてフランス語で話しかけた。

「もうあまり長くはないと思います。脈がどんどん弱くなってきてますから」

「じゃあ、意識が戻ることはないんですか？」

医者は肩をすくめた。

「それはなんともいえません。もしかすると、間際になって戻るかも」

「なんとかできないんですか――強心剤を打つとか？」

医者はかぶりを振って出ていった。看護婦もあとにつづいた。入れ替わりに修道女が病室に入ってきてベッドのかたわらへ寄り、枕元に立ってロザリオをつまぐった。ヒラリーはジェソップに視線を転じ、目配せに応じてそばへ行った。

「医者の話を聞いたでしょう？」と、ジェソップが声をひそめてたずねた。

「ええ。彼女になにかいっておきたいことはある？」

「いや、意識が戻ったら、なんでもいいから聞き出してください。暗号でも、合い言葉でも、伝言でも、とにかく、なんでも。いいですね。彼女も、ぼくよりあなたのほうが話しやすいでしょうから」

ヒラリーはとつぜん感情的になった。

「死のうとしている人をだまして情報を手に入れようとするわけ？」

ジェソップはいつもの癖で、鳥のように小さく首をかしげた。

「あなたはそんなふうに思うんですね」そういって考え込んだ。

「ええ」

ジェソップが真剣な顔をしてヒラリーを見つめた。

「じゃあ、好きなようにすればいい。いっておきますが、ぼくは罪悪感などこれっぽっちも感じてないんです！」

「そりゃそうでしょうよ。仕事なんだもの。彼女に訊きたいことがあるのなら、自分で訊けばいいんだわ。わたしには頼まないで」

「いやなら、けっこうです」

「決めておいたほうがいいと思うことがひとつあるんだけど、もう長くないことを彼女に話すの？」

「さあ、それはどうかな。ちょっと考えさせてください」

ヒラリーはうなずいてベッドの脇に戻った。そのときはじめて、ベッドに横たわって死を待っているベタートン夫人に対する深い同情の念が込み上げてきた。この女性は愛する夫のもとへ行く途中だったのだ。いや、それはジェソップたちの勝手な推理にすぎず、ほんとうは気分転換をするためにモロッコに来て、夫の生死に関する確実な情報が入るまでのんびり過ごそうとしていただけなのだろうか？

時間は刻々と過ぎていき、二時間近くたったときに、修道女がロザリオをつまぐる手を止めて、無表情な低い声でいった。

「なんだか様子がおかしいようです。たぶん、ご臨終が迫ってるんでしょう。お医者さまを呼んできます」

修道女が出ていくと、ジェソップはベッドの反対側へ歩いていって、オリーヴ・ベタートンからは見えないように壁際に立った。オリーヴ・ベタートンはまぶたをひくつかせて目を開けると、青緑色の目でぼんやりとヒラリーを見た。オリーヴ・ベタートンがいったんまぶたを閉じてまた開けたときには、目にとまどいの色が浮かんでいた。

「ここは……？」

その言葉がかすかな息とともに唇からもれたとき、医者が病室に戻ってきた。医者は枕元に立ってオリーヴ・ベタートンを見下ろしながら、手を取って脈を測った。

「ここは病院ですよ、マダム」と、医者が話しかけた。「あなたの乗った飛行機が墜落したんです」

「飛行機が墜落？」

オリーヴ・ベタートンは、弱々しい声で医者の言葉をうわごとのように繰り返した。

「カサブランカにだれか会いたい人はいますか？　だれかに伝えておきたいことはありますか？」

オリーヴ・ベタートンはやっとの思いで医者の顔を見上げた。

「いいえ」

そして、ふたたびヒラリーを見た。

「あなたは――あなたは――」

ヒラリーは身をかがめて、聞き取りやすいようにはっきりと話した。

「わたしもイギリスから来たんです。なにかわたしにできることがあったら、いってください」

「いいえ――ないわ――なにも――ただ――」

「ただ、なんですか？」

「なんでもないの」

オリーヴ・ベタートンのまぶたがまたひくついて、なかば近くまで閉じられた。ヒラリーが顔を上げると、さっさと聞き出せといいたげにジェソップがこっちを見た。ヒラリーは大きくかぶりを振った。

ジェソップが歩み出て、医者のとなりに立った。オリーヴ・ベタートンがもう一度目を開けたとたん、その目がきらりと光った。

「知ってるわ、あなたを」

「ええ、あなたはぼくをご存じです。ご主人のことで、なにか話しておきたいことはありませんか、ミセス・ベタートン？」

「いいえ」

オリーヴ・ベタートンのまぶたがまた閉じられた。ジェソップはそっと背を向けて病室を出た。医者はヒラリーを見て静かにいった。

「ご臨終《セ・ラ・ファン》です」

オリーヴ・ベタートンのまぶたがまた開いた。彼女の視線はゆっくりと宙をさまよったあとで、ヒラリーにそそがれた。オリーヴ・ベタートンがかすかに手を動かしたので、ヒラリーはその青白くて冷たい手を思わず自分の両手で包み込んだ。医者は肩をすくめ、会釈をして出ていった。病室にいるのはヒラリーとオリーヴ・ベタートンだけになった。

オリーヴ・ベタートンは懸命になにかいおうとした。

「お願い――教えて――」

ヒラリーは、オリーヴ・ベタートンがなにを教えてほしがっているのか気づくのと同時に自分はなにをすべきか悟り、ぐったりとベッドに横たわっているオリーヴ・ベタートンの上へ身を乗り出した。

「そうよ」力を込めてはっきりといった。「あなたはもうすぐ死ぬのよ。知りたいのはそのことでしょ？　ねえ、よく聞いて。わたしはあなたのご主人を捜し出して伝言を伝えてあげるわ。ご主人に会えたらなんていえばいい？」

「彼に――伝えて――用心するように。ボリスは――ボリスは――危険だから……」ため息をついたのを最後に、息が途絶えそうになった。ヒラリーはオリーヴ・ベタートンの口元に耳を近づけた。

「なにか手がかりを教えてもらえるかしら――あなたの伝言をきちんと伝えられるように、ご主人を捜し出す手がかりを？」

「雪」

小さな声だったので、一瞬、聞き間違えたのかと思った。雪？　雪？　ヒラリーは、それがなにを意味するのかわからないまま繰り返した。すると、オリーヴ・ベタートンが消え入るような声でくすっと笑い、力を振りしぼって詩を口ずさんだ。

すべてはま白い雪にうずもれる
たとえ足を滑らせて転んでも、立ち上がって歩いて行け

オリーヴ・ベタートンは最後の言葉を繰り返した。「行け……行け……行って、ボリ

スのことを伝えて。最初は信じられなかった。信じたくなかった。でも、もしかすると、ほんとうかも……もし、そうなら……もし、ほんとうなら……」ヒラリーを見つめるオリーヴ・ベタートンの目に苦悩の影がよぎった。「……用心しないと……」

うがいをするときのような奇妙な音が喉の奥からもれて、唇がぴくっと動いた。

オリーヴ・ベタートンはついに息を引き取った。

2

それから五日間、ヒラリーは病院の個室に閉じ込められて特訓を受けた。肉体的にはそれほどきつくなかったが、精神的にはかなりハードで、毎晩、その日の成果を確認するテストが行なわれた。オリーヴ・ベタートンの身辺を調べてわかったことがすべて紙に書き出され、ヒラリーはそれを暗記してすらすらと空《そら》でいえるようにしなければならなかった。暗記させられたのは、住んでいた家や通いの家政婦の特徴、親戚のこと、それに、飼っていた犬やカナリアの名前など、わずか半年で終わったトーマス・ベタートンとの結婚生活に関するこまかい事柄だった。結婚式の様子、花嫁の付添人の名前、彼女たちが着ていたドレスの色や形。家のカーテン、カーペット、ソファーの張り地の色や模様。オリーヴ・ベタートンの趣味や好みや日常の行動。好きな食べ物や飲み物。ヒラリーは、集められた一見無意味なそれらの情報の多さに驚いて、一度、ジェソップにたずねた。

「こんなことがそれほど重要なの？」

それに対して、ジェソップは静かにこう答えた。

「いや、さして重要ではないかもしれません。でも、あなたはオリーヴ・ベタートンになりきらないといけないんです。こんなふうに考えてはどうでしょう。あなたは作家で、ある女性を主人公にした物語を書いている。ある女性というのは、オリーヴ・ベタートンのことです。あなたは彼女の幼児期や少女時代のエピソードも、結婚式の様子も、住んでいた家の特徴もあれこれと書く。書いているうちに、彼女はあなたのなかでしだいに現実味を帯びてくる。そのあと、あなたはもう一度彼女のことについて書く。今度は自伝風に書くんです。一人称で。ぼくのいってることがわかりますか？」

ヒラリーはジェソップの話に興味を覚えて、思わずゆっくりうなずいた。

「オリーヴ・ベタートンになりきらないかぎり、自分をオリーヴ・ベタートンだと思うことはできないはずです。もっと時間があればいいんですが、のんびりしているわけにはいきません。だから、詰め込み式でやるしかないんです。学生が大事な試験の前に一夜漬けをするように。でも、あなたは頭の回転が速いし、記憶力もいいから助かりましたよ」

ジェソップは、品定めするような冷ややかな目つきでヒラリーを見た。

オリーヴ・ベタートンとヒラリー・クレイヴンのパスポートに記載されているそれぞれの特徴はよく似ているが、実際の顔はまるっきり違っていた。オリーヴ・ベタートンの顔はごく平凡で、お世辞にも美人とはいえず、芯は強そうだが、けっして理知的な顔ではなかった。一方、ヒラリーは人目を引く個性的な顔をしていた。まっすぐに伸びた眉は濃く、彫りの深い青緑色の目の奥ではひたむきな思いと知性が光を放ち、唇は幅広くて、わずかに吊り上がったゆるやかなカーブを描き、顎の形は一風変わっている——要するに、彫刻家がモデルにしたがるような造作の顔だ。

ジェソップはひそかにこう思った。「あの顔には情熱が——そして度胸が——秘められている。人生に喜びと刺激を求めようとする、貪欲で、かつたくましい精神も、いささか翳《かげ》りが見られるものの、完全に失われたわけではない」と。

「あなたならきっとやり通せるはずです」と、ジェソップがヒラリーにいった。「あなたは優秀な生徒だ」

ヒラリーは自分の知力と記憶力が試されているような気がして、おおいに張りきった。そのうちだんだんおもしろくなってきて、与えられた任務をなんとか全うしたいと思うようになった。しかし、ときどき疑問が頭をもたげ、それをジェソップにぶつけた。

「あなたは、偽物だと見破られる恐れはないといったわよね。敵はオリーヴ・ベタートンの特徴を知っているだけで、実物を見たことはないと。でも、どうしてそう断言できるの？」

ジェソップは肩をすくめた。

「断言はできません――なにごとに関しても。でも、敵の組織の構成はだいたいわかっていて、外国にいる仲間とはあまり連絡を取り合っていないようなんです。彼らにとってはそのほうがいいんですよ。仮にわれわれがイギリスでドジなメンバーを捕まえたとしても――どんな組織にもかならずドジなやつがいますからね――もしそいつがフランスや、あるいはイタリアやドイツでなにが行なわれているか知らなかったら、こっちはそこで行き詰まってしまうわけですから。彼らはみな、ほんの一部をなすだけの自分の役割しか知らないんです。こっちにいるメンバーだってそうだと思います。連中はオリーヴ・ベタートンがどの便で到着するかということしか知らず、彼女が到着したらこれこれのことをしろという指示を受けているだけでしょう。つまり、彼女がどんな女性であろうと、そんなことはどうでもいいんです。連中が彼女をベタートンのもとへ連れていくつもりでいるのなら、それは、ベタートンが妻を呼び寄せてほしいと望み、連中も、妻を呼んだほうが研究の成果が上がると考えたからです。オリーヴ・ベタートンはたんなる道具でしかないんですよ。それから、念のためにいっておきますが、オリーヴ・ベタートンを偽物とすり替えることを思いついたのは、とっさのひらめきだったんです――そのひらめきをもたらしてくれたのは、飛行機の墜落事故とあなたの髪の色です。われわれの当初の計画は、オリーヴ・ベタートンを尾行して彼女がどのようにしてどこへ行き、だれに会うかを突き止めることでした。それに対しては、敵も充分に警戒しているはずです」

ヒラリーはさらにたずねた。

「あなたたちがオリーヴ・ベタートンの尾行計画を実行に移したのは今回がはじめてなの？」

「いや、スイスでもやりました。ばれないように、こっそりと。でも、目的を果たすことはできませんでした。もしかすると彼女はスイスでだれかと接触を持ったのかもしれませんが、確認できなかったんです。たとえ接触を持ったとしても、ごく短いものだったと思います。われわれが引きつづきオリーヴ・ベタートンを尾行することは向こうも予測して、それなりの対策を取ってるでしょう。こっちも、今回は用意周到にことに当たって、敵を出し抜かないと」

「じゃあ、わたしも尾行されるわけ？」

「もちろん」

「どんなふうに？」

ジェソップはかぶりを振った。

「それは教えられません。知らないほうがいいんです。知らなければ、もらすことができませんから」

「わたしが秘密をもらすと思ってるの？」

ジェソップは例のしかつめらしい表情を浮かべた。

「あなたがどれほど演技がうまいか――嘘をつくのがどれほどうまいか――ぼくは知りません。でも、けっしてたやすいことではないはずです。あなたがうっかり口をすべらすかもしれないと心配してるんじゃありません。はっと息をのんだり、なにかしようとしたときに――たとえば、たばこに火をつけようとしたときに――手の動きが一瞬止まったただけでばれてしまう恐れがあるんです。ばったり友人に出会ったり知り合いの名前を耳にしたりしたときに、あわてて取りつくろってそ知らぬ顔をしても、敵は目ざといですから」

「なるほど。要するに——一瞬たりとも気を抜いちゃいけないってことね」

「そのとおりです。さあ、勉強をつづけましょう。学生時代に戻ったみたいでしょう？　オリーヴ・ベタートンのことはもう完璧に覚えたようなので、つぎに移ります」

暗号や符丁、さまざまな小道具の使い方を覚えたあとも、勉強はさらにつづいた。ヒラリーは彼女を混乱させたり罠にかけたりする質問につぎからつぎへと答え、想定されたさまざまな状況にどう対処するか考えた。やがて、ついにジェソップがうなずいて、満足していることを伝えた。

「これでもう大丈夫でしょう」ジェソップがそっとヒラリーの肩をたたいた。「あなたはほんとうに優秀な生徒だ。これだけはよく覚えておいてほしいんですが、たとえ孤独にさいなまれることがあっても、おそらくひとりぼっちではないはずです。わざわざ〝おそらく〟といったのは、それ以上のことは保証できないからです。敵もなかなか手強いので」

「旅の終点にたどり着いたらどうなるの？」と、ヒラリーが訊いた。

「どういう意味ですか？」

「トーマス・ベタートンと対面したらってことよ」

ジェソップは険しい顔でうなずいた。

「もっとも危険なのはそのときですが、もしすべてがうまくいけば――つまり、われわれの思いどおりにことが運べば――その瞬間もあなたは保護されているとしか、いまはいえません。ただし、最初に話したように、そもそもこの作戦は、非常に低い生還率を前提条件として立てたものなんです」

「たしか、百にひとつの確率だったかしら？」と、ヒラリーはこともなげにいった。

「いや、もう少し高いかもしれません。あのときはまだ、あなたがどんな人かよくわかっていなかったので」

「そりゃそうでしょうね」ヒラリーは考えながらいった。「あなたにとって、わたしはたんに……」

ジェソップがあとを引き取った。「生きる意欲をなくした赤毛の女性にすぎなかったわけですから」

ヒラリーがぽっと顔を赤らめた。

「ずいぶん手厳しいのね」

「正直にいっただけです。同情はしない主義なんでね。相手に対して失礼だからですよ。人がだれかに同情するのは、相手が自分自身を憐れんでいるときだけです。自己憐憫《れんびん》は現代社会における最大の害毒のひとつですよ」

　ヒラリーは真剣な面持ちで応じた。

「そのとおりかもしれないわ。でも、わたしが作戦を遂行する途中で――その、消されるっていうのかなんていうのか、とにかく敵に殺されたときは同情してくれる？」

「同情？　とんでもない。鍛えがいのあった人材を奪われたことを呪いますよ」

「やっとほめてくれたのね」ヒラリーはなぜかうれしかった。

　が、事務的な口調で先をつづけた。

「じつは、もうひとつ気になることがあるの。あなたは、オリーヴ・ベタートンが実際にどんな顔をしていたのかだれも知らないはずだといったけど、わたしを知ってる人に会ったらどうなるの？　カサブランカに知り合いはいないけど、飛行機で一緒だった人もいるし、たまたま旅行でこっちに来ている知り合いにばったり会うかもしれないし」

「飛行機の乗客は心配しなくても大丈夫です。パリからの便の乗客はほとんどが商用の旅行者で、ダカールへ行きました。カサブランカで降りたひとりは、すでにパリへ戻ってます。あなたには、ここを出たらべつのホテルへ移ってもらうことになってるんです。ベタートン夫人が予約していたホテルへ。ベタートン夫人の服を着て、髪型も同じように変え、顔の両側に絆創膏を一、二枚貼れば、ずいぶん感じが変わるでしょう。じつは、医者も手配してあるんです。局所麻酔をかけるので痛くはないはずですが、墜落事故の際の傷をつけないといけないので」

「念には念を入れるのね」

「しかたありません」

「あなたは、オリーヴ・ベタートンが死ぬ間際になにかいったかどうか、まだわたしに訊いてないわよね」

「あなたがためらっているようだったので」

「ごめんなさい」

「いいんです。立派なことだと思います。ぼくも罪悪感にひたりたいんですが、そんな余裕はないんです」

「彼女がいったことをあなたに話しておいたほうがいいと思うの。彼女は、『彼に伝えて、用心するように』といったの。彼とは、ベタートンのことよ。『ボリスは——危険だから』と」

「ボリス？」ジェソップは興味深げにその名前を繰り返した。「なんだ！　あの慇懃《いんぎん》な外国人のボリス・グリドル少佐のことか」

「知ってるんですか？　どういう人？」

「ポーランド人です。ロンドンのオフィスへぼくを訪ねてきたんですよ。一応、トーマス・ベタートンの義理のいとことして」

「一応？」

「本人はそういったということです。ベタートンの、いまは亡き先妻のいとこだと。でも、確かめたわけじゃないので」

「オリーヴ・ベタートンはとても心配してるみたいだったわ」ヒラリーは眉をひそめた。「その男の特徴を教えてもらえない？　万が一、出会った場合にそなえて」

「わかりました。たしかに、教えておいたほうがいいかもしれない。身長は百八十センチで、体重は七十キロ前後です。髪はブロンドで――顔は無表情なポーカーフェース――目は青く――物腰がぎこちないので、外国人だというのがまるわかりで――堅苦しいところはいかにも軍人風で――流暢な英語を話すものの、訛りがあります」

そして、さらにいいそえた。

「ぼくのオフィスを出たあと尾行をつけたんですが、なにもつかめませんでした。彼はまっすぐアメリカ大使館へ行ったんです。わざわざアメリカ大使館から紹介状を持ってきてましてね。ていねいな、しかし、ごく形式的な紹介状でした。大使館を出るときは、だれかの車に乗せてもらうか、職員のふりをして裏口を使うかしたんだと思います。とにかく、われわれはみごとに撒《ま》かれたわけです。ええ——オリーヴ・ベタートンがいったとおり、ボリス・グリドルには用心したほうがいいかもしれない」

第五章

1

サン・ルイ・ホテルのこぢんまりとした談話室では、三人の女性がそれぞれ違ったことをして時間を過ごしていた。そのなかのひとりである、背が低くてふくよかで、髪を藍色に染めたカルヴィン・ベイカー夫人は、ほかのことをするときと同様に精力的に手紙を書いていた。カルヴィン・ベイカー夫人が、地球上で起きているすべてのことをきちんと知っていなければ気がすまない飽くなき好奇心を持った裕福なアメリカ人旅行者だというのは、だれの目にも明らかだった。

これまたイギリス人旅行者だというのが一目瞭然のミス・ヘザリントンは、第一帝政《アンピール》様式のごつごつとした椅子に座り、イギリスの中年女性がしょっちゅう編んでいるだぼだぼの不格好なセーターを編んでいた。ミス・ヘザリントンは背が高くて痩せていて、首も細く、髪は無造作に束ね、世の中の道徳の退廃を憂えているような顔をしていた。

もうひとりのマドモワゼル・ジャンヌ・マリコはまっすぐな背もたれのついた椅子に品よく座り、窓の外を眺めてあくびをしていた。マドモワゼル・マリコは黒い髪をブロンドに染め、平凡な顔に派手な化粧をほどこして、流行の服を着ていた。彼女はほかのふたりにまったく興味を示さず、なんのおもしろみもない退屈な人たちだとひそかに軽蔑していた。自分の性生活における重大な変化のことで頭がいっぱいだったので、くだらない旅行者のことなど眼中になかったのだ。

ミス・ヘザリントンとカルヴィン・ベイカー夫人はサン・ルイ・ホテルに二泊していたために、すでに顔見知りになっていた。カルヴィン・ベイカー夫人は、アメリカ人特有の人なつっこさを発揮してだれにでも話しかけていた。ミス・ヘザリントンも話し相手を求めていたものの、社会的な地位が高そうなイギリス人かアメリカ人としか話をしなかった。フランス人とも、食堂で子供と一緒に食事をしているのを見て立派な家庭人だとわかった場合しか話をしなかった。

成功した実業家らしい風貌のフランス人の男性がちらっと談話室をのぞいたが、女性ばかりのところへ入っていくのは気がひけて、マドモワゼル・ジャンヌ・マリコに未練がましい視線を投げかけながら立ち去った。

ミス・ヘザリントンは小さな声でセーターの編み目を数えはじめた。

「二十八、二十九——で、つぎはどうすればいいのかしら——ああ、そうそう」

背の高い赤毛の女性も談話室をのぞいたが、一瞬迷ったすえに、そのまま食堂のほうへ歩いていった。

カルヴィン・ベイカー夫人とミス・ヘザリントンは、すぐさまそれに気づいた。ベイカー夫人はライティングテーブルからくるりと振り向くと、うわついた声でミス・ヘザリントンにささやきかけた。

「いま、赤毛の女性がなかをのぞいたでしょ？　あの人は、先週起きた悲惨な飛行機事故の生存者なんですって」

「わたしは、あの人がきょうのお昼にここへ来るのを見たんです」ミス・ヘザリントンは、編み棒を動かしながら興奮した口調でいった。「救急車で来たんですよ」

「病院からまっすぐここへ来たって、支配人がいってたわ。大丈夫なのかしらね——こんなに早く退院して。たしか、脳震盪を起こしたそうだけど」

「顔にも絆創膏を貼ってましたよ。たぶん、ガラスで切ったんでしょう。火傷をしなかったのは不幸中の幸いですよね。飛行機事故ではたいていひどい火傷を負いますから」

「考えただけでもぞっとするわね。可哀相に。もしかしてご主人も一緒に飛行機に乗っていて、ご主人のほうは亡くなったのかしら？」

「そうじゃないみたいですよ」ミス・ヘザリントンは黄ばんだ灰色の髪を振った。「単身の旅行客だと、新聞に書いてありましたから」

「そうそう。名前も書いてあったわよね。ミセス・ベヴァリーだったか——いいえ、ミセス・ベタートンよ」

「ベタートン」ミス・ヘザリントンが小首をかしげた。「聞いたことのある名前だわ。ベタートン……たしか、新聞に載ってたのよ。そうよ、間違いないわ」

「ピエールには悪いけど、しかたないわ《タンピ・プール・ピエール》」と、マドモワゼル・マリコは独り言をつぶやいた。「もう我慢できないんだもの！《イレ・ヴレマン・アンスポルターブル》　ジュールは若くて、《メ・ル・プティ・ジュール》とってもやさしいし、《リュイ・イン・ビアン・ジャンティ》彼の《エ・ソン》お父さんもこういったことに理解があるし《ペール・エ・トンビアン・フラセ・ダン・レザフェール》。よし、《アンファン》やっと決心がついたわ《ジュム・デシデ》」

　彼女は優雅な足取りでこぢんまりとした談話室を出て、それと同時にこの物語からも姿を消した。

2

ベタートン夫人は事故から五日たったその日の昼に退院して、救急車でサン・ルイ・ホテルへ行った。

傷を絆創膏や包帯で覆った痛々しい姿のベタートン夫人は、ホテルに着くなり親切な支配人に付き添われて、予約してあった部屋に通された。「さぞかし怖い思いをなさったことでしょうね！」支配人は部屋が気に入ったかどうかやさしくたずね、必要がないのにひとつ残らず明かりをつけたあとでそういった。「でも、助かってほんとうによかった！　まさに奇跡ですよ！　あなたはじつに運がいい！　生存者は三人だけで、そのうちのひとりはまだ重態だそうですよ」

ヒラリーは倒れ込むように椅子に座った。

「ええ」と、弱々しい声で応じた。「自分でも信じられないんです。事故のことはまだほとんど思い出せなくて、事故の前日の記憶もあやふやなままなんです」

支配人はうなずいて同情を示した。

「そうでしょうとも。脳震盪の後遺症ですよ。わたしの妹も一度そんなふうになりましてね。戦争中、妹はロンドンにいたんです。爆風にたたきつけられて意識を失ったんですが、やがて立ち上がって街を歩きまわり、ユーストン駅から汽車に乗って、なんと、気がついたらリヴァプール駅にいたというんです。妹は、空襲のことも、ロンドンの街を歩きまわったことも、リヴァプール行きの汽車に乗り込んだことも覚えてなくて、家でタンスのなかにスカートを吊るしたところまでしか思い出せないんです。記憶というのはおかしなものですよね」

ヒラリーが相槌を打つと、支配人はお辞儀をして出ていった。ヒラリーは立ち上がって、鏡に映った自分を見た。もはやオリーヴ・ベタートンになりきっていたので、飛行機事故にあってようやく退院してきたばかりなら当然そうであるように、体に力が入らなかった。

すでにフロント係にたずねたが、伝言も手紙も届いていないといわれ、とりあえずは手探りで進むしかなかった。オリーヴ・ベタートンが、どこかへ電話をかけるかカサブランカにいるだれかに会うかしろという指令を受けていた可能性もあるが、それを知る手がかりはない。頼りになるのは、オリーヴ・ベタートンのパスポートと信用状と、クック社が発行した汽車の切符とホテルの宿泊券だけだ。それによると、オリーヴ・ベタートンはカサブランカで二泊、フェズで六泊、そしてマラケシュで五泊することになっていた。もちろん予定が狂ってしまったので、切符もホテルの予約も変更しなければならない。パスポートと信用状、それに、信用状に添えられている本人確認状はすでに変更されていた。パスポートにはヒラリーの写真が貼られ、信用状にもヒラリーがオリーヴ・ベタートンとサインした。身元を証明する書類はすべて整っている。彼女の役目は、オリーヴ・ベタートンになりきって待つことだ。飛行機事故の際に記憶を失っていまだに回復していないというのは、有力な切り札になりそうだった。

事故は実際に起きたのだし、その飛行機にオリーヴ・ベタートンが乗っていたのはまぎれもない事実だ。彼女が指令どおりの行動をとらなくても、記憶喪失ということで説明がつく。本物のオリーヴ・ベタートンなら心身ともに衰弱し、どうしていいかわからないままあらたな指令を待つにちがいない。

休息をとるのがもっとも自然な行動だと思ったヒラリーはベッドに体を横たえて、覚えたことを二時間ほど頭のなかで復習した。オリーヴ・ベタートンの荷物は事故の際に燃えてしまったので、ヒラリーがいま持っているのは病院で支給されたごくわずかな品だけだった。やがて彼女は櫛《くし》で髪を梳《す》いて、唇に口紅を塗ると、夕食のために食堂へ下りていった。

好奇に満ちた視線が自分に向けられたことには、すぐに気づいた。いくつかのテーブルにはビジネスマンが座っていて、彼らはヒラリーに目もくれなかったが、観光客が座っているテーブルからはささやき声が聞こえてきた。

「ねえ、あそこにいるあの女性は――あの赤毛の女性は――このあいだの飛行機事故の生存者ですよ。ええ、病院から救急車で運ばれてきたんです。わたしは彼女がホテルに着くのを見たんです。まだそうとう具合が悪そうですね。こんなに早く退院させていいのかしら。それにしても、怖かったでしょうね。助かるなんて、奇跡だわ！」

食事を終えると、ヒラリーはこぢんまりとした談話室に行ってしばらく座っていた。だれかがなんらかの形で接触してくるかもしれないと思ったからだ。部屋には女性が二、三人、ばらばらに座っていた。しばらくすると、髪をきれいな藍色に染めたずんぐりとした中年の女性がヒラリーのとなりの椅子に移り、いかにもアメリカ人らしい、元気のいい明るい声で話しかけてきた。

「お邪魔してごめんなさい。でも、どうしても言葉をかけたくて。このあいだの飛行機事故で奇跡的に助かったというのは、あなたでしょ？」

ヒラリーは読んでいた雑誌から目を上げた。

「ええ」

「まあ！　恐ろしい話よね。いえ、飛行機事故のことをいってるんです。生存者はたった三人らしいけど、ほんとうなんですか？」

「ふたりです」と、ヒラリーはいった。「ひとりは病院で亡くなりました」

「あら！　そうだったんですか！　立ち入ったことをお訊きするのは失礼かもしれない

けど、ミス――ミセス――」

「ベタートンです」

「あなたは飛行機のどのあたりに座ってらしたの？　前のほうですか、それともうしろ？」

それはわかっていたので、すぐに答えた。

「うしろです」

「やっぱり。うしろのほうが安全だといいますものね。わたしもかならず、うしろの扉の近くの席にしてもらうんですよ。ねえ、お聞きになった、ミス・ヘザリントン？」アメリカ人の女性は振り向いて、もうひとりの中年女性を見た。馬のように長い陰気な顔をしたその女性がイギリス人なのは間違いなかった。「このあいだわたしがいったとおりでしょ。飛行機に乗るときは、スチュワーデスがどんなにすすめても前のほうの席に座っちゃだめなんですよ」

「でも、だれかが座らないことには」と、ヒラリーがいった。

「わたしはごめんだわ」と、アメリカ人の女性がすかさず応じた。「ところで、わたしはベイカーです。ミセス・カルヴィン・ベイカー」

ヒラリーが軽く会釈をすると、ベイカー夫人はまたぺらぺらとしゃべりだして、難なく会話を牛耳った。

「わたしはモガドールからカサブランカに来たばかりで、ミス・ヘザリントンはタンジェから来たばかりなんですよ。わたしたちはここのホテルで知り合ったんです。マラケシュへはいらっしゃるおつもりなんですか、ミセス・ベタートン？」

「最初は行くつもりでした」と、ヒラリーはいった。「でも、事故で予定が狂ってしまって」

「そうでしょうね。でも、マラケシュはぜひ見ておくべきだわ。あなたもそう思うでしょ、ミス・ヘザリントン？」

「マラケシュは恐ろしく物価が高いですからね」と、ミス・ヘザリントンが嘆いた。

「わたしの乏しい旅費ではたいへんです」

「マラケシュのマムーニア・ホテルはすばらしいんですよ」と、ベイカー夫人がつづけた。

「あそこはべらぼうに高いじゃないですか」と、ミス・ヘザリントンがいった。「わたしはとうてい泊まれないわ。もちろん、あなたなら泊まれますよ、ミセス・ベイカー――アメリカのドルは強いから。でも、ある人がマラケシュの小さなホテルを紹介してくれたんです。清潔で、快適で、食事もまあまあなんですって」

「ほかにどこへいらっしゃるおつもりなんですか、ミセス・ベタートン？」と、ベイカー夫人が訊いた。

「できれば、フェズへも行きたいと思ってるんです」と、ヒラリーは用心深く返事をした。「もちろん、予約をし直さないといけないんですけど」

「そうね、フェズとラバトはぜひ見ておくべきだわ」

「もういらっしゃったんですか？」

「いいえ、まだだけど、そのうち行くつもりです。ミス・ヘザリントンも」

「古い街並みがまだそのまま残ってるそうですよ」と、ミス・ヘザリントンがいった。

とりとめのない会話はその後もしばらくつづいた。ヒラリーは、退院したばかりなので疲れたと訴えて、早々に部屋へ引きあげた。

その日はなにも手がかりがつかめないままだった。談話室で話しかけてきたふたりはどこにでもいる旅行好きな女性といった感じで、それが見せかけだとは思えなかった。そこで、もしあすの朝まで待って手紙も伝言も届かなければ、旅行社に出向いてフェズとマラケシュのホテルの予約を変更できるかどうかたずねてみることに決めた。

結局、朝になっても手紙も伝言も電話もなかったので、ヒラリーは十一時ごろに旅行社へ行った。客が大勢いたのでしばらく並んで待ったが、ようやく自分の番になってカウンターの若い係員と話しはじめると、眼鏡をかけた上役らしい男が横から口をはさんできて、若い係員と交替した。その男は、眼鏡の奥の目をなごませてヒラリーにほほ笑みかけた。

「マダム・ベタートンでいらっしゃいますよね。予約はすべて取れておりますので」

「でも、もう期日が過ぎてしまっているはずです」と、ヒラリーがいった。「しばらく入院していたので……」

「ええ、存じてます。ご無事でなによりでした。ご予定の変更に関しては、すでにお電話で承っております」

ヒラリーは心臓の鼓動がわずかに速くなったことに気づいた。いったいだれが旅行社に電話をかけたのか、彼女には見当もつかなかった。しかしこれは、オリーヴ・ベタートンが何者かの指示で旅行をしていたことの動かぬ証拠だ。

「きちんと電話をしてくれたかどうか、わからなかったものですから」

「いいえ、間違いなく承りました。どうぞ、ご確認ください」

男は汽車の切符とホテルの宿泊券をヒラリーに見せ、数分後には手続きが完了した。その結果、ヒラリーは翌朝フェズへ向けて出発することになった。

その日は、昼食にも夕食にもベイカー夫人は食堂に姿をあらわさなかった。ただし、ミス・ヘザリントンはいた。テーブルのそばを通るときにヒラリーが会釈すると、ミス・ヘザリントンも会釈を返したが、話しかけてはこなかった。翌朝、ヒラリーは必要な服と下着を買いそろえて汽車でフェズへ向かった。

3

ヒラリーがカサブランカを発ったその日、いつものきびきびとした足取りで外出先からホテルに戻ってきたカルヴィン・ベイカー夫人は、興奮して細長い鼻をひくつかせているミス・ヘザリントンに呼び止められた。

「ベタートンというのがだれか、思い出したんですよ──失踪した科学者ですよ。新聞に載ってたんです。二カ月ほど前に」

「そういえば、そんなことがあったわ。イギリス人の科学者が──たしか──学会でパリに滞在しているあいだに失踪したのよね」

「ええ──そうです。もしかすると──あの人はその科学者の奥さんじゃないかしら。宿帳を見たら、住所がハーウェルになってたんです。ハーウェルには原子力研究所があるんですよ。原子爆弾なんてつくるのは間違ってると、わたしは思ってるんです。それに、コバルト爆弾も。コバルト絵の具は色がとてもきれいで、子供のころはよく使ってたけど、恐ろしいことに、もしコバルト爆弾が投下されたら人類が滅んでしまうんですって。そんな爆弾の実験は即刻やめるべきだわ。つい最近ある人から聞いたんですけど、その人のいとこで先見の明のある人は、いずれ世界中が放射能で汚染されるかもしれないと警告してるそうです」

「まあ、たいへん」

第六章

通りが人でごった返している点を除くと、カサブランカはフランスのどこかのにぎやかな街のようで、東洋らしいところも謎めいた雰囲気もなく、ヒラリーはいささか失望していた。

けれども、相変わらず天気はよく、澄みきった空からは太陽が燦々と降りそそいでいたし、北へ向かう汽車の窓から見える景色も彼女をおおいに楽しませてくれた。真向かいの席には仕事で旅をしているらしいフランス人の小柄な男性が座り、客車の隅では、浮かぬ顔をした修道女がロザリオをつまぐりながら小さな声で祈りを唱えていた。ほかに同じ客車に乗り合わせたのは、陽気に話をしているやたらと荷物の多いムーア人の女性ふたりだけだった。真向かいの小柄なフランス人はヒラリーのたばこに火をつけて、それをきっかけに話しかけてきた。彼は車窓にヒラリーの興味を引きそうなものが見えるたびに指さして教え、モロッコのことについてあれこれと説明してくれた。博識でなかなかおもしろい男だというのが、その男に対するヒラリーの第一印象だった。

「ラバトへはぜひいらっしゃるべきだと思いますよ、マダム。モロッコに来てラバトへ行かないのは間違いです」

「わたしも行きたいと思ってるんですが、時間に余裕がないんです」ヒラリーはそういって微笑した。「それに、お金にも。イギリスでは、海外への持ち出し額が制限されているので」

「大丈夫ですよ。こちらに知り合いがいれば、その件はなんなく解決するはずです」

「あいにく、モロッコには知り合いがいないんです」

「今度こちらへいらっしゃるときは、かならずお知らせください。名刺をお渡ししておきますから。すべてわたしが立て替えます。イギリスへは仕事でちょくちょく行くので、そのときに返してくだされぱいい。簡単なことですよ」

「ご親切にどうも。機会があれば、ぜひまたモロッコへ来ます」

「イギリスからいらしたのなら、いい気分転換になるはずです。イギリスは寒いし、おまけに霧が多くて、気分が滅入りますからね」

「ええ、たしかに」

「わたしは三週間前にパリから戻ったんです。パリも雨と霧ばかりで、いい加減うんざりしてたんですが、こっちは太陽の光に満ちあふれていて。風はけっこう冷たいが、空気がきれいだから気持ちがいい。あなたがお発ちになったときのイギリスの天気はどうでしたか？」

「ご想像どおり、霧に覆われてました」

「ちょうど霧の季節ですからね。雪は——今年はもう雪が降りましたか？」

「いいえ、まだ降ってません」この旅慣れた様子の小柄なフランス人が天気の話ばかりするのは、イギリスではそれがエチケットだと思い込んでいるからだろうかと、ヒラリーは苦笑を嚙み殺しながら考えた。ヒラリーがモロッコやアルジェリアの政治情勢についてひとつふたつ質問すると、彼は情報通ぶりを発揮してくわしく教えてくれた。

ふと隅の座席に目をやったヒラリーは、修道女がとがめるような目つきでこっちを見ているのに気づいた。荷物の多い二人連れの女性は途中で降りてほかの客と入れ替わり、汽車は夕方フェズに着いた。

「なにかお役に立てることがあったらおっしゃってください、マダム」

ヒラリーは、フェズの駅の混雑ぶりと騒々しさに驚いてぼうっと突っ立っていた。アラブ人のポーター数人が、それぞれ違ったホテルの名前を口にしながら彼女の荷物を奪い取ろうとしている。ヒラリーは、知り合ったばかりのフランス人に感謝の念のこもった視線を向けた。

「パレ・ジャメイにお泊まりになるんですよね、マダム？」

「はい」

「それはいい。ここから八キロほどです」

「八キロ？」ヒラリーはがっかりした。「じゃあ、街のなかにあるんじゃないんですね」

「旧市街のすぐそばですよ」と、フランス人が教えてくれた。「わたしは駅の周辺にあらたに開けた商業地区にあるホテルに泊まるんですが、のんびりと休暇を楽しみたい人はパレ・ジャメイに泊まるべきです。もともとは地元の貴族の屋敷で、美しい庭があるし、昔となにひとつ変わっていない旧市街へも歩いていけます。どうやらホテルからは迎えが来ていないようなので、よかったらタクシーをお呼びしますが」

「ありがとうございます。でも……」

フランス人はアラビア語で口早にポーターたちになにかいった。ほどなくヒラリーがタクシーに乗って、荷物が積み込まれると、彼は強欲なポーターに渡すチップの額を告げた。チップが少ないと抗議するポーターたちをアラビア語で怒鳴りつけて追い払ったあと、すばやくポケットから名刺を取り出してヒラリーに渡した。

「わたしの名刺です。お困りになったときはいつでも連絡してください。この先、四日間はここのグランド・ホテルに泊まっています」

フランス人は帽子を上げて立ち去った。ヒラリーは、タクシーが明るい駅の構内を出る直前に名刺に目をやった。

ムッシュー・アンリ・ローリエ

タクシーはあっという間に街を抜けると、しばらく田園地帯を走って、やがて丘をのぼりはじめた。ヒラリーは、タクシーがどんなところへ向かおうとしているのか知りたくて窓の外に目をやったが、すでに夜のとばりが降りていたので、明かりのともった一軒の建物の前を通ったときにちらっとあたりの景色が見えただけだった。わたしはもう通常の道からそれて未知の領域へ入り込んでしまったのだろうかと、ヒラリーはふと考えた。あのムッシュー・ローリエは、トーマス・ベタートンを説き伏せて仕事と妻と家を捨てさせた組織の一員なのだろうか？　彼女は自分がどこへ連れていかれようとしているのかわからず、不安に怯えながら座席の隅に座っていた。

ところが、タクシーは当初の予定どおりパレ・ジャメイに着いた。タクシーを降りてアーチ形の玄関を抜けると、東洋風のロビーがあり、そこに足を踏み入れたとたん、軽い動悸を覚えた。ロビーには特産品の絨毯《じゅうたん》が敷かれ、長椅子とコーヒーテーブルが置いてあった。フロントでチェックインをすますと、ボーイとともにいくつかのつづき部屋を抜けてテラスに出て、オレンジの木やかぐわしいにおいを放つ花壇の脇を通ったのちに、螺旋《らせん》階段をのぼって感じのいい部屋に入った。その部屋のインテリアも東洋風だったが、二十世紀の旅行者に不可欠な〝近代的な設備《コンフォール・モデルヌ》〟は整っていた。

夕食は七時半からです、とボーイが告げた。ヒラリーは荷物のなかから必要なものだけ取り出すと、化粧と髪の乱れを直して階下に下りていった。階下にある、同じく東洋風の長細い喫煙室を通ってふたたびテラスを横切ると、数段の石段をのぼり、テラスから直角に伸びている煌々《こうこう》と明かりのともった食堂へ行った。

夕食はおいしかった。ヒラリーが食事をしているあいだも食堂にはさまざまな客が出入りしていたが、疲れていたので、いちいち観察してどういうたぐいの人間か品定めする気力はなかった。それでも、何人か目についた人物はいた。そのうちのひとりは、黄色い顔にヤギひげを生やした老人だった。その老人が目についたのは、ホテルの従業員がやけに気を遣っていたからだ。老人が顔を上げただけで皿が下げられてあらたな料理が運ばれてくるし、片方の眉がほんの少し動いただけでもウエイターがすっ飛んでくる。

いったい何者なのか、好奇心をくすぐられた。食堂で見かけた客の大半は観光客のようだった。まんなかの大きなテーブルに座っているのはドイツ人で、中年の男と若いブロンド美人のカップルは、おそらくスウェーデン人かデンマーク人だ。ほかには、子供をふたり連れたイギリス人夫婦がひと組と、アメリカ人の団体客、それに、フランス人の家族連れが三組いた。

食事を終えると、ヒラリーはテラスでコーヒーを飲んだ。外はひんやりしていたが、寒いというほどではなかったし、花の香りを楽しむこともできた。そして、その日は早めに床についた。

翌朝、日射しにあふれたテラスで紅白の縞模様の傘の陰に座っていると、なにもかもがひどく現実離れしているような気がした。実際、彼女はいまも死んだ女性になりすましてテラスに座り、なにか、普通では考えられないようなドラマティックなことが起きるのを待っている。しかし、オリーヴ・ベタートンが外国旅行に出かけたのは、たんに悲しみやつらい思いから逃れるためだったのではないだろうか？　気の毒なオリーヴ・ベタートンも、ほかの人たちと同じように夫の失踪の真相についてはなにも知らなかったのではないだろうか？

もちろん、死の間際に口にした言葉もきわめて平凡な解釈が可能だ。ベタートン夫人はたんに、ボリスという男は危険だと夫に伝えたかっただけなのかもしれない。夫人は朦朧《もうろう》とする意識のなかで奇妙な短い詩を口ずさみ、最初は信じられなかったといった。いったいなにが信じられなかったのだろう？　もしかすると、トーマス・ベタートンが神隠しにでもあったように忽然と姿を消したことが信じられなかっただけなのかもしれない。

ホテルには不気味な雰囲気もただよっていなければ、役に立ちそうな手がかりも転がっていなかった。ヒラリーはテラスの下の庭に目をやった。庭は美しく、のどかな空気に包まれている。フランス人の子供たちがテラスを走りまわり、それぞれの母親が、子供の名前を呼んだり叱りつけたりしている。食堂で見かけたスウェーデン人かデンマーク人のブロンドの若い女性もテラスに出てきてテーブルのそばに座り、あくびをしながら淡いピンク色の口紅を取り出して、すでに完璧に描かれた唇に塗り重ねた。そして、かすかに顔をしかめながらしげしげと鏡を見つめた。

やがて、夫か、もしかすると父親かもしれない連れの男性がそばに来ると、女性はにこりともせずに男性を迎え、身を乗り出してなにかいった。どうやら文句をいっているようで、男性はしぶしぶ謝った。

黄色い顔にヤギひげを生やした老人も、庭からテラスに上がってきた。老人がテラスの端の壁際のテーブルに座ると、ただちにウエイターが駆け寄った。老人がなにか注文すると、ウエイターはお辞儀をして、注文に応じるために大急ぎで走っていった。ブロンドの若い女性はそれを見るなり連れの男性の腕をつかんで、老人のほうへ顎をしゃくった。

ヒラリーはマティーニを注文し、それを運んできたウエイターに小声で訊いた。

「壁際に座っているあのお年寄りはどなた？」

「ああ！」ウエイターは思わせぶりに身を寄せた。「あの方はムッシュー・アリスタイディーズです。とてつもない――ほんとうにとてつもない――大金持ちなんですよ」

そのムッシュー・アリスタイディーズなる人物の富がどれほど莫大か考えただけで気が遠くなったのか、ウエイターがうつろな目をしてため息をついたので、ヒラリーは、テラスの端のテーブルに背中を丸めて座っている小柄な老人を見つめた。老人はしわだらけで、ミイラのようにひからびていた。だが、その莫大な富ゆえに、ウエイターは下にも置かぬ扱いをし、話しかけるときの声には畏敬の念がこもっている。老人が体の向きを変えたときに、一瞬、目が合ったが、老人はちらっとヒラリーを見て、すぐに視線をそらした。

やはりただ者ではなさそうだわ、とヒラリーは思った。アリスタイディーズ氏の目が知性をたたえていて、しかも生き生きと輝いているのは、遠くからでもはっきりとわかった。

ブロンドの若い女性と連れの男性は、席を立って食堂へ行った。先ほどアリスタイディーズ氏のことを耳打ちしてくれたウエイターはヒラリーを教え導くのが自分の役目だと思ったのか、グラスを下げにきたついでに彼女のテーブルに寄って、また情報を提供してくれた。

「いまのあの男性はスウェーデンの実業家です。大金持ちで、しかも、大物の。一緒にいた女性は映画女優です——第二のグレタ・ガルボといわれているそうですよ。上品で、とびきりの美人ですが、困ったことに、人前で派手な喧嘩をするんです。なにもかも気に入らないらしくて。彼女はここに、つまり、フェズにうんざりしてるんですよ。ここには宝石店もないし、彼女の衣装をほめたりうらやましそうに眺めたりする贅沢な女性もいませんからね。あすはもっとおもしろいところへ連れていってくれとせがんでらっしゃいました。心の平穏と安らぎを得る者はかならずしも金持ちにあらず、ってことですかね」

格言めいた言葉を口にしたウエイターは、客が人差し指を上げているのに気づいて、電気に打たれたように駆けていった。

「なんでございましょう？」

そのうち、ほとんどの客は昼食をとりに食堂へ行ったが、朝食が遅かったヒラリーはあまりお腹がすいていなかったので、テラスにとどまって飲み物のお代わりを注文した。ハンサムな顔をしたフランス人の若い男性がバーから出てきてテラスを横切りながら、ほんの一瞬こっそりヒラリーに視線を向けた。「こんなところにいたってしょうがないのに」といいたげな、意味ありげな視線を。その男性は階段を下りて庭のほうへ歩いていったが、そのとき、フランス歌劇の一節をハミングをまじえて口ずさんでいるのが聞こえた。

キョウチクトウの並木の下を《ル・ロン・デ・ローリエ・ローズ》
楽しいことを夢見て《レヴァン・ド・ドゥース・ショーズ》

その一節はヒラリーの頭のなかでこだました。キョウチクトウの並木の下を《ル・ロン・デ・ローリエ・ローズ》。ローリエ。ローリエ？　そういえば、汽車のなかで会ったフランス人の名前もローリエだった。なにか関係があるのだろうか、それともたんなる偶然の一致か？　ヒラリーはハンドバッグに手を突っ込んで、その男にもらった名刺を探した。名刺には、〝アンリ・ローリエ、クロワッサン通り三番地、カサブランカ〟と印刷してある。裏返すと、文字を書いたような跡がうっすらと残っていた。鉛筆でなにか書いて、あとで消したのかもしれない。ヒラリーは、なにが書いてあったのか突き止めようとした。書き出しは〝いずこに《ウ・ソン》〟で、そのあとはわからなかったが、最後は〝いにしえの《ダンタン》〟だとわかった。一瞬、それが指令かもしれないと思ったが、かぶりを振ってバッグに名刺をしまった。あの小柄なフランス人は引用句かなにかをメモしておいて、あとで消したのだろう。

とつぜんあたりが暗い影に覆われたので、びっくりして顔を上げると、アリスタイディーズ氏が太陽をさえぎるような格好ですぐそばに立っていた。ただし、ヒラリーを見ているのではなく、庭の向こうに目をやって山影を見つめている。やがて、ため息をついていきなり食堂へ向かいかけたが、そのとき、上着の袖がヒラリーのグラスに触れ、グラスがテーブルから落ちて割れた。アリスタイディーズ氏はくるりと振り向いて、ていねいに謝った。

「これはこれは。たいへん失礼《ミル・パルドン》しました、マダム」

ヒラリーはにっこり笑って、どうぞお気になさらずに、とフランス語で応じたが、アリスタイディーズ氏はすばやく指を振ってウエイターを呼んだ。

ウエイターは例のごとくすっ飛んできた。アリスタイディーズ氏はヒラリーのために代わりの飲み物を注文し、もう一度謝って食堂へ向かった。

先ほどの若いフランス人の男性が、なおも歌を口ずさみながらテラスに戻ってきた。そばを通るときにふと足を止めたのはヒラリーも気づいていたが、そ知らぬふりをしていると、彼はあきらめたように肩をすくめて食堂へ行った。

そのあと、フランス人の夫婦がテラスを歩いてきて、両親が子供に声をかけた。

「さあ、いらっしゃい、《メ・ヴィアン・ドンク》ボボ。なにをしてるの？《ケ・ス・ク・テュ・フェ》　ほら、早く！《デペシュ・トワ》」

「ボールは置いていくんだぞ。《シス・タ・バル・シエリー》お昼ご飯を食べるんだから《オン・ヴァ・デジュネ》」

夫婦と子供ひとりの、いかにも幸せそうなその一家は、石段を上って食堂へ姿を消した。そのとたん、ヒラリーは孤独と不安に襲われた。

ちょうどウエイターが飲み物を持ってきたので、アリスタイディーズ氏はおひとりなのかと訊いてみた。

「いいえ、マダム。ムッシュー・アリスタイディーズのような大富豪がひとりで旅行なさるわけがありません。側仕《そば》えと秘書ふたり、それに運転手をお連れになってます」

ウエイターは、アリスタイディーズ氏がひとりで旅行をしているとヒラリーが思ったことに驚いていているようだった。

ところが、ヒラリーがようやく食堂へ行くと、アリスタイディーズ氏は昨晩と同様にひとりでテーブルについていた。ただし、となりのテーブルに座っている若い男性ふたりは秘書のようだった。ふたりとも緊張していて、たえずちらちらとアリスタイディーズ氏のほうを見ている。一方、しわだらけのサルのような顔をしたアリスタイディーズ氏は、彼らがそこにいることすら気づいていないような感じで食事をしている。アリスタイディーズ氏は、秘書を人間だとは思っていないらしい！

その日の午後は、夢のようにぼんやりと過ぎていった。ヒラリーは上のテラスから下のテラスに下りて、庭を散歩した。庭は美しく、驚くほど静かだった。聞こえるのは噴水の音だけで、オレンジの実はきらきらと光り、さまざまな花がかぐわしい香りを放っている。その東洋風の庭にはまわりの世界から隔絶されたような雰囲気がただよっていて、ヒラリーはそれが気に入った。〝わが妹、わが花嫁は閉じた園……〟庭とは本来そういう場所だ。木や花に覆われた、外界から遮断された場所なのだ。

ここにとどまることができたら、とヒラリーはふと考えた。永遠にここにとどまることができたら……

彼女が考えていたのはパレ・ジャメイの庭そのものではなく、その庭が与えてくれる心のやすらぎだった。心のやすらぎを得ることなどとうの昔にあきらめていたのに、偶然見つけたのだ。それも、命がけの冒険に身を投じた矢先に。

いや、もしかするとこれは冒険でもなんでもなく、したがって、危険に身をさらす必要もなく……しばらくここにいてもなにも起きず……やがて……

やがて――どうなるのだろう？

急にひんやりとした風が吹いてきて、ヒラリーはぶるっと体を震わせた。静寂に包まれた庭に迷い込んでそこにやすらぎを見いだしても、いずれ自分の心に裏切られることになるのはわかっていた。なぜなら彼女は、これまでの人生における迷いも不安も、後悔も失望も、すべて引きずっていたからだ。

すでに午後もなかばを過ぎて、太陽の光も輝きをなくしていた。ヒラリーは庭からテラスに上がって、建物のなかに戻った。

東洋風の薄暗いロビーには陽気な声で饒舌《じょうぜつ》をふるっている人影があり、しだいに目が慣れてくると、カルヴィン・ベイカー夫人の姿がはっきりと見えた。ベイカー夫人は髪を染め直して、相変わらずお洒落をしていた。

「たったいま飛行機で着いたばかりなんですよ」と、ベイカー夫人がヒラリーに声をかけた。「汽車はいらいらさせられるでしょ――ひどく時間がかかるから！　それに、乗っている人たちもたいてい汚らしいし！　このあたりの人には衛生観念ってものがまるでないんですよね。市場《スーク》で売ってる肉をご覧なさいな――ハエがうじょうじょたかってるんですから。彼らはきっと、食べ物にハエがたかるのはごく自然なことだと考えてるんだわ」

「わたしもそれが自然だと思います」と、ヒラリーがいった。

ベイカー夫人は、そのような異端者的な見解を黙って聞き流そうとはしなかった。

「わたしは衛生的な食品の普及運動を支持してるんです。アメリカでは、傷みやすいものはみなセロファンで包んであるんですよ。でも、ロンドンでも、パンやケーキは裸でお店に並んでるんですよね。それはさておき、もうどこかへいらっしゃったんですか？　きょうは旧市街をご覧になったんでしょ？」

「いいえ、なにも見てないんです」と、ヒラリーは笑みを浮かべて返事をした。「一日中、日光浴をしていただけで」

「あら。でも、そうですよね——退院なさったばかりなんだもの。忘れてたわ」どうやら、観光をしない理由としてベイカー夫人の頭に浮かんだのは、病み上がりだということだけのようだった。「まったく、わたしとしたことが。当然ですよ。脳震盪を起こしたあとは一日中暗い部屋で寝ていたほうがいいんです。そのうち一緒に出かけましょう。わたしはつぎからつぎへとあちこち見てまわるのが好きなんです——前もって予定を立てて、すべて手配して。一分たりとも無駄にしたくありませんから」

とうてい一緒に行く気にはなれなかったが、それでもヒラリーはベイカー夫人の元気のよさをほめた。

「まあ、同年輩のほかの女性と比べると元気なほうかしら。疲れを感じることはめったにないんです。カサブランカで一緒だったミス・ヘザリントンを覚えてらっしゃる？　顔の長い、イギリス人の。彼女は今夜ここへ着くことになってるんです。飛行機より汽車のほうがいいといって。ここにはどんな人が泊まってらっしゃるの？　大半はフランス人ですよね。それに、新婚旅行のカップルもいるんじゃないかしら。じゃあ、わたしはこれで失礼して部屋を見てくることにします。最初に案内された部屋が気に入らなかったので文句をいったら、変えてもらえることになったんです」

小型の竜巻並みのエネルギーを秘めたベイカー夫人は、勢いよく立ち去った。

その夜、ヒラリーが食堂に入っていってまっ先に目にしたのは、壁際の小さなテーブルでペーパーバックを読みながらひとりで食事をしているミス・ヘザリントンの姿だった。

再会した三人は食事のあと一緒にコーヒーを飲み、その際、ミス・ヘザリントンがスウェーデン人の大実業家とブロンドの映画女優になみなみならぬ関心を示した。

「ぜったいに結婚はしてないはずですよ」ミス・ヘザリントンは好奇心を抑えて、非難がましい口調でささやいた。「外国ではそういうのが多いんですよね。窓際に座っているあのフランス人の家族は上流階級のようですね。子供たちはお父さんが大好きみたいだわ。もちろん、フランス人は子供たちを遅くまで起こしておくんですよ。ときには十時ごろまで起こしておくこともあって、きちんとフルコースの料理を食べさせるんです。子供はミルクとビスケットでいいのに」

「だからあんなに健康そうなのね」と、ヒラリーが笑いながらいった。

ミス・ヘザリントンはかぶりを振って、そうではないという代わりに舌を鳴らした。

「そういう育て方をしたら、ろくなことにならないわ」と、不吉な予言を口にした。

「それに、あの人たちは子供にワインまで飲ませるんですよ」

不吉な話はそれで終わった。

ベイカー夫人は翌日の計画を立てはじめた。

「旧市街へは行かないことにします」と、ベイカー夫人がいった。「このあいだ来たときにくまなく見てまわりましたから。旧市街はとてもおもしろくて、迷宮のようなんですよ。わかるでしょ？　まるで、昔の世界に迷い込んでしまったみたいで。ガイドと一緒じゃなければ、たぶんホテルに戻れなかったはずだわ。あそこに行くと、完全に方向感覚を失ってしまうんです。でも、ガイドはとても親切な男性で、興味深いことをいっぱい教えてくれました。きょうだいがひとりアメリカに——たしか、シカゴに——住んでるといってたんじゃなかったかしら。ひとめぐりして見るべきものをすべて見たあとは、旧市街を見下ろす丘の中腹にある軽食堂かティールームのようなところへ連れていってくれましてね。それはそれはすばらしい眺めでした。もちろん、そこではあのおぞましいミントティーを飲まされたんだけど、あれはほんとうにまずいですね。それに、いろんなものを売りつけられて。なかにはけっこういいものもあったけど、つまらないものも多かったわ。ああいうときは、きっぱり断わらないと」

「ええ、そうですね」と、ミス・ヘザリントンが相槌を打って、嘆かわしげにつけたした。「それに、もちろんお土産を買う余裕なんてないし。現金の持ち出しに制限があるのは、ほんとうに困ります」

第七章

1

陰気なミス・ヘザリントンとフェズの旧市街を見物するのは避けたいとヒラリーが思っていると、ありがたいことに、ベイカー夫人が車で遠出をしようといって、ミス・ヘザリントンを誘った。車代は自分が払うとベイカー夫人が明言したので、旅費の残りがますます少なくなって不安を感じていたミス・ヘザリントンは、大喜びで誘いに応じた。ヒラリーはフロント係にガイドを手配してもらって、フェズの旧市街見物に出かけた。

ヒラリーとガイドがテラスに出て、ひな段式の庭を下りていくと、壁に巨大な扉がついているのが見えた。ガイドは大きな鍵を取り出して錠に差し込み、扉がゆっくりと開くと、手招きしてヒラリーを通した。

まるで別世界に足を踏み入れたようだった。彼女のまわりを家々の高い壁が取り囲み、そのあいだを走る細い道は入り組んでいて、ときおり、開け放した扉の向こうに家の内部や中庭が見えた。荷車を引くロバや荷物を運ぶ男たち、それに、少年や女性がせわしなく通りを行きかい、女性はベールをかぶっている人もいれば、かぶっていない人もいる。ヒラリーは、ムーア人が謎めいた暮らしを営んでいる狭い通りを歩いているうちにすべてを忘れた。自分に課された任務も、これまでの過酷な人生も、自分が何者かも忘れ、おとぎの国に来たような錯覚におちいった。彼女は目と耳に神経を集中していそいそと歩きまわったが、ガイドがたえまなくしゃべりつづけるのと、土産《みやげ》を買う気はないのにあちこちの店をのぞけとしつこくすすめるのには閉口した。

「見てください。この店はとてもいい品物を置いてるんです。値段は安いが、どれも正真正銘の骨董品だ。服や絹地もありますよ。上等なネックレスなどいかがですか？」

だれもが東西交易の伝統を受け継いでしつこく土産物を売りつけようとするのはわずらわしかったが、それでもフェズの魅力がそこなわれることはなかった。そうこうしているうちに、ヒラリーは完全に方向感覚を失って、自分がどこにいるのかわからなくなった。通りは両側が壁に囲まれているので、北へ向かっているのか南へ向かっているのかはもちろん、もと来た道を引き返しているのかどうかもわからない。ガイドはすっかり疲れはてたヒラリーに、どうやらお決まりの最終スポットらしい場所へ案内しようとした。

「では、これからとてもすばらしい、いえ、最高にすばらしいところへお連れします。じつは、わたしの友人の店なんですが、ミントティーを飲みながら魅力的な品々をご覧ください」

ミセス・ベイカーが話していたとおりだとヒラリーは思ったが、せっかくガイドを雇ったのだから、すすめられたらどこへでも行って、なんでも見ておくつもりでいた。それに、あすはかたわらでしゃべりつづけるガイドに悩まされることなく、ひとりでもう一度見てまわることに決めていた。そこで、ガイドのあとについて門を抜け、旧市街を離れてまがりくねった坂道をのぼっていった。やがてふたりは、広い庭に囲まれて建つ伝統的な様式の美しい家に着いた。

フェズの旧市街を見わたせる広い部屋に通されて、すすめられるままに小さなコーヒーテーブルに座ると、予想どおり、ミントティーの入ったグラスが運ばれてきた。紅茶に砂糖を入れないヒラリーにとって、甘ったるいミントティーを飲むのは拷問に等しかった。けれども、お茶だとは思わずにレモネードの一種だと思って飲むと、けっこうおいしかった。絨毯、ネックレス、服地、刺繡品などを見るのも楽しかった。なのになにも買わないのは悪いと思い、ただそれだけの理由でちょっとしたものをひとつふたつ買った。すると、仕事熱心なガイドがさらなる提案をした。

「車の用意ができましたので、これからドライブにお連れしたいと思います。わずか一時間ほどですが、のどかで美しい景色を楽しめるはずです。そのあとでホテルへお送りします」そういったのち、それなりの気遣いを見せてさりげなくつけたした。「ドライブに出かける前に、ここにいるこの娘にきれいなお手洗いへご案内させましょう」

先ほどミントティーを運んできた若い娘がにこにこしながらそばに立っていて、たどたどしい英語で話しかけてきた。

「ええ、どうぞ、マダム。わたしが案内します。きれいなトイレです。とてもきれいです。まるで、リッツ・ホテルみたいに。ニューヨークやシカゴにあるのと同じです。さあ！」

ヒラリーは苦笑しながら少女のあとについていった。案内されたトイレはそれほどきれいではなかったものの、一応、水道は引かれていた。手洗い場の上には小さな鏡もついている。が、ひびが入っていたためにそこに映った顔はひどくゆがみ、ヒラリーはそれを見て、思わずあとずさった。手洗い場に掛けてあったタオルもあまり清潔そうではなかったので、手を洗ったあとは自分のハンカチで拭いて、出ていこうとした。

ところが、不思議なことにドアは開かなくなっていた。何度もガチャガチャと取っ手をまわしたが、ぴくりとも動かない。外側から閂《かんぬき》か錠をかけられたのかもしれないと思うと、腹が立った。人をトイレへ閉じ込めるなんて、いったいどういうつもりだ？　そのとき、反対側にもうひとつドアがあることに気づいた。そのドアの前へ行って取っ手をまわすと、あっさり開いたので、さっさとトイレをあとにした。

ドアの向こうには東洋風の狭い部屋があった。その部屋には、壁の上のほうにある小さな通風孔から光が射し込んでいるだけだったが、脚の短い長椅子に座って紫煙をくゆらせているのが、フェズへ来るときに汽車のなかで会った小柄なフランス人のムッシュー・アンリ・ローリエだというのはわかった。

2

ローリエは腰を上げようとせず、座ったままそっけなくあいさつした。しかも、その声はいささか感じが違っていた。

「やあ、こんにちは、ベタートン夫人」

ヒラリーはしばらく微動だにせずに突っ立っていた。驚きのあまり、体が凍りついてしまったのだ。なるほど――そういうことだったのか！　けれども、すぐに立ち直り、予期していたことが起きただけなのだから、彼女ならどうするかよく考えて行動しろ、と自分にいい聞かせた。そしてローリエの前に歩み出て、せっぱ詰まったような口調で訊いた。

「あなたは指示を与えにきてくださったんですね？　わたしを手助けしてくださるんですね？」

ローリエはうなずいて、責めるような口調でいった。

「汽車のなかでは気づかなかったようだな。おそらく、ありきたりの天気の話だと思ったんだろう」

「天気の話？」ヒラリーはなんのことかわからずに、ローリエを見つめた。

汽車のなかで話をしたときに、彼は天気についてどんなことをいったのだろう？　寒さか、霧か、それとも雪か？

雪。それは、ベタートン夫人が息を引き取る間際にささやいた言葉だ。そして、夫人は奇妙な詩を口ずさんだ。たしか、あれは……

すべてはま白い雪にうずもれる

たとえ足を滑らせて転んでも、立ち上がって歩いて行けたのだ？」

ヒラリーは思い出しつつ繰り返した。

「そうだ。なぜすぐさまそのように行動しなかったのだ？」

「無茶なことをいわないでください。わたしは病み上がりなんですよ。飛行機が墜落し、脳震盪を起こしてしばらく入院してたんです。昔のことは覚えてるんですが、最近のことは忘れてしまって——まったく思い出せないんです」ヒラリーは両手で頭を押さえた。声を震わせてしゃべるのは意外に簡単だった。「それがどんなに恐ろしいことか、あなたにはわからないと思います。大事なことを——けっして忘れてはいけないとても大事なことを——忘れてしまったのではないかと思うと、不安で。思い出そうとしても思い出せないんです」

「わかっているとも。飛行機事故にあうとはついてない」ローリエは抑揚のない声で冷ややかにいった。「しかし、問題は、旅をつづけるのに必要な体力と勇気があんたにあるかどうかだ」

「もちろん、旅はつづけます」と、ヒラリーが叫んだ。「主人が——」あとは声を詰まらせた。

ローリエは笑みを浮かべたが、にこやかな笑みではなかった。ネコのような、油断のない笑みだった。

「ご主人はあんたが来るのを首を長くして待っているはずだ」

ヒラリーは涙ながらに訴えた。

「あなたには想像もつかないはずです。主人がいなくなってからずっと、わたしがどんな思いをしていたか」

「イギリスの当局はあんたがなにを知っていてなにを知らないか、はっきりと見極めをつけたと思うかね？」

ヒラリーは大げさに両手を広げた。

「そんなことはわかりません。わかるはずないでしょ？　ただ、わたしの話は信用してくれているようでした」

「いや、しかし……」ローリエは途中で言葉を切った。

「もしかすると、わたしは尾行されているかもしれません」と、ヒラリーはおもむろにいった。「尾行している人の顔を見たわけではないんですが、イギリスを発って以来、だれかに監視されているような気がしてならないんです」

「当然だ」と、ローリエはぶっきらぼうにいった。「それはわれわれも予測していた」

「一応、お伝えしておいたほうがいいと思って」

「われわれは子供じゃないのだよ、ミセス・ベタートン。自分たちのしていることはよくわかっているつもりだ」

「すみません」ヒラリーは素直に謝った。「わたしはなにもわからないので」

「こちらの指令に従ってくれさえすれば、なにもわからなくていい」

「従います」と、ヒラリーは小さな声で答えた。

「ご主人が姿を消して以来、あんたがイギリスで厳重な監視下に置かれていたことはたしかだと思う。だが、伝言はきちんと届いたのだろ？」

「ええ」

「では、これからあらたな指令を与える」ローリエは事務的な口調でいった。

「お願いします」

「あんたは明後日にフェズを発って、マラケシュへ行く。これは当初の予定どおりで、汽車もホテルも予約が取れている」

「はい」

「マラケシュに着いた翌日に、イギリスから電報が届く。電報になんと書いてあるかは知らないが、ただちにイギリスへ戻る準備をしてもだれも不思議に思わないような文面のはずだ」

「イギリスへ戻るんですか？」

「最後まで聞きたまえ。まだつづきがあるんだ。あんたは電報を受け取りしだい、その翌日にカサブランカを発つ飛行機の座席を予約する」

「席が取れなかった場合はどうするんですか？　満席だった場合は？」

「満席のはずはない。すでに手が打ってあるのだから。不明な点はないな？」

「ありません」

「では、ガイドのところへ戻れ。ずいぶん長いあいだトイレにいたからな。ところで、パレ・ジャメイに宿泊しているアメリカ人女性とイギリス人女性とは親しくなったかね？」

「ええ。いけなかったんですか？　話しかけてこられたら、無視することもできないので」

「いけないどころか、じつに都合がいい。もし、どちらかをマラケシュへ誘うことができたら、もっといいんだが。では、ご機嫌よう」

「さようなら《オ・ルヴォワール》」

「もう二度と会うことはないだろう」ローリエはなんの感情もまじえずにそういった。

ヒラリーがトイレに戻ると、先ほどはぴくりとも動かなかったドアが開き、ほどなくガイドの待つティールームへ戻った。

「上等な車を用意したんですよ」と、ガイドが声をかけた。「それでは、快適で、かつ有益なドライブに出かけましょう」

そういうわけで、ヒラリーはガイドとともにドライブに出発した。

3

「まあ、あしたここを発ってマラケシュへ行くんですか？」と、ミス・ヘザリントンが訊いた。「結局、フェズにはそれほど長くいらっしゃらなかったわけですよね。それなら、まずマラケシュへ行って、それからフェズに来て、カサブランカは最後にしたほうがよかったんじゃないかしら」

「たしかにそうかもしれません」と、ヒラリーが応じた。「でも、それでは予約が取れなかったと思うんです。ここはけっこう混んでますから」

「イギリス人はそんなにいないのに」と、ミス・ヘザリントンはにがにがしげにいった。

「最近は外国でイギリス人に出会うことが少なくて、がっかりするわ」彼女は近くにいる人たちをさげすむように見まわして、つけたした。「ここが混んでるのはフランス人のせいですよ」

ヒラリーはうっすらと笑みを浮かべた。ミス・ヘザリントンにとっては、モロッコがフランス領であることなどなんの意味もないらしい。外国のホテルはすべてイギリス人旅行者のものだとでも思っているのだろう。

「フランス人とドイツ人と、もちろんアメリカ人と、それにギリシャ人もいますよ」ベイカー夫人はくすっと笑いながらいった。「ねえ、あのしなびた老人はギリシャ人じゃないかしら」

「そうらしいです」と、ヒラリーが教えた。

「ずいぶん大物みたいね」と、ベイカー夫人がいった。「ウエイターがひどく気を遣ってるもの」

「もはやイギリス人は見向きもされないんですよ」と、ミス・ヘザリントンが不満をもらした。「しかも、イギリス人は奥のほうのひどい部屋をあてがわれるんです――昔はメイドや下男が使っていたような部屋を」

「わたしは今回、モロッコのホテルで不愉快な思いをさせられたことはないわ」と、ベイカー夫人がいった。「つねに、お風呂のついたいちばんいい部屋にしてもらってるんですよ」

「あなたはアメリカ人ですからね」ミス・ヘザリントンは恨みをこめてぴしゃりといい返すと、すばやく編み棒を動かした。

「あなたがたにマラケシュへご一緒願えればどんなにいいかと思ってるんですよ」と、ヒラリーがいった。「ここで再会していろんなお話ができて、とても楽しかったんですもの。それに、ひとりぼっちの旅はさびしいし」

「わたしはもうマラケシュに行ったんです」と、ミス・ヘザリントンは残念そうに打ち明けた。

けれども、ベイカー夫人は心が動いたようだった。

「一緒に行こうかしら。マラケシュへ行ったのはひと月以上前だし、もう一度訪ねてみるのも悪くないわ。あなたをあちこち案内してあげられるし、わたしと一緒なら、へんな人にへんなところへ連れていかれることもないはずです。だまされたと気づいたときにはもう遅いんですよ。どうなるかわからないけど、とにかく旅行社に行って、予約を変更できるかどうかたずねてきます」

ベイカー夫人の姿が見えなくなると、ミス・ヘザリントンが辛辣《しんらつ》な口調でいった。

「アメリカの女性って、みんなああなんですよね。あっちへこっちへとせわしなく移動して、けっしてひとところにじっとしてないんだから。あの人たちが、きょうはエジプト、あすはパレスチナって具合に飛びまわっているのを見てたら、自分がいまどこの国にいるのかわかってないんじゃないかと思うことがあるんです」

ミス・ヘザリントンは急に話をやめて編み物を手に立ち上がり、ヒラリーに軽く会釈をしてそのトルコ風の部屋を出ていった。ヒラリーはちらっと腕時計を見た。いつもは夕食の前に服を着替えるのだが、その日はやめておくことにした。彼女が、壁に飾り布を掛けた天井の低いその薄暗い部屋にひとりで座っていると、ウエイターがなかをのぞきに来て、ランプをふたつともしていった。だが、ランプの光は弱いので、部屋は依然として心地よい仄暗さに包まれていた。おまけに、東洋的な静けさもただよっていた。ヒラリーは低い長椅子にゆったりと座って、今後のことを考えた。

きのうまでは、自分の引き受けた仕事を絵空事のように感じていた。だが、ようやくそうではないことがわかった。彼女の旅はまさにこれからはじまるのだ。これからは用心に用心を重ねて、けっしてミスを犯さないように行動しなければならない。オリーヴ・ベタートンになりきらなければならないのだ。そこそこ教養はあるものの、ごく平凡で、さほど魅力的ではなく、しかし、明らかに左翼思想に傾倒していて、夫を深く愛しているオリーヴ・ベタートンに。

「失敗は許されないのよ」と、ヒラリーは小さな声で自分にいい聞かせた。

モロッコのホテルでそうやってひとりで座っているのはなんだか妙な気分で、ここはまさに謎と神秘に満ちた国だと実感した。すぐそばで弱々しい光を放っているあのランプ！　真鍮に彫刻をほどこしたあのランプを手に取ってこすれば、ランプの精が姿をあらわすのではないだろうか？　そう思ったとたん、ぎくりとした。とつぜん、ランプの向こうにアリスタイディーズ氏のしわだらけの小さな顔とヤギひげが見えたのだ。アリスタイディーズ氏はていねいにお辞儀をしてからヒラリーのとなりに座った。

「お邪魔してもかまいませんかな、マダム？」

ヒラリーもお辞儀をして、かまわないといった。

アリスタイディーズ氏はシガレットケースを取り出して、たばこをすすめた。ヒラリーが一本手に取ると、自分もたばこに火をつけた。

「お気に召しましたか、この国は？」ややを間をおいて、アリスタイディーズ氏がたずねた。

「まだこちらへ来て日が浅いので」と、ヒラリーは答えた。「でも、とても魅惑的だと思います」

「なるほど。ここの旧市街へはいらっしゃったのでしょう？　いかがでしたか？」

「なんだか不思議な感じがしました」

「ええ、たしかに。あそこは時計が止まっているのです。商売も悪事も密談も、ひっそりと営まれている暮らしも、謎も、壁に囲まれた狭い通りに渦巻く活気も、すべて昔のままなのです。フェズの旧市街を歩くたびにわたしがなにを思い浮かべるか、おわかりになりますか、マダム？」

「いいえ」

「ロンドンのグレート・ウエスト・ロードを思い浮かべるのです。道路の両側に建ち並ぶ工場や、煌々とネオン灯をともした建物、そして、その建物のなかにいる人たちを。車で走っていると、建物のなかがはっきりと見えます。そこにはなにも隠されていないし、なんの謎もない。窓にはカーテンすらかかっておらず、人々は、だれが見ていようと平気で仕事をしています。まるで、アリ塚のてっぺんを切り取ってなかをのぞいているようで」

「つまり、その対比がおもしろいとお思いなんですね？」ヒラリーは、アリスタイディーズ氏の話に興味を抱いてたずねた。

アリスタイディーズ氏は小さな頭を縦に振った。

「そうです。ロンドンのグレート・ウエスト・ロードではすべてが見えるが、フェズの旧市街ではなにも見えない。すべてが隠されていて、薄暗くて……しかし――」アリスタイディーズ氏は膝を乗り出して、真鍮製の小さなコーヒーテーブルを指先でたたいた。「――しかし、ここでも同じことが行なわれているのです。残虐行為や弾圧、権力争い、それに値引き交渉が」

「人間の本質は同じだということですか?」と、ヒラリーが訊いた。

「そう、どこの国でも。古今を問わず、人間を支配しているのは残虐性と寛容性です。そのどちらかが人間を支配しているのです。ときには、双方に支配されていることもある」アリスタイディーズ氏は同じ口調で話をつづけた。「あなたは、このあいだカサブランカで墜落した飛行機に乗り合わせてらっしゃったそうですが」

「ええ」

「うらやましい」アリスタイディーズ氏は意外な言葉を口にした。

ヒラリーは驚いてアリスタイディーズ氏を見つめた。すると、彼は先ほどと同じように大きくうなずいた。

「じつにうらやましい。あなたは貴重な体験をしたのですから。わたしもぜひ体験したいと思っているのです。あなたは死の一歩手前まで行って生還したわけで――それ以来、自分が変わったように感じませんか、マダム？」

「あまりうれしくない変化は感じています」と、ヒラリーはいった。「事故の際に脳震盪を起こしたせいでいまでもひどい頭痛がするし、記憶にも障害が出てるんです」

「それぐらいならたいしたことはない」アリスタイディーズ氏はそういって手を振った。「だって、臨死体験をしたわけでしょう？」

「ええ、まあ」と、ヒラリーはゆっくり返事をした。「そういうことになりますね」

そのときふと、ヴィシー水の瓶と睡眠薬の錠剤がまぶたに浮かんだ。

「わたしは一度も体験したことがないのです」アリスタイディーズ氏はくやしそうにいった。「これまでいろんな体験をしたが、臨死体験はまだ一度も」彼は立ち上がってお辞儀をし、「それでは失礼します、マダム」といって姿を消した。

第八章

空港はどこも同じだわ、とヒラリーは思った。なぜかまったく個性がないからだ。おまけに、どこの空港も都市の中心部からかなり離れたところにつくられているので、そこがどこの国なのかわからない奇妙な感覚に襲われる。ロンドンからは、マドリードでもローマでも、イスタンブールでもカイロでも、どこへでも好きなところへ飛んでいけるが、ただ経由するだけなら、その土地の様子はわからない。たとえ上空からちらっと見えたとしても、それはその都市の本来の姿ではなく、いわば積み木の模型だ。

それに、空港へはなぜ早目に来て長いあいだ待たなければならないのだろうと、いらいらしながらヒラリーはあたりを見まわした。

彼女たちはもう三十分近く出発ロビーで待っていた。ヒラリーと一緒にマラケシュへ行くことになったカルヴィン・ベイカー夫人は、空港に着いてからずっとしゃべりつづけていた。ヒラリーはろくに話を聞かずに適当に相槌を打っていたが、ベイカー夫人はいつの間にかヒラリーに話しかけるのをやめて、近くに座っている長身でブロンドの若い男性ふたりと話しはじめた。人なつっこい笑みを浮かべているのはアメリカ人で、いかにもまじめそうな顔をしているのはデンマーク人かノルウェー人だ。そのまじめそうな男性はわざとむずかしい言葉を使い、堅苦しい口調でゆっくりと話をした。アメリカ人のほうは、同国人を見つけて喜んでいるようだった。しばらくすると、ベイカー夫人が気を遣ってヒラリーを見た。

「お友だちのミセス・ベタートンを紹介しますわ、ミスター――？」

「アンドルー・ピーターズです。友人にはアンディーと呼ばれてます」

もうひとりの男性は、立ち上がって深々とお辞儀をした。「ぼくはトルキル・エリクソンです」

「これでみんなお近づきになれたわけよね」と、ベイカー夫人がうれしそうにいった。

「あなたたちもマラケシュへ行くんでしょ？　ミセス・ベタートンはマラケシュへ行くのがはじめてで――」

「ぼくもそうです」と、エリクソンがさえぎった。「ぼくもはじめてなんです」

「ぼくもです」と、ピーターズがいった。

とつぜんスピーカーのスイッチが入って、雑音とともにフランス語が流れてきた。ほとんど聞き取れなかったが、搭乗をうながすアナウンスだというのは察しがついた。

その飛行機の乗客は、ベイカー夫人とヒラリーのほかに四人いた。ピーターズとエリクソンと、背が高くてやせたフランス人の男性と、おっかない顔をした修道女の四人だ。

空は雲ひとつなく晴れわたっていたので、飛行条件は申し分なかった。ヒラリーは心のなかに渦巻く不安や疑問から気持ちをそらすために、座席にもたれかかりながらなかば目を閉じてほかの乗客の様子を観察した。

灰色の旅行着に身を包んで通路の反対側の一列前の席に座っているベイカー夫人は、なんの悩みもなく丸々と太ったアヒルのようだった。藍色に染めた髪の上に羽根飾りのついた小さな帽子をちょこんとのせて、写真がいっぱい載った雑誌のページをめくっている。ときおり身を乗り出して、前の座席に座っているブロンドの髪をした陽気なアメリカの若者、ピーターズの肩をたたくと、ピーターズはにこやかな笑みを浮かべて振り向いて、積極的にベイカー夫人の話の相手をした。アメリカ人というのはなんて気さくで人なつっこいのだろう、とヒラリーは思った。なかなか打ち解けようとしないイギリス人とは大違いだ。ミス・ヘザリントンが同じ飛行機に乗り合わせた若い男性と——たとえそれが同国人でも——気軽に話をするとは思えないし、話しかけられた相手も、このアメリカの若者のように楽しそうに話をするとは思えない。

通路をはさんだとなりの席にはエリクソンが座っていた。

目が合うと、エリクソンはぴょこんと頭を下げて身を乗り出し、読み終えたばかりの雑誌を差し出した。ヒラリーは礼をいって雑誌を受け取った。エリクソンのうしろには、髪の黒いやせたフランス人が両脚を投げ出して座っている。どうやら眠っているらしい。

ヒラリーがこっそり振り向くと、まうしろに座っているおっかない顔をした修道女が、あたたかみのない無表情な目でぼんやりとヒラリーを見た。修道女は両手を組み合わせて静かに座っている。ヒラリーは古めかしい服を着た修道女が飛行機に乗っているのを見て、中世から二十世紀へタイムスリップしてきたのではないかという突飛な空想をめぐらせた。

この六人はたまたま数時間だけ一緒に旅をして、マラケシュに着いたらそれぞれべつの目的を持ってべつの場所へ散り、二度と会うことはない。ヒラリーは以前、一台の飛行機に乗り合わせた六人の乗客のその後の人生をたどった小説を読んだことがあった。フランス人は休暇を過ごしにきたのだ、と彼女は勝手に決めつけた。ひどく疲れているように見えたからだ。アメリカ人の若者はおそらくなにかの研究者だろう。エリクソンは仕事でモロッコへ来たのかもしれない。修道女は修道院へ向かう途中にちがいない。

やがて、ほかの乗客のことを忘れて目を閉じたヒラリーは、ゆうべひと晩中考えつづけていた指令について、もう一度考えた。イギリスへ帰るという指令についてだ。どう考えてもおかしい。しかし、もしかすると、なにか問題があって信用できないと判断されたのかもしれない。本物のオリーヴ・ベタートンなら口にしたはずの合い言葉をいわなかったために、偽物だと疑われているのかもしれない。ヒラリーはため息をついてもぞもぞと体を動かした。「でも、これ以上はどうすることもできないわ。もし、しくじったのなら——それはそれでしょうがない。とにかく、わたしは精いっぱい努力したんだから」と、彼女は心のなかでつぶやいた。

だが、すぐにべつの考えが浮かんだ。アンリ・ローリエは、モロッコでの彼女の行動が厳重に監視されているのは当然で、予測していたことだと認めた——ということは、イギリスへ帰るのは疑念を晴らすためだろうか？　ベタートン夫人が急にイギリスに帰れば、当然、彼女がモロッコへ来たのは夫のあとを追って〝失踪〟するためだったのではないとだれもが思う。そうなれば疑念は晴れ、たんなる旅行だったということになる。イギリスに帰る際には、エールフランス機でいったんパリへ行き——おそらくパリで

——

もちろんそうにちがいない。トーマス・ベタートンもパリで姿をくらましている。パリでなら、簡単に失踪のお膳立てができるはずだ。もしかすると、トーマス・ベタート

ンはあれ以来ずっとパリにいるのかもしれない。もしかすると――ヒラリーは答えの出ないことをあれこれ考えるのに疲れて、眠りに落ちた。途中で一度目を覚ましたが、手に持った雑誌をところどころぼんやりと眺めて、またうとうととした。そのうち彼女は深い眠りにつき、とつぜん目を覚ましたときには、飛行機が大きく旋回しながら急速に高度を下げていた。腕時計を見たが、到着予定時刻まではまだ少し時間があった。それに、窓から地上に目をやっても、空港らしきものは見えなかった。

ほんの一瞬、もしやというかすかな不安が脳裏をよぎった。髪の黒いやせたフランス人は、あくびをしながら伸びをして窓の外に目をやった。そのとたん、フランス語でなにかいったが、よく聞こえなかった。すると、エリクソンが通路に身を乗り出した。

「ここへ降りようとしてるみたいだけど――なぜだろう？」

「不時着しようとしてるのかしら」と、ヒラリーがいった。

ベイカー夫人も座席から身を乗り出し、ヒラリーを見てこくりとうなずいた。

飛行機は旋回しながらさらに高度を下げていく。そこは、砂漠のどまんなかのようだった。村や家は見あたらない。そのうち、激しい衝撃とともに車輪が地面に接触すると、飛行機は機体を揺らしながらしばらく地上を走って、ついにとまった。そうとう危なっかしい着陸だったが、なにかに激突する恐れはなかった。

エンジントラブルか、それとも燃料切れだろうか？　浅黒い肌をした若くてハンサムなパイロットが操縦室から姿をあらわして、うしろのほうへ歩いていった。

「どうぞ、降りてください」パイロットは後部扉を開けて短いタラップを下ろすと、乗客全員が機外に出るのを待った。地上に降り立った六人は、かすかに体を震わせながらかたまって立った。遠くの山から勢いよく風が吹いてくるので、けっこう寒かった。ヒラリーは、その山が雪をかぶっていてとても美しいことに気づいた。空気も冷たくて、じつにすがすがしい。やがてパイロットも降りてきて、フランス語で話しかけた。

「みなさんおそろいですか？　そうですね？　申しわけありませんが、もう少しお待ちください。いや、来ました」

パイロットの指さすほうに目をやると、地平線上にぽつんと小さな点が見えて、それがどんどん大きくなるのがわかった。ヒラリーはとまどいのににじむ声でたずねた。

「どうしてここに不時着しなければならなかったんですか？」なにかあったんですか？　どのぐらいここで待たなければならないんですか？」

「ステーションワゴンがこっちへ来るようですよ」と、フランス人の乗客がいった。

「あれに乗るんじゃないでしょうかね」

「エンジントラブルですか？」と、ヒラリーが訊いた。

アンドルー・ピーターズがにっこり笑った。

「そんなことはないはずです。エンジン音は正常だったから。でも、たぶんそういうことにするんだと思います」

ヒラリーが理解に苦しんでピーターズを見つめると、ベイカー夫人がつぶやいた。

「ああ、外に立ってるのは寒いわ。それがこのあたりの気候の最大の難点ですよね。どんなに天気がよくても、陽が傾きかけたら急に寒くなるんだから」

パイロットは小声でぶつぶつと文句をいっていて、ヒラリーにはそれがこんなふうに聞こえた。

「いつだって遅れてくるんだから。《トゥジュール・デ・ルタール》やってられないよ《アンスポルターブル》」

ステーションワゴンが猛スピードで近づいてきたかと思うと、ベルベル人の運転手が急ブレーキをかけて車をとめた。運転手が降りてくると、たちまちパイロットと激しい口論になった。ヒラリーがなにより驚いたのは、ベイカー夫人がフランス語でふたりの口論を仲裁したことだった。

「時間の無駄よ」と、ベイカー夫人は威圧的な口調でいった。「いい争っててもしかたないでしょ？　いつまでもこんなところにいるのはご免だわ」

運転手は肩をすくめて車に戻り、うしろの荷物入れのドアを開けた。そこには大きな木箱が積まれていて、運転手がパイロットとエリクソンとピーターズに手伝ってもらって地面に下ろした。車から下ろすのに四人の男手が必要だったのは、そうとう重いからにちがいない。運転手が木箱の蓋を開けようとすると、ベイカー夫人がヒラリーの腕に手を置いた。

「見ないほうがいいわ。気分が悪くなるから」

ベイカー夫人はヒラリーを車の反対側へ連れていった。ピーターズとフランス人も一緒に来て、フランス人がフランス語でいった。

「彼らはどうしてあんなことをしようとしてるんでしょうね」

ベイカー夫人がフランス人にたずねた。

「あなたはバロン博士ですね？」

フランス人が軽く会釈をした。

「お目にかかれて光栄です」とベイカー夫人はいい、パーティーに来てくれた客を迎えるような感じで手を差し出した。

ヒラリーは驚きをあらわに質問した。

「あんなことって、なんですか？　あの箱にはなにが入ってるんですか？　なぜ見ないほうがいいんですか？」

長身のピーターズが、見下ろすようにヒラリーを見つめた。なかなかいい顔をしている、とヒラリーは思った。誠実で、頼りになりそうな男だ。

「ぼくは、なかになにが入ってるのか知ってます」と、ピーターズがいった。「パイロットが教えてくれたんです。あまりいいことだとは思えないけど、しかたなかったんでしょう」そして、声をひそめてつけたした。「あの箱には死体が入ってるんですよ」

「死体ですって！」ヒラリーは目を丸くしてピーターズを見た。

「死体といっても、殺人事件がらみのものじゃないんです」ピーターズは笑みを浮かべてヒラリーを安心させた。「きちんとした手続きを踏んで、合法的な手段で手に入れたものです。研究に――医学の研究に使うということで」

ヒラリーはなおもピーターズを見つめた。「わけがわからないわ」

「要するに、ここが旅の終点になるんですよ、ミセス・ベタートン。ひとつの旅の終点に」

「ひとつの旅の終点？」

「ええ。あの死体は機体のなかに放り込んで、パイロットが仕掛けを取りつけることになってるんです。ぼくたちは間もなくステーションワゴンに乗ってここを離れるので、炎が上がるのを遠くから眺めることになるでしょう。またもや飛行機が墜落して炎上し、乗客は全員死んでしまうんですよ！」

「どうして？　信じられないわ！」

「しかし、もちろん――」バロン博士がヒラリーに声をかけた。「われわれがどこへ行こうとしているかはご存じなんでしょう？」

ベイカー夫人がヒラリーのそばに来て、ほがらかにいった。

「もちろん、彼女だって知ってますよ。ただ、こんなに早くそのときが来るとは思ってなかったんじゃないかしら」

ヒラリーは驚きがおさまるのをしばらく待った。

「でも――みんな同じところへ行くんですか？」そういいながら、全員を見まわした。

「ぼくたちは同志なんです」と、ピーターズが静かにいった。

それを聞いてエリクソンがうなずき、熱狂的な口調で繰り返した。

「そう、ぼくたちはみな同志です」

第九章

1

パイロットが彼らのそばに来た。

「出発してください。それも、できるだけ早く。いろいろやらなければならないことがあるし、予定よりずいぶん遅れているので」

ヒラリーは一瞬ためらったのち、そっと喉に手をやった。首にかけていた真珠のネックレスを引っぱると、プチンと糸が切れたので、ばらばらになった真珠を手ですくってポケットに入れた。

やがて、全員がステーションワゴンに乗り込んだ。両脇をピーターズとベイカー夫人にはさまれて長いシートに座ったヒラリーは、ベイカー夫人のほうを向いてたずねた。

「それじゃ――つまりその――あなたはいわゆる〝連絡将校〟なんですか、ミセス・ベイカー?」

「そのとおりよ。自分でいうのもおかしいけど、わたしはこういった仕事に向いてるの。アメリカ人の女があちこち旅行してても、だれも変に思わないから」

ベイカー夫人は相変わらずふくよかで、にこにこと笑っていたが、どことなく感じが違っていた。少なくとも、ヒラリーにはそう思えた。明るいだけが取り柄のごく平凡な女性のように見えたのに、いまヒラリーの目の前にいるベイカー夫人はてきぱきとしていて、しかも冷酷そうだった。

「おそらく、新聞は大きく取り上げるでしょうね」ベイカー夫人はさもおかしそうに笑った。「わたしがいってるのは、あなたのことよ。きっと、〝不幸につきまとわれた女〟とでも書くんじゃないかしら。だって、最初はカサブランカへ向かう途中で飛行機が墜落して瀕死の重傷を負い、また飛行機事故にあって、今度は命を落としたんだから」

ヒラリーはとつぜんこの計画の巧妙さに気がついた。

「ほかの人たちは?」と、ささやくような声で訊いた。「あの人たちは、本人がいっているとおりの人物なんですか?」

「もちろんそうよ。バロン博士はたしか細菌学者のはずだわ。ミスター・エリクソンは有能な若手の物理学者で、ミスター・ピーターズは化学者、そして、ミス・ニードハイムは修道女なんかじゃなくて、内分泌学者なの。わたしは先ほどもいったようにたんなる連絡将校で、科学者じゃないわ」ベイカー夫人はまた笑った。「ミス・ヘザリントンは大失態を演じたわけよね」

「じゃあ――ミス・ヘザリントンは――彼女は――」

ベイカー夫人が力強くうなずいた。

「そうよ、彼女はあなたを尾行してたの。カサブランカで前任者と交替したのよね」

「でも、誘ったのにきょうはついてこなかったじゃないですか？」

「ついてくるわけにはいかなかったのよ」と、ベイカー夫人が説明した。「一度行ったマラケシュにまた行くのはおかしいでしょ。でも、彼女は電報か電話で知らせたはずだから、きっと、だれかがマラケシュで待っていて尾行を引き継ぐことになってたのよ。あなたがマラケシュに到着すればね！　滑稽だと思わない？　ほら！　見て！　燃えてるわ」

ステーションワゴンは猛スピードで砂漠を突っきっていたが、身を乗り出して小さな窓から外に目をやると、後方に巨大な炎が見えた。爆発音もかすかに聞こえた。ピーターズは頭をのけぞらせて笑った。

「マラケシュ行きの飛行機が墜落して、六人の乗客は全員死亡したんだ！」

ヒラリーは独り言のようにつぶやいた。

「なんだか怖いわ」

「未知の世界へ足を踏み入れることができますか？」と、ピーターズがたずねた。先ほどとは打って変わった真剣な口調だった。「気持ちはわかりますが、前進するしかないんです。ぼくたちは過去を捨てて、未来へ向かおうとしてるんですから」ピーターズの顔が急に生き生きと輝いた。「邪悪で、しかも狂った過去の遺物とはきっぱり訣別するべきです。堕落した政府や主戦論者とは。そして、あらたな世界を――愚か者や邪魔者のいない、科学の世界を――めざして突き進まなければならないんです」

ヒラリーは深呼吸をした。

「主人がいつも話してたことと同じね」と、落ち着きはらった口調でいった。

「ご主人が？」ピーターズが一瞬ヒラリーを見つめた。「もしかして、あなたのご主人はトーマス・ベタートンなんですか？」

ヒラリーがうなずいた。

「これはすごいや。ぼくは同じアメリカにいながら何度かチャンスを逃して、結局、一度もご主人に会えなかったんです。ZE核分裂は今世紀最大の発見のひとつですよ――

だから、ご主人のことはおおいに尊敬してるんです。たしか、亡くなったマンハイム教授と一緒に研究してらしたんですよね」

「そうです」

「マンハイム教授の娘さんと結婚なさったという話を聞いた覚えがあるんですが、あなたは――」

「わたしは二度目の妻です」ヒラリーはほんの少し顔を赤らめた。「主人の――最初の妻のエルザはアメリカにいるときに亡くなりました」

「思い出しましたよ。ご主人はそのあとイギリスの研究所へ移られたんですよね。なのにとつぜん姿を消したから、イギリスの関係者はかんかんに怒ってるんだ」ピーターズはいきなり笑いだした。「学会でパリへ行っているあいだに、忽然と姿を消したから」そして、感動をあらたにしたような口調でつけたした。「いや、彼らはみごとに組織化されてますからね」

ヒラリーはピーターズのいうとおりだと思うのと同時に、敵の手強さを見せつけられた気がして、激しい戦慄を覚えた。練りに練った作戦も、せっかく覚えた暗号も合い言葉も、もはやなんの意味も持たなくなる。なぜなら、これで彼女の足取りが途絶えてしまうからだ。あの飛行機にはトーマス・ベタートンが行った謎の場所へ向かう者たちだけが乗せられて、墜落するように仕組まれていたのだ。しかし、それを示す手がかりはなにもない。墜落現場に残っているのは、炎上した飛行機の残骸だけだ。そして、そのなかには焼けこげた死体がある。彼らは――ジェソップや彼の同僚は――焼けこげた死体はどれもヒラリーのものではないと気づくだろうか？　たぶん無理だろう。だれも疑問を抱かないように、策がめぐらされているはずだ。

ふたたびピーターズがしゃべりだしたが、熱のこもった彼の声は、なんとなく子供じみていた。彼は不安や後悔の念など微塵も抱かずに、早く目的地に着きたくてうずうずしているようだった。

「この車はいったいどこへ向かってるんだろう？」

ヒラリーもそれが知りたかった。それによって、またもや自分の運命が大きく変わるかもしれないからだ。いずれ、彼らは人のいる場所へたどり着くはずだ。捜索が行なわれれば、その日の朝に空港を飛び立った人物の特徴と合致する六人を乗せたステーションワゴンを見かけたという目撃情報が寄せられるかもしれない。ヒラリーはベイカー夫人を見て、かたわらにいる若いアメリカ人と同じ、好奇心に満ちた子供っぽい声でたずねた。

「わたしたちはどこへ行こうとしてるんですか？　これからどういうことになるんです

か？」

「いまにわかるわ」と、ベイカー夫人がいった。声はほがらかだったが、その言葉にはなんとなく不吉な響きがこもっていた。

ステーションワゴンはひたすら走りつづけた。陽はすでに地平線の向こうに沈もうとしていたので、飛行機から立ち上る炎は後方の空をバックにくっきりと見えた。陽が落ちてあたりが暗くなっても、ステーションワゴンはなおも走りつづけた。道が悪いのは、もちろん幹線道路を走っているわけではないからだ。ときには、畑のあいだを走り抜けたり原野を突っきったりしているように感じることもあった。

ヒラリーはその間ずっと起きていた。さまざまな思いや不安が頭のなかで激しく渦巻き、神経も高ぶっていた。けれども、車の揺れが眠気を誘い、疲れていたこともあって、いつの間にか眠ってしまった。ただし、熟睡したわけではなく、車が大きく揺れるたびに目を覚ました。目を覚ました直後は自分がどこにいるのかわからなかったが、記憶はすぐによみがえった。一度目が覚めると、またもやさまざまな思いや不安が頭のなかを駆けめぐったが、そのうちこくりこくりと舟をこぎだして、ふたたび眠りに落ちた。

2

目を覚ましたのは、車がいきなりとまったからだった。ピーターズもそっと彼女の腕をゆすった。

「起きてください。どこかに着いたみたいですよ」

全員がステーションワゴンを降りた。長いあいだ車に揺られていたので、みな疲れきった顔をしていた。あたりはまだ暗かったが、自分たちが、ヤシの木に囲まれた一軒の家の前に立っているのはわかった。少し離れたところには集落があるようで、仄暗い明かりもいくつか見えた。彼らはランプの光に導かれてその家のなかへ入っていった。そこはベルベル人の家で、女性がふたり、くすくす笑いながらものめずらしそうにヒラリーとベイカー夫人を見た。修道女の格好をしたミス・ニードハイムには目もくれなかった。

ヒラリーとベイカー夫人とミス・ニードハイムは、二階の狭い部屋へ連れていかれた。床にはマットレスが三枚敷いてあり、毛布もたたんで積み上げてあったが、家具はいっさいなかった。

「まったく、体中が痛いわ」と、ベイカー夫人が不平を唱えた。「道が悪いから、筋肉が引きつってしまったのよ」

「苦痛は耐えられます」と、ミス・ニードハイムがいった。

しわがれた耳障りな声だったが、自信があふれていた。英語も流暢で、訛りはかなりきついが、文法的な間違いはなかった。

「すっかり役にはまってしまったのね、ミス・ニードハイム」と、ベイカー夫人がいい返した。「朝の四時に修道院のかたい石の床にひざまずいているあなたの姿が目に浮かぶわ」

ミス・ニードハイムはさげすむような笑みを浮かべた。

「キリスト教は女性を愚か者に変えてしまったんです。か弱さや従順さを女性の美徳として崇めることによって！　多神教を信じていたころの女性は強く、彼女たちはそれを美徳として、自分の思いどおりに生きてきました。思いどおりに生きるためには、苦しみに耐えなければなりません。耐えられない苦しみなどないのです」

「とにかく、わたしはフェズのパレ・ジャメイのベッドがなつかしくてしょうがないわ」と、ベイカー夫人があくびをしながらいった。「あなたはどうなの、ミセス・ベタートン？　脳震盪を起こしたばかりだから、あんなに車に揺られて、ずいぶんこたえたはずよ」

「ええ、まあ」と、ヒラリーはあいまいに返事をした。

「もうすぐなにか食べ物を持ってきてくれるはずなので、それを食べたらさっさと寝たほうがいいわ。アスピリンを分けてあげるから」

階段をのぼってくる足音と女性の笑い声が聞こえたかと思うと、ベルベル人の女性がふたり部屋に入ってきた。手にした盆の上には、小麦粉のだんごと肉の煮込みを盛った大きな皿がのっている。ふたりはそれを床に置いていったん下がると、水を入れた金盥《かなだらい》とタオルを持って戻ってきた。片方の女性がヒラリーの上着に触れて、生地を指でつまみながらもうひとりの女性になにかいうと、その女性は即座にうなずいて同意を示し、今度はその女性がベイカー夫人の服を触った。先ほどと同様に、ふたりともミス・ニードハイムには目もくれなかった。

「シーッ」ベイカー夫人が手を振った。「シーッ、シーッ」

まるでニワトリを追い払っているようだったが、ベルベル人の女性はなおもくすくすと笑い、ベイカー夫人のそばを離れて部屋を出ていった。

「ああいうばかな女にはいらいらさせられるわ」と、ベイカー夫人がいった。「彼女たちは、赤ん坊と服にしか興味を示さないのよね」

「ほかにはなんの能力もないからですよ」と、ミス・ニードハイムがいった。「あの人たちは奴隷なんです。自分たちよりすぐれた人種のために働くことしかできないんです」

「そんないい方をするのはひどいんじゃないかしら」ヒラリーはミス・ニードハイムの傲慢《ごうまん》な物言いに腹が立った。

「安っぽい同情をするのはいやなんです。世の中は、支配するごく少数の人間と、支配される大多数の人間で成り立ってるんですから」

「でも……」

ベイカー夫人がふたりを黙らせるべく割って入った。

「そういったことについては、みんなそれぞれ興味深い見解を持ってるはずだわ。でも、いまはそんな話をするときじゃないはずよ。とにかく、ゆっくり休まなきゃ」

やがてミントティーが運ばれてくると、ヒラリーはみずからすすんでアスピリンを数錠飲んだ。ほんとうに頭痛がしたからだ。そのあと、三人はマットレスに体を横たえて眠りについた。

翌朝は遅くまで寝ていた。ベイカー夫人の話では、出発するのは夕方になってからだということだった。彼女たちが一夜を過ごした二階の部屋には平らな屋根に通じる外階段がついていて、屋根にのぼるとかなり遠くまで見わたせた。少し離れたところに集落があるが、彼女たちのいる家は、ヤシの木が植わった広い敷地のなかにぽつんと建っている。目を覚ましたときには、ドアの内側に服がひとり分ずつたたんで置いてあり、ベイカー夫人はそれを指さしてこういった。

「ここから先は現地の住人に化けることにするので、これまで着ていた服はここに置いていくのよ」

そういうわけで、ベイカー夫人はしゃれたスーツを、ヒラリーはツイードの上着とスカートを、ミス・ニードハイムは修道女の服を脱ぎ捨ててモロッコ人に変身し、その家の屋根に座って話をした。なにもかもが現実離れしていて、なんだか不思議な感じがした。

ヒラリーは、古めかしい修道女の服を脱いだミス・ニードハイムをじっくり観察した。ミス・ニードハイムはヒラリーが思っていたより若く、せいぜい三十三、四歳で、なかなかの美人だった。ただし、白い肌と太くて短い指と、いちずな思いがときおりきらりと光る冷ややかな目は、人の視線を引きつけるのではなくはね返していた。しゃべり方にも険があり、思ったことを遠慮せずにずばずばといった。おまけに、ベイカー夫人とヒラリーに対しても、ベルベル人の女性に対して見せたのと同じ、付き合うだけの価値はないと思っているような軽蔑的な態度をとった。ヒラリーはミス・ニードハイムのそういう傲慢なところが我慢できなかったが、ベイカー夫人は少しも気にしていないようだった。おかしなことに、ヒラリーはくすくす笑いながら食事を運んできてくれるベルベル人の女性には親近感を覚えたのに、同じ西洋社会から来たふたりとのあいだには妙な距離感があった。だが、ミス・ニードハイムは、人にどう思われようといっこうに意に介していないようだった。彼女の言動にいらだちがにじんでいるのは明らかで、とにかく早く旅をつづけたいらしく、ヒラリーやベイカー夫人のことにはまるで関心がなさそうだった。

ベイカー夫人の心のなかを探るのはさらにむずかしかった。ベイカー夫人には気取ったところがなく、まったく人間味が感じられないドイツ人の内分泌学者とくらべたらごく普通の女性だと、最初のうちは思っていた。ところが、その日の夕方になると、ヒラリーは気位の高いミス・ニードハイムよりベイカー夫人のほうに興味をそそられ、それと同時に反感を覚えるようになった。ベイカー夫人の言動が計算しつくされているように感じたからだ。ベイカー夫人はごく平凡な考えや陳腐な意見を述べていたのだが、俳優がすでに七百回近く口にした台詞をまた繰り返しているような印象を受けたのだ。実際にそんなふうに考えたり感じたりしているわけではないのに、迫真の演技をしているように。カルヴィン・ベイカー夫人とはいったい何者なのだろう？　彼女はなぜ、まるでロボットのように自分の役を完璧に演じることができるのだろう？　彼女も熱心なシンパだからだろうか？　彼女も資本主義体制を忌み嫌い、すばらしい新世界を夢見ているのだろうか？　思想や理想のために普通の暮らしを捨てたのだろうか？　ヒラリーにはなにもわからなかった。

その日の夕方、彼女たちはふたたび出発した。ただし、乗り込んだのはステーションワゴンではなく、観光用の幌《ほろ》型自動車だった。全員が現地人と同じ格好をし、男性はジュラバと呼ばれる丈の長い白い服を着て、女性はベールで顔を隠した。狭い車内は窮屈だったが、車は夜どおし走りつづけた。

「気分はどうですか、ミセス・ベタートン？」

ヒラリーは声をかけてくれたアンドルー・ピーターズを見上げて、にっこりほほ笑んだ。一行が車を降りて、昇ったばかりの朝陽を浴びながら朝食をとっているときだった。朝食のメニューは、卵とモロッコのパンと、携帯用の小型コンロで沸かした紅茶だった。

「なんだか夢を見ているみたいで」と、ヒラリーが答えた。

「ええ、たしかにそんな感じがしますよね」

「ここはどこかしら？」

ピーターズは肩をすくめた。

「それはだれにもわかりません。われらがミセス・カルヴィン・ベイカーは知ってるんでしょうけど」

「ずいぶんさびしいところね」

「見わたすかぎり砂漠ですからね。でも、そうじゃないとだめなんですよ」

「そうじゃないと見つかってしまうってこと？」

「ええ。念には念を入れる必要があるんです。もうおわかりのように、ぼくたちの旅は、それぞれが独立したいくつかの区間に分かれてるんです。まずは飛行機が炎上し、そのあと、旧式のステーションワゴンで夜どおし移動しましたよね。たとえだれかに見られたとしても、あの車には、近くで発掘調査をしている考古学研究チームのものであることを示すプレートがついてたんです。その翌日には、ベルベル人を大勢乗せた幌型自動車が目撃されるかもしれないが、さほどめずらしい光景じゃないですからね。そのつぎは――」ピーターズはまた肩をすくめた。「さあ、どうなることやら」

「わたしたちはどこへ向かってるの？」

ピーターズがかぶりを振った。

「そんなことを訊くのは無駄ですよ。そのうちわかるんですから」

フランス人のバロン博士も話に加わった。

「ええ、そのうちわかります。でも、訊きたくなるのは当然ですよ。それが西洋人の気質ですから。われわれはけっしてきょうのこの日に満足しないんです。われわれにはつねにあすがあるんです。過ぎた一日のことは忘れて、あすへ進もうとするんです。それだけ欲張りなんでしょうね」

「じゃあ、一刻も早く目的地に着きたいんじゃないですか、博士？」と、ピーターズが訊いた。

「やらなければならないことはいっぱいあるのに、人生は短いですから」と、バロン博士はいった。「だから、時間が必要なんです。もっと多くの時間が」そういいながら、大きく両手を広げた。

ピーターズがヒラリーを見た。

「あなたのお国の人たちが唱える四つの自由とはなんでしたっけ？　恐怖や欠乏から解放された、健全で平和な暮らしを営む自由と……」

バロン博士がさえぎって、「わたしは愚か者から解放されたい！」と、辛辣な口調で叫んだ。「研究のためには、それが不可欠なんです。研究費を節約しろとほざく愚か者たちからの解放が！　それに、研究を妨害するこまかい規制からの解放も！」

「あなたは細菌の研究をなさってるんですよね、バロン博士？」

「ええ、わたしは細菌学者です。あなたにはたぶんわからないでしょうが、細菌の研究は非常におもしろいんですよ！　ただし、忍耐力と——多大な忍耐力と——実験の繰り返し、そしてお金が、多額のお金が必要なんです！　それに、実験器具も、助手も、実験材料も！　それらがすべて与えられたら、どんな目的だって達成できます」

「幸せも？」と、ヒラリーがたずねた。

バロン博士は急に自制を取り戻して、ちらっと笑みを浮かべた。

「いやいや、あなたは女性ですからね、マダム。女性はつねに幸せを追い求めるんです」

「でも、めったに手にすることはできないとおっしゃりたいんですか？」と、ヒラリーが訊いた。

バロン博士は肩をすくめた。

「ええ、まあ」

「個人的な幸せなんてどうでもいいんだ」と、ピーターズが真顔でいった。「われわれが追い求めなければならないのは、全人類の幸せと精神の連帯ですよ！　労働者はみな自由を手にして団結し、生産手段を所有して、主戦論者や、すべてを独り占めしようとする強欲な者たちから解放されるべきなんです。科学技術も、少数の大国が独占するのではなく、広く解放するべきです」

「まさにそのとおり！」と、エリクソンがピーターズの考えに賛同した。「科学者は支配者にならなければならないんです。世界は科学者が支配し、かつ、統治しなければならないんです。科学者は全能です。だから、神の代わりをつとめることができるんです。科学者以外の人間もそれなりに処遇すべきだが、彼らはしょせん奴隷にすぎません」

ヒラリーはみんなのそばを離れて少し歩いた。が、しばらくすると、ピーターズがあとを追ってきた。

「恐れをなしたみたいですね」と、ピーターズが冗談めかしていった。

「ええ、そうかも」ヒラリーは喘ぐように短く笑った。「もちろん、バロン博士のおっしゃることはあたってるんです。わたしは女で、科学者ではないし、研究も手術も、細菌の培養もできないわ。たぶん、頭もたいしてよくないはずです。それに、バロン博士がおっしゃったとおり、その他大勢のばかな女性と同様に幸せを追い求めてるんだもの」

「べつにそれでいいじゃないですか」

「自分がひどく劣った人間のように感じるんです。だって、わたしは夫のもとへ行こうとしているだけなんですから」

「それはそれですばらしいことですよ。あなたは自分の気持ちに正直に行動してるんですからね」

「そんなふうにいってもらえるとうれしいわ」

「いや、ほんとうにそう思ってるんです」ピーターズは声を落としてたずねた。「ご主人を心から愛してらっしゃるんですか？」

「愛してなかったら、いまここにはいないでしょ？」

「ええ、たぶん。あなたもご主人と同じ思想を持ってらっしゃるんですか？　ご主人はたしか共産主義者のはずでは？」

ヒラリーはうまくはぐらかした。

「そういえば、わたしたちのグループって、なんだか変だと思いません？」

「どんなふうに？」

「みんな同じ場所をめざして旅をしているはずなのに、考え方はそれぞれ違うから」

ピーターズはおもむろにいった。「なるほど。なかなか鋭いですね。ぼくはそんなふうに感じたことがなかったけど――あなたのいうとおりかもしれません」

「だって、バロン博士はまったく政治に無関心じゃないですか！　彼は研究資金がほしいんですよ。ミス・ニードハイムはファシズムの信奉者で、共産主義者じゃないし、エリクソンさんは――」

「彼がどうかしたんですか？」

「なんだか怖いんです――あんなにいちずなのは危険だわ。映画に出てくる狂った科学者みたいで！」

「それに、ぼくは人類同胞主義の信奉者で、あなたは夫を愛する妻で、ミセス・カルヴィン・ベイカーは――彼女はどんな考えを持っていると思ってらっしゃるんですか？」

「わかりません。彼女の心のなかを探るのはむずかしくて」

「そうかなあ。ぼくは簡単だと思うけど」

「そうですか？」

「彼女は金の亡者ですよ。金のためにこの仕事を引き受けただけです」

「彼女も怖いわ」

「怖い？　なぜ彼女が怖いんですか？　彼女には狂った科学者って雰囲気はまるでないのに」

「あまりに普通だから怖いんです。どこにでもいるごく普通の人なのに、こんなことに関わってるから」

ピーターズは真剣な口調でいった。

「それは、ミセス・ベイカーを雇った人間がきわめて現実的だからです。彼らはそれぞれの任務にもっとも適した者を雇うんです」

「でも、お金目当ての人がもっとも適してるんですか？　そういう人は敵に寝返るんじゃないかしら？」

「それには非常に大きな危険がともないます」と、ピーターズは落ち着きはらっていった。「ミセス・カルヴィン・ベイカーは利口だから、そんな危険は冒さないでしょう」

ヒラリーはとつぜんぶるっと身震いした。

「寒いんですか？」

「ええ、少し」

「ちょっと歩きましょう」

ふたりはあたりを歩きまわり、その途中で、ピーターズがふと足を止めてなにか拾った。

「おや、これはあなたのですよね」

ヒラリーが手を差し出した。

「あら、そうだわ。ネックレスの真珠なんです。このあいだ——いいえ、きのうよ、ネックレスの糸が切れたのは。もう何日も前のような気がするけど」

「本真珠じゃないですよね」

ヒラリーが笑みを浮かべた。

「ええ、もちろん違います。人造装身具《コスチユーム・ジユエリー》よ」

ピーターズはポケットからシガレットケースを取り出した。

「人造装身具《コスチユーム・ジユエリー》とは、なかなかうまいいい方だ！」

ピーターズがヒラリーにたばこをすすめた。

「こういう場所にはそぐわない言葉かも」ヒラリーはたばこを一本もらった。「変わったシガレットケースですね。それに、ずいぶんずっしりしてるし」

「鉛だから重いんです。戦争の記念品なんですよ——ぼくを吹き飛ばしそこなった爆弾の殻でつくったんです」

「じゃあ、あなたは——戦争に行ってらしたんですか？」

「いいえ、軍の研究所で爆薬の研究をしてたんです。戦争の話はよしましょう。今後のことを考えないと」

「わたしたちはどこへ行こうとしてるんですか？」と、ヒラリーがふたたびたずねた。

「わたしはなにも教えてもらってないいんです。もしかして——」

ピーターズがさえぎった。

「あれこれ推測をめぐらせても意味がありませんよ。命じられたところへ行って命じられたことをするしかないんです」

ヒラリーは急に語気を荒らげた。

「あなたは無理やりどこかへ連れていかれてあれこれ命令されても、黙ってそれに従うつもりなの？」

「やむを得ないときは従うつもりです。従うしかないんですよ、世界に平和と規律と秩序をもたらすためには」

「そんなことが可能かしら？　世界がそんなふうになるかしら？」

「とにかく、いまぼくたちが住んでいるこの混乱した世界よりはましになるはずです。そう思いませんか？」

疲労と孤独感と、昇ったばかりの朝陽の神秘的な美しさのせいで自分の任務を一瞬忘れたヒラリーは、思わず激しく反論しそうになった。

ほんとうはこういいたかった。

「どうして自分の住んでる世界をけなすの？　この世界にはすばらしい人たちが大勢いるわ。きょうは正しくてもあすには間違いだってことになるかもしれない価値観を無理やり押しつけられるより、混乱していたほうが思いやりや個性がはぐくまれると思わない？　わたしは、人を憐れんだり理解したり同情したりすることを忘れたロボットのような人間が住む世界より、欠点だらけでもやさしい心を持った人たちの住む世界のほうが好きだわ」

けれども、彼女はなんとか思いとどまり、わき立つ気持ちを懸命に抑えてこういった。

「あなたのいうとおりだわ。疲れてるから、変なことをいっちゃったのね。わたしたちは命令に従って突き進むべきなのよね」

ピーターズがにこりとした。

「ええ、そのほうがいいんです」

第十章

夢を見ているようだというヒラリーの思いは日増しに強まった。しかも彼女は、奇妙な組み合わせの五人の仲間と生まれてこのかたずっと一緒に旅をしているような錯覚にもおちいった。まるで、踏みならされた道からそれて異次元の世界へ迷い込んでしまったかのようだった。しかし、考えてみると、彼女たちの旅はけっして逃避行ではない。みな、どこへでも好きなところへ行けるのだ。彼女の知るかぎり、だれも罪を犯して警察に追われているわけではない。けれども、一行は見つからないように細心の注意を払っている。逃げているわけではないのになぜなんだろうと、彼女は何度も考えた。みな、それまでの自分を捨ててべつの自分に生まれ変わるために旅をしているような、そんな気もした。

実際、彼女の場合はそうだった。イギリスを発ったときはヒラリー・クレイヴンだったのに、いまはオリーヴ・ベタートンになりすましている。夢を見ているように感じるのは、そのためかもしれない。日がたつにつれて、能弁な政治スローガンもすらすらと口をついて出てくるようになったし、いちずで情熱的な性格に変わってきたようにも感じていたが、それは、ほかの人たちに感化されたせいだと思っていた。

ヒラリーはしだいに彼らのことを怖がるようになった。これまで、天才と親しく付き合ったことがなかったからだ。天才と呼ばれる人たちを間近で見ていると、やはり普通の人間にはないなにかを持っていることがわかり、彼女のようなごく普通でごく平凡な人間にとってはそれがひどく不気味だった。しかも、一緒に旅をしている五人はそれぞれ性格が違っているのに、正しいと信じたことに向かってまっしぐらに突き進む熱い情熱は全員が持ち合わせていて、だから、よけいに怖かった。頭がいいからか、あるいはひとつのことに熱中するひたむきな性格のせいなのかはわからないが、とにかく、五人とも理想に燃えているのは間違いない。バロン博士の理想は、ふんだんな資金を得て研究を再開し、最高の器具を使って実験をすることだ。だが、なんのために？　博士自身がその問いを自分自身に投げかけたことがあるかどうかは疑わしい。いつだったか、博士はヒラリーに、小さなガラス瓶に入るぐらいの量で大陸をひとつ吹き飛ばすことができる物質を使って爆弾をつくる研究をしていると話してくれたことがあった。そのとき、ヒラリーは博士にこうたずねた。

「でも、そんなことはできないでしょ？　実際にその爆弾を使うことは？」

するとと博士は、驚いたような顔をしてヒラリーを見た。

「使いますよ。必要に迫られれば」

博士はこともなげにそう答えて、さらにつづけた。

「研究が軌道に乗って着々と進めば、さぞおもしろいと思います」そして、ため息まじりにつけたした。「知りたいこと、突き止めたいことは、まだ山ほどあるんです」

そのときは理解できたような気がした。どれだけ多くの人間が死のうと、わからないことを突き止めることのほうが大事だと考える博士の強烈な知的好奇心に圧倒されたのだ。たしかにそれもひとつの考え方で、間違っていると決めつけることはできない。ミス・ニードハイムに対しては、もっと強い反感を覚えていた。ミス・ニードハイムの鼻持ちならない傲慢さが許せなかったのだ。ピーターズには好感を抱いていたが、熱を帯びて話をしているときにとつぜんきらりと目が光ると、嫌悪感と恐怖を覚えることもあった。ヒラリーはピーターズに一度こういったことがある。

「あなたの望みは新しい世界をつくることじゃなくて、古い世界を破壊することなんじゃないかしら」

「違いますよ。そんなふうにいうなんてひどいな」

「いいえ、ぜったいにそうだと思うわ。あなたは憎悪を抱いてるんです。感じるのよ、その憎悪を。破壊したいという欲求を」

しかし、だれよりも理解しがたいのはエリクソンだった。エリクソンはバロン博士ほど現実的ではないが、ピーターズのように破壊願望に取りつかれているわけでもなく、ヒラリーには彼が夢想家のように思えた。北欧人特有の理想主義に燃えているように。「われわれは全世界を征服しなければならないんです」と、エリクソンはいった。「征服してはじめて支配できるんです」

「われわれ？」と、ヒラリーが訊いた。

エリクソンは意識的に目つきをゆるめ、わざとらしい笑みを浮かべてうなずいた。「ええ。卓越した頭脳を持った、ごくかぎられた者たちのことです。すべては、頭がいいか悪いかで決まるんです」

いったいわたしはどこへ向かっていて、この先どういうことになるのだろう、とヒラリーはいぶかった。彼女の旅の道連れはみな狂っているが、それぞれ狂い方が違う。まるで、全員が違ったゴールを、いや、違った幻影を追い求めているかのようだ。彼らにはまさに幻という言葉がぴったりだと思いながら、ヒラリーは最後にカルヴィン・ベイカー夫人のことを考えた。ベイカー夫人には、ひたむきさも憎悪も、夢も傲《おご》りも野心も感じられない。目についたり興味を引かれたりする特徴もない。ベイカー夫人は、思いやりも良心も持ち合わせていない女性だ。そして、正体不明の巨大な組織の有能な手先なのだ。

三日目もようやく日が暮れたころ、一行は小さな町に着いて、地元の小さなホテルの前で車を降りた。そして、ふたたびヨーロッパ風の服に着替えさせられた。その晩は、壁に水漆喰を塗った狭くて殺風景な部屋で寝たが、翌朝早く、ベイカー夫人に起こされた。

「ただちに出発よ。飛行機が待ってるから」

「飛行機？」

「ええ、そう。ありがたいことに、近代的な旅に戻るのよ」

彼らは一時間ほど車に揺られて飛行場へ行った。そこは閉鎖された軍用飛行場で、フランス人のパイロットは彼らを乗せて山岳地帯の上を数時間飛びつづけた。窓から外をのぞいたヒラリーは、どこを飛んでいても上空から見る景色は驚くほど似ていることに気がついた。見えたのは山と谷と道路と家々で、パイロット以外の人間にはどこも同じに見えるはずだ。せいぜい、人口密集地かそうでないかがわかる程度だ。それに、飛行時間の半分近くは雲の上を飛んでいたので、そのあいだはなにも見えなかった。

昼過ぎになると、機体はしだいに高度を下げて旋回をはじめた。依然として山のなかだったが、飛行機は広い草原めざして高度を下げていった。そこにはきちんとラインの引かれた滑走路があり、滑走路の脇には白い建物が建っている。飛行機はその滑走路へ静かに着陸した。

ベイカー夫人は、みんなを引き連れて滑走路の脇の建物へ歩いていった。建物の脇には大型車が二台とまっていて、運転手が車のそばに立っていた。搭乗手続きをしたり荷物を預けたりするカウンターがないところを見ると、どうやら私設飛行場らしい。

「ここが旅の終点よ」と、ベイカー夫人がほがらかに告げた。「さあ、なかに入って旅の埃を落としてください。そのあとで車に乗り込みますから」

「旅の終点？」ヒラリーがベイカー夫人を見た。「でも、まだ――海を越えてないわ」

「海を越えると思ってたの？」ベイカー夫人はあきれているようだった。

ヒラリーはわけがわからないまま答えた。

「そりゃ、ええ、そう思ってました。わたしはてっきり……」途中でいうのをやめた。

ベイカー夫人がうなずいた。

「まあ、そう思ってる人は大勢いるわ。鉄のカーテンに関してはみんな勝手にいろんな話をしてるけど、わたしが思うに、鉄のカーテンはどこにでもあるのよ。みんなはそんなふうに思ってないみたいだけど」

アラブ人がふたり姿をあらわし、ヒラリーたちが身だしなみを整えて椅子に腰を下ろすと、コーヒーとサンドウィッチとビスケットを運んできた。

やがて、ベイカー夫人がちらっと腕時計に目をやった。

「じゃあ、みなさんさようなら。わたしはこれで失礼します」

「モロッコへ戻るんですか？」と、ヒラリーが驚きをあらわにたずねた。

「それはまずいわ」と、ベイカー夫人がいった。「わたしは飛行機のなかで黒こげになったんだもの！　だから、べつのルートを使うつもりよ」

「それでも、だれかが気づくんじゃないかしら」と、ヒラリーがいった。「カサブランカやフェズのホテルであなたを見かけた人が」

「だれだって人違いをすることはあるわ」と、ベイカー夫人がいい返した。「わたしはべつのパスポートを持ってるのよ。もっとも、例の飛行機事故で命を落としたのはわたしの妹のミセス・カルヴィン・ベイカーなんだけど。わたしたち姉妹はそっくりだったの。それに、ホテルでちらっと見かけたぐらいじゃ、アメリカの女性旅行者はみんな同じに見えるはずよ」

たしかにそのとおりだと、ヒラリーは思った。ベイカー夫人の外面的な特徴は、ごくありふれたものだ。趣味がよくておしゃれで、藍色に染めた髪をきれいにセットしているのも、抑揚のない声でぺらぺらとよくしゃべるのも。しかし、内面的な特徴はみごとに隠されている。いや、まったくないといってもいい。ヒラリーたちや世間に対して見せているのは仮面にすぎず、その仮面の下になにが隠されているのかはわからない。まるで、自分と他人を区別する個性的な特徴はわざと消し去ってしまったかのようだった。

ヒラリーは自分の思いをベイカー夫人に伝えたい衝動に駆られた。ふたりは、ほかの人たちから少し離れたところに立っていた。

「あなたがどんな人か、わたしたちはぜんぜん知らないんです」

「知らなくてもべつにかまわないでしょ？」

「ええ、まあ。でも、知りたいんです。運命をともにするような形で一緒に旅をしてきたのに、あなたのことをなにも知らないのは不自然な気がして。ほんとうのあなたはどんな人なのか、まったくわからないんですから。どんなふうに感じたり考えたりしているのかも、なにが好きでなにが嫌いで、あなたにとってはなにが大事で、なにが大事じゃないのかも」

「ずいぶん詮索好きなのね」と、ベイカー夫人がいった。「わたしのアドバイスを聞く気があるのなら、その癖は直したほうがいいわ」

「わたしは、あなたがアメリカのどこの出身かも知らないんですよ」

「それも、どうだっていいことでしょ。わたしは自分の国と縁を切ったの。いろいろ理由があって、二度と帰れないのよ。もし、あの国に対する恨みを晴らすことができるのなら、喜んでそうするわ」

ほんの一瞬、ベイカー夫人の表情と声に鬱積した恨みが顔をのぞかせた。が、彼女はすぐにまた陽気な旅行者に戻った。

「さようなら、ミセス・ベタートン。ご主人と感動的な再会が果たせるように祈ってるわ」

ヒラリーは心細そうな声でいった。

「わたしは、自分がどこにいるのかさえわからないんです。ここがいったいどこなのかも」

「それは教えてあげられるわ。もう隠す必要はないんだもの。ここはアトラス山脈の奥地よ。まあ、そう思っておけばいいんじゃないかしら——」

ベイカー夫人はヒラリーのそばを離れてみんなに別れを告げると、最後に大きく手を振って滑走路を歩きだした。ヒラリーたちが乗ってきた飛行機は給油を終え、パイロットが飛行機のそばに立ってベイカー夫人を待っている。ヒラリーは寒気を覚えた。これで完全に外の世界と遮断されるのだ。近くに立っていたピーターズはヒラリーの心境を見抜いているようだった。

「ぼくたちは引き返せないんです」と、ピーターズが静かにいった。「たぶん、もう」

バロン博士がヒラリーにささやきかけた。

「あなたにはまだ勇気がありますか、マダム？　それとも、せっかくここまで来たのに、あのアメリカ人の女性とともに飛行機に乗り込んで戻りますか――自分が捨て去った世界へ？」

「戻りたければ戻れるんですか？」と、ヒラリーが問い返した。

バロン博士は肩をすくめた。

「さあ、どうでしょう」

「ベイカー夫人を呼び止めましょうか？」と、ピーターズが訊いた。

「とんでもない」と、ヒラリーはきっぱり断わった。

ミス・ニードハイムが嘲《あざけ》るようにいった。

「意志の弱い女性は必要ないわ」

「彼女は意志が弱いわけじゃありませんよ」と、バロン博士がおだやかにいった。「聡明な女性ならだれもがするように、自分自身に問いかけてるんです」博士が〝聡明な〟

ということろに力を入れたので、あなたは聡明ではないと、暗にミス・ニードハイムをけなしているように聞こえた。けれども、ミス・ニードハイムはまったく気にしていないようだった。彼女はフランス人の男性が嫌いだし、幸せなことに、自分は頭がいいと信じきっているからだ。

エリクソンが、神経質そうな甲高い声でいった。

「やっと自由の地に着いたというのに、戻ることを考えるなんておかしいですよ」

それを聞いて、ヒラリーが反論した。

「戻る手段がなかったり、戻ることが許されなかったりするのなら、自由の地とはいえないわ！」

世話をしてくれているアラブ人のひとりがそばに来て告げた。

「車の準備ができました」

一行が建物の反対側のドアから外に出ると、二台のキャデラックと制服を着た運転手がふたり待機していた。ヒラリーは助手席に乗りたいと主張した。大きな車は独特な揺れ方をするので、うしろに乗ると酔うことがあるからというと、みんなすんなり納得した。道中、ヒラリーは運転手に声をかけて、天気の話をしたり、車をほめたりした。フランス語は得意だったのですらすらと言葉が出てきたし、運転手も愛想よく話に応じた。

運転手の態度はきわめて普通で、おかしなところはまったくなかった。

「けっこう遠いのかしら?」と、しばらくしてからヒラリーが訊いた。

「飛行場から病院までですか? 二時間ほどで着くと思いますが」

運転手の言葉は、ヒラリーにかすかな不快感をともなう驚きをもたらした。さして気にしていなかったのだが、飛行場で休憩したときにミス・ニードハイムが看護婦用の白衣に着替えたのは知っていた。そういうことなら辻褄が合う。

「病院の話をしてください」と、ヒラリーは運転手に水を向けた。

運転手は得意げに話しはじめた。

「それはそれは立派な病院です。設備だって、世界中のどこの病院にもない最新式のものばかりで。大勢のお医者が視察にいらっしゃるんですが、どなたもすばらしいといってお帰りになります。あそこの病院はおおいに社会に貢献してるんですよ」

「ええ、そうでしょうね」と、ヒラリーは話を合わせた。

「ああいった気の毒な人たちは、孤島へ送られてみじめな最期を迎えるしかなかったんですがね」と、運転手がつづけた。「ところが、コリニ博士が開発した新薬のおかげで、たいていの人は治るようになったんです。かなり症状が進んだ人でも」

「こんな人里離れたところに病院があるなんて、不思議ね」と、ヒラリーがいった。

「いえ、こういうところじゃないとだめなんですよ。当局の指導やなんかもありまして。でも、空気はいいですから。とてもきれいで、おいしいんです。ほら、見えてきましたよ、マダム」運転手が窓の外を指さした。

車はひとつ目の尾根にさしかかろうとしていて、ふと横に目をやると、白く輝く細長い建物が山腹にへばりつくようにして建っているのが見えた。

「ずいぶんたいへんだったと思いますよ」と、運転手がいった。「あんなところにあんな立派な病院を建てるのは。お金もそうとうかかったはずです。気前のいい慈善家に感謝しないといけませんよね。政府はなにをするにもとにかく安く上げようとするが、あそこは湯水のようにお金を使って建てられたんです。あの病院のパトロンは、世界で何番目かの大金持ちだそうです。彼が困っている人たちのためにあの病院を建てたのは、ほんとうにすばらしいことです」

車はまがりくねった山道をのぼっていって、閉ざされた大きな鉄製の門の前でとまった。

「ここで降りてください、マダム」と、運転手がいった。「車はなかへ入っちゃいけないことになってるんで。車庫は一キロほど離れたところにあるんです」

そういうわけで、全員、車を降りた。門には大きな呼び鈴がついていたが、それを鳴らさないうちにゆっくりと門扉が開き、丈の長い白い服を着て黒い顔に笑みを浮かべた人物がお辞儀をしてヒラリーたちを手招きした。門を抜けると、高い鉄柵で囲った広い庭が片側にあって、男性が何人か散歩をしていた。その人たちがこっちを向いたとたん、ヒラリーは思わず息をのんだ。

「あの人たちはハンセン病だわ！」と叫んだ。「ハンセン病患者だわ！」

恐怖が彼女の全身を貫いた。

第十一章

背後で鉄製の門がガチャンと音を立てて閉まった。恐怖に震えるヒラリーには、すべての終わりを告げられたかのように、その音が不気味に響いた。この門をくぐった者はいっさいの望みを捨てよ、とその音はいっているようで……もうだめだ、これでおしまいだ、と彼女は思った。もはや退路は完全に断たれてしまった。

いまや彼女は敵中に孤立し、どんなに頑張ったところで、あと数分もすれば化けの皮がはがされてしまうにちがいない。そんなことはその日の朝から薄々わかっていたような気がするが、人間の持つ打ち破りがたい楽観性と、人はそんなに簡単に死ぬものではないという頑固な思い込みが、そのことから目をそむけさせていた。トーマス・ベタートンと対面したらどうなるのかと、カサブランカで彼女がたずねると、もっとも危険なのはそのときだと、ジェソップは険しい表情を浮かべていった。うまくいけばその瞬間もあなたは保護されている、とジェソップはつけたしたが、残念ながら、彼の思いどおりにはことが運ばなかったようだ。

もし、あのミス・ヘザリントンがジェソップの頼りにしていた密偵だったのなら、いまごろは敵にまんまとしてやられてマラケシュで置いてけぼりを食ったことをジェソップに報告しているだろう。しかし、いずれにせよミス・ヘザリントンにも、なにもできなかったはずだ。

もはや引き返せないところまで来てしまったのだ。死と賭けをして負けたのだ。ヒラリーはいまはじめて、ジェソップの予測が正しかったことに気づいた。彼女はもう、死にたいとは思わなくなっていた。生きたいと思うようになったのだ。生きる気力がわいてきたのだ。ナイジェルの浮気やブレンダの墓を思い出して、どうしてあんなことになったのだろうと悲しんだり嘆いたりすることはあっても、暗くて深い絶望の淵に沈み込んで、死んですべてを忘れてしまいたいと思うことはもうなかった。「わたしは心身ともにすっかり元気になったのよ」と、彼女は心のなかでつぶやいた。「なのに、これじゃ袋のネズミじゃないの。ああ、どうにかして逃げ出す方法はないのかしら……」

彼女も、まったくなにも考えずにここへ来たわけではない。もちろん、自分なりにあれこれと考えた。しかし、認めたくはないが、ベタートンと対面したら万事休すで……ベタートンはこういうにちがいない。「いや、これはぼくの妻ではない――」それで終わりだ！　みんなの視線が彼女にそそがれ……ようやく気づくのだ……スパイが入り込んだことに……

そういうことになるのを回避する手だてはあるのだろうか？　先手を打つというのはどうだろう？　トーマス・ベタートンが口を開く前に彼女が、「あなたはだれ？　あなたはわたしの夫じゃないわ！」と叫ぶのは？　もし、怒りとショックと恐怖を上手に表現できれば――望みは非常に薄いだろうが、もしかすると、敵に疑念を抱かせることができるかもしれない。ベタートンは本物なのだろうか、それとも、ほかの科学者がベタートンになりすましてもぐり込んできたのではないだろうか――つまり、スパイではないだろうかという疑念を。けれども、もし彼らがヒラリーの話を信用すれば、ベタートンは窮地に追い込まれてしまう！　しかし、もしベタートンが国家機密を売るような人間ならどんな目にあおうと自業自得だと、彼女の思考は緩慢な堂々めぐりにおちいった。忠誠心をはかるのがむずかしいのはわかっていた。いや、人であれものであれ、本質を見抜くのはむずかしい……だが、なにもしないよりはましかもしれない。とにかく疑念を植えつけるのだ。

ヒラリーは軽いめまいを覚えながらあたりを見まわした。彼女はそれまでずっと心のなかに目を据えて、罠にかかったネズミのように必死で逃げ道を探していたのだが、その間も表面上は与えられた役を演じていた。

　外の世界からやって来たヒラリーたち一行は、端整な顔つきをした大柄な男性に迎えられた。その男性は諸外国語に通じているらしく、ひとりひとりにそれぞれの国の言葉で話しかけた。

「お目にかかれてまことに光栄です《アンシャンテ・ド・フェール・ヴォートル・コネサンス》、博士《モン・シェール・ドクトゥール》」とバロン博士にあいさつしたあとで、その男性はヒラリーを見た。

「ようこそいらっしゃいました、ミセス・ベタートン。さぞかし長くて、しかも心細い旅だったことだろうとお察しします。ご主人はお元気で、もちろん、あなたがいらっしゃるのを首を長くしてお待ちです」

　男性は上品な笑みを浮かべたが、冷ややかな水色の目が笑っていないことにヒラリーは気がついた。

「あなたも早くご主人にお会いになりたいでしょう」

　ヒラリーはめまいが激しくなって、まわりにいる人たちが波のように近づいてきたり遠ざかったりするような気がした。となりにいたピーターズが、腕を伸ばして彼女を支えた。

「ご存じじゃないようですね」と、ピーターズが大柄な男性にいった。「ミセス・ベタートンはカサブランカで飛行機事故にあい、脳震盪を起こしたんです。それに、長旅で疲れてらっしゃいます。もうすぐご主人に会えると思って興奮したのも体に障ったようです。暗い部屋でしばらく横になったほうがいいと思うんですが」

ヒラリーは、自分を支えてくれているピーターズのやさしい声を聞きながら、またふらっとよろめいた。がくんと膝をついてふにゃふにゃと倒れるのは——気を失うか、そこまでいかなくても、とにかく意識が遠のくふりをするのは、驚くほど簡単なように思えた。暗い部屋でベッドに横たわれば、正体がばれるのをほんの少し引き延ばすことができる……だが、ベタートンが部屋に入ってくるかもしれない——夫なら当然そうするはずだ。部屋に入ってきてベッドの上に身をかがめ、彼女がひとことなにかいうのを聞くか、あるいは、目が暗がりに慣れて彼女の顔の輪郭がぼんやりと見えるかしたとたんに、妻ではないことに気づくはずだ。

ヒラリーは勇気を取り戻した。まっすぐ立つと、頬に血の気が戻った。頭も高くもたげた。

どうせここで最期を迎えるのであれば、堂々と最期を迎えたかった。みずからベタートンに会いにいき、ベタートンが妻ではないといったら、ためらうことなく、自信たっぷりに最後の嘘をつくのだ。

「ええ、もちろんわたしはあなたの妻じゃありません。あなたの奥さんは――お気の毒で、ほんとうにおいたわしいことですが――お亡くなりになりました。わたしは、奥さんが病院で息を引き取られたときに付き添ってたんです。ここへ来たのは、あなたを捜し出して伝言を伝えると奥さんに約束したからです。わたしはどうしても約束を守りたかったんです。あなたのなさったことに共感を覚えたからです――みなさんがここでなさろうとしていることに。わたしはあなたがたの考えに共鳴して、なにかお役に立てることはないかと……」

これではだめだ。見え透いている。それに、説明のつかないことがいくつかある――偽造パスポートや偽の信用状が。しかし、とんでもない嘘が通用することもある――その嘘に説得力があるか、嘘をつく本人に説得力がある場合は。いずれにせよ、やってみるしかない。

ヒラリーはまっすぐに立ち、ピーターズからそっと体を引き離して背筋を伸ばした。

「いいえ、主人に会います。会いたいんです――いま――すぐに――お願いします」

大柄な男性はヒラリーに同情と理解を示した（目は相変わらず冷ややかで、警戒心に満ちていたのだが）。

「もちろんそうでしょう。お気持ちはよくわかりますよ、ミセス・ベタートン。ああ、ちょうどいいところへミス・ジェンソンが来ました」

気がつくと、眼鏡をかけたやせぎすの女性がそばに立っていた。

「ミス・ジェンソン、ミセス・ベタートンとミス・ニードハイム、バロン博士、ミスター・ピーターズ、そしてエリクソン博士だ。みなさんを登録所へお連れしてくれないか？　それから、なにか飲み物をお出ししてくれ。わたしもすぐに行く。ミセス・ベタートンをご主人のもとへお連れしたら、すぐに」

大柄な男性がヒラリーに向き直った。

「では、ご案内します」

男性は大股で歩きだし、ヒラリーはあとをついていった。ヒラリーが廊下のまがり角の手前で振り向くと、ピーターズはまだ彼女を見つめていた。ピーターズがいぶかしげに顔をしかめているのを見たヒラリーは、一瞬、追いかけてくるのではないかと思った。ピーターズは彼女の様子を見てなにかおかしいと感じたものの、なにがおかしいのか、まだ気づいてないのだ。

かすかに体が震えたのは、ピーターズの姿を見るのもこれが最後かもしれないと思ったからだ。そこで、案内役の男性のあとについて角をまがるときに、片手を振り……

案内役の男性がほがらかに話しかけた。

「こちらです、ミセス・ベタートン。最初はわかりにくい建物だとお思いになることでしょう。廊下がいっぱいあって、どれもよく似ているので」

まるで夢を見ているようだと、ヒラリーは思った。何度も角をまがりながら、清潔な白い廊下を永遠に歩きつづけてもどこへもたどりつかない夢を……

「知らなかったんです、ここが——病院だとは」

「ええ、そうでしょうね。なにもご存じなかったんでしょう？」

男性の声には、おもしろがっているようなサディスティックな響きがこもっていた。

「あなたはいわゆる〝無視界飛行〟を余儀なくされたわけですからね。申し遅れましたが、わたしはヴァン・ハイデム、ポール・ヴァン・ハイデムです」

「なんだか異様な感じがしますよね——それに、ちょっぴり怖いわ」と、ヒラリーがいった。「ここはハンセン病療養所で……」

「ええ、わかります。なんとなく雰囲気が違いますからね——独特の雰囲気があるというか。はじめて来た人はみなとまどうんです。でも、慣れれば平気になります」

ヴァン・ハイデムはくすっと笑った。

「慣れというのはおかしなものだと、いつも思うんですが」

ヴァン・ハイデムがとつぜん立ち止まった。

「階段をのぼります——あわてないで、ゆっくりのぼってください。もうすぐですから」

もうすぐ——もうすぐ……ヒラリーは長い階段を——ヨーロッパの建物より奥行きのある階段を——一段、また一段とのぼっていった——死への階段を。階段をのぼりきって、ふたたびまっ白な廊下をしばらく歩くと、ヴァン・ハイデムがドアの前で足を止めた。彼はドアをノックをして、少し待ってから開けた。

「やあ、ベターートン——待たせたな。奥さんだぞ！」

ヴァン・ハイデムはもったいをつけて脇へよけた。

ヒラリーは部屋に入っていった。ためらわず、ひるまず、覚悟を決めて運命に身をゆだねた。

その部屋の窓辺には、男性がひとりドアのほうを向いて立っていた。その男性はどきっとするほどハンサムだったが、ヒラリーは彼を見て自分が驚きに似た思いを抱いていることに気づいた。想像していたトーマス・ベターートンと違っていたからだ。もちろん、彼女が見せられた写真とも——

ヒラリーの決心をうながしたのは、その驚きに似た思いと激しいとまどいだった。最初に考えついた大胆な作戦を一か八か試してみる決心をうながしたのは。

ヒラリーはまっすぐ男性のそばへ歩いていきかけたが、とつぜんあとずさり、驚愕と失望のまじった声で叫んだ。

「そんな――これはトムじゃないわ。わたしの夫じゃないわ……」われながらうまくいったと思った。たっぷり感情がこもっていたが、けっして大げさではなかった、と。そして、途方に暮れたふりをしながら、問いかけるようにヴァン・ハイデムを見た。

すると、トーマス・ベタートンが声を上げて笑った。声は小さかったが、さもおかしげに、まるで勝ち誇ったように。

「大成功だろ、ヴァン・ハイデム？　妻でさえぼくだとわからないんだから！」

トーマス・ベタートンはたった四歩ですばやく部屋を横切ると、ヒラリーの前に立って両腕で抱きしめた。

「ああ、オリーヴ。ぼくのことはきみがいちばんよく知ってるはずじゃないか。顔は多少変わっても、ぼくがトムであることに変わりはないさ」

ベタートンはヒラリーに頬を寄せて、耳元でささやいた。

「芝居をつづけろ。頼む。危険なんだ」

一瞬、ヒラリーから体を離して、ふたたび抱きしめた。

「ダーリン！　なんだか久しぶりに会うみたいだ――もう何年も会ってなかったような

気がする。でも、ついに来てくれたんだね！」

ヒラリーは、ベタートンが警告するかのように肩胛骨の下に指を食い込ませたことに――気をつけろという警告のメッセージを発していることに――気がついた。

ベタートンはほんの一、二秒でふたたび体を離し、ヒラリーをわずかに遠ざけて顔をのぞき込んだ。

「まだ信じられないよ」そういいながら、小さな声でうれしそうに笑った。「でも、もうこれでぼくだとわかっただろ？」

ヒラリーを見つめるベタートンの目は、依然として警告のメッセージを発していた。

ヒラリーには、どういうことなのかさっぱりわからなかった――どんなに考えてもわからなかった。だが、降ってわいた好運を逃す手はないと思って、演技をつづけた。「ああ、トム「トム！」彼女はそこで声を詰まらせ、上出来だと満足してつけたした。

――でも、なぜ――」

「整形手術を受けたんだよ！ここにはウィーンのドクター・ヘルツがいるんだ。神の手を持つ整形外科医が。以前のへしゃげた鼻のほうがいいなんていわないでくれよ」

ベタートンはもう一度ヒラリーを抱き寄せて軽くキスをすると、ふたりの様子を眺めているヴァン・ハイデムのほうを向いて照れくさそうに笑った。

「すまない。すっかり舞い上がってしまって」

「いや、気持ちはわかるよ」大柄なオランダ人は寛大な笑みを浮かべた。

「ほんとうに久しぶりなので」と、ヒラリーがいった。「それに、わたしは――」ヒラリーの体がわずかにふらついた。「わたしは――ごめんなさい、腰かけてもいいかしら？」

ベタートンはあわててヒラリーを椅子に座らせた。

「もちろんだとも、ダーリン。それにしてもよく来たね。けっして楽な旅じゃなかっただろうに。それに、飛行機事故にまであって。助かるなんて、まさに奇跡だ！」

（ということは、外部から連絡が入っているのだ。飛行機事故のことを知っているのだから）

「でも、事故のせいで頭に靄《もや》がかかってしまって」ヒラリーはそういって恥ずかしそうに笑った。「記憶が消えたり、ごちゃまぜになったりして、しかも、ひどい頭痛がするの。おまけに、やっとあなたに会えたと思ったら、別人のようになってたんですもの！すっかり混乱してしまって。あなたの足手まといにならなきゃいいんだけど」

「足手まとい？　そんなことはないよ。のんびりすれば、またもとのきみに戻るさ。焦ることはない――時間はたっぷりあるんだから」

ヴァン・ハイデムがそっとドアのほうへしりぞいた。

「じゃあ、わたしは失礼する。あとで奥さんを登録所へ連れていってくれれば、それでいい。しばらくふたりきりで過ごしたいだろうから」

ヴァン・ハイデムは部屋を出て、ドアを閉めた。

そのとたん、ベタートンはヒラリーの前にひざまずいて、彼女の肩に顔をうずめた。

「ああ、ダーリン」

それと同時に、またベタートンの指先から警告のメッセージが発せられた。かろうじて聞き取ることができた彼のささやき声にも緊張感がみなぎっていた。

「芝居をつづけろ。盗聴されているかもしれない――油断は禁物だ」

やはりそうなのか、とヒラリーは思った。彼女もここへ来て以来、恐怖や不安やとまどいや身の危険を――そう、つねに身の危険を――感じていた。

ベタートンは床に腰を下ろした。

「来てくれて、とてもうれしいよ」と、彼はやさしくいった。「なんだか夢のようで――いまだに信じられないいんだが、きみも同じ気持ちか？」

「ええ――ほんとうに夢のようだわ――ここへ来たことも、やっとあなたに会えたことも。わたしだって信じられないのよ、トム」

ヒラリーはすでにベタートンの肩に両手をのせていた。ベタートンを見つめて、口元にうっすらと笑みを浮かべもした（隠しマイクだけでなく、のぞき穴もあるかもしれないと思ったからだ）。

ヒラリーは、目の前にいる男性を冷静かつ客観的に分析した。ハンサムで線の細い三十そこそこのこの男性がひどく怯えているのは——希望に胸を膨らませてここへ来たはずなのに、もはや忍耐の限界に達しているのは——明らかだった。

なんとか最初の関門を突破したヒラリーは演技をすることに妙な快感を覚えて、オリーヴ・ベタートンを完璧に演じきるのだと自分にいい聞かせた。オリーヴのように行動し、オリーヴのように感じなければならないのだ、と。それまでに体験したさまざまな出来事があまりに非現実的だったので、他人になりすますことにはそれほど違和感がなかった。飛行機事故で死んだヒラリー・クレイヴンという名の女性のことは二度と思い出さないようにした。

代わりに、一生懸命覚えたさまざまな事柄を思い出した。

「故郷のファーバンクを離れたのはずいぶん昔のような気がするわ」と、彼女はいった。

「ねえ、ウィスカーズを覚えてる？　彼女、子ネコを産んだのよ——あなたがいなくなったすぐあとに。ああ、話したいことがいっぱいあるの。たわいのない、日常のほんのささいな出来事だけど、あなたはそれを知らないのよね。なんだか妙な気がするわ」

「わかるよ。でも、ぼくは過去を捨ててあらたな人生を歩みだしたんだ」

「それで——ここの生活に満足してるの？　あなたは幸せ？」

こういう場合に妻ならだれでもたずねるはずの質問を投げかけないわけにはいかなかった。

「とても満足してるよ」トーマス・ベタートンは胸を張り、肩をそびやかした。満面の笑みを浮かべた顔からは、怯えた暗い目がのぞいていた。「ここの設備はすばらしいんだ。そうとう金をかけてるからね。研究をするには申し分のない環境だ。それに、組織もしっかりしてるし。まさに理想郷だよ」

「ええ、そうでしょうね。ここへはあなたも、その——わたしと同じルートで来たの？」

「ここじゃだれもその話をしないんだよ。いや、怒ってるわけじゃないんだ、ダーリン。ただ——きみも徐々にここのルールを学ばないと」

「ここにはハンセン病患者がいるんでしょ？　ここはハンセン病療養所なの？」

「ああ、そうさ。そのとおりだ。ここには、熱心にハンセン病の研究をしている医者もいる。でも、それぞれの施設は独立してるから、心配しなくても大丈夫だよ。じつは、ハンセン病療養所というのは——世間の目をあざむく巧妙な隠れ蓑なんだ」

「なるほどね」ヒラリーは部屋を見まわした。「で、ここがわたしたちの住まいなの？」

「ああ。ここが居間で、あそこにバスルームが、その向こうに寝室がある。おいで、案内するよ」

ヒラリーは立ち上がってベタートンについていき、機能的なバスルームをのぞいたあとで寝室へ行った。寝室はけっこう広くて、ツインベッドとつくりつけのクローゼット、鏡台、それに、ベッドの脇には本棚があった。ヒラリーは、クローゼットがやけに大きいことにびっくりしながらなかをのぞいた。

「ここになにを入れればいいのか、わからないわ。わたしが持ってるのは、いま着ているこの服だけなんですもの」

「そうか。じゃあ、好きなものを好きなだけ詰め込めばいい。ここにはしゃれたデパートがあって、服もアクセサリーも化粧品も、とにかくなんだって置いている。すべて一流の品だ。ここでの暮らしに必要なものは、なにもかもここでまかなえるようになってるんだよ。だから、わざわざ外に出なくてもいいんだ」

ベタートンはさらりといったが、ヒラリーはその言葉の奥に絶望感がひそんでいるのを聞き逃さなかった。

「わざわざ外に出なくてもいいというのはつまり、二度と外へは出られないということだ。この門をくぐった者はいっさいの望みを捨てよ……ここは見てくれのいい鳥かごだ！」と、彼女は心のなかでつぶやいた。一緒に来た四人も、こんなもののために祖国と祖国に対する忠誠心と、これまでの暮らしを捨てたのだろうか？　バロン博士もアンドルー・ピーターズも、理想に燃えるエリクソンも、高慢ちきなヘルガ・ニードハイムも、こんなところだと知ったうえで来たのだろうか？　彼らはここでの暮らしに満足するだろうか？　これが彼らの求めていたものなのだろうか？

彼女はこうも考えた。あまり根掘り葉掘り訊かないほうがいいかもしれない……もし盗聴されているのなら。

しかし、ほんとうに盗聴されているのだろうか？　のぞき穴から監視されているのだろうか？　トーマス・ベタートンはそう思っているらしい。でも、彼の勘違いではないだろうか？　もしかすると、極度の不安に――精神的に不安定な状態に――おちいっているからではないだろうか？　ヒラリーには、ベタートンが神経衰弱の一歩手前まで来ているように思えてならなかった。

わたしだって半年とたたないうちにそうなるかもしれない、と思うと、ぞっとした。

こんなところで暮らしたら、人はいったいどうなるのだろう？

ベタートンがヒラリーに声をかけた。

「少し休むかい──横になって？」

「いいえ──」ヒラリーは返事に窮した。「いいえ、大丈夫よ」

「じゃあ、一緒に登録所へ行こう」

「登録所ってなに？」

「ここへ来た者はまず登録所へ行くんだ。いろんなことを調べて、記録しておくためだよ。健康状態や歯の状態、血圧、血液型、心理状態、食べ物の好き嫌い、アレルギーの有無、性格、それに趣味やなんかを」

「まるで入隊検査みたいね──それとも、医学的な検査なの？」

「その両方だ」と、ベタートンがいった。「ここではすべてが──組織化されてるんだよ」

「噂はほんとうだったのね」と、ヒラリーがいった。「鉄のカーテンの向こうでは、すべてが緻密な計画にもとづいて行なわれているという噂は」

ヒラリーは適度に声をはずませようとした。オリーヴ・ベタートンはおそらく共産党のシンパだったはずで、もしかすると、党員なのに命令によってそのことを隠していたかもしれないからだ。

ベタートンはわざとあいまいに返事をした。

「ここにはたくさん、その――学ばないといけないことがあるんだ」そういったあとで、すかさずつけたした。「でも、一度になにもかも学ぼうとしないほうがいい」

ベタートンはもう一度ヒラリーを抱き寄せて、見かけはやさしくて情熱的でさえありながら、じつは氷のように冷たい奇妙なキスをすると、「その調子だ」と耳元でささやいてから、「さあ、登録所へ行こう」と、大きな声でいった。

第十二章

登録所には厳格な家庭教師のような女性が座っていた。異様に大きなまげを結って、飾り気のない鼻眼鏡をかけている。トーマス・ベタートンとヒラリーが役所のように殺風景なその部屋に入っていくと、女性はよく来たといわんばかりにうなずいた。

「あら、奥さんをお連れくださったんですね。それはどうも」

彼女の英語は流暢だったが、なんとなく堅い感じがしたので、おそらく外国人にちがいないとヒラリーは思った。ヒラリーの推測は正しくて、実際、その女性はスイス人だった。女性はヒラリーに椅子をすすめて机の脇の引き出しから書類を取り出すと、さっそくなにやら書き込みはじめた。ベタートンはぎこちなくヒラリーに声をかけた。

「じゃあ、ぼくは行くからね、オリーヴ」

「ええ、どうぞ、ベタートン博士。さっさと手続きをすませてしまったほうがいいので」

ベタートンは部屋を出てドアを閉めた。ロボットは——ヒラリーは目の前にいる女性のことをそう思ったのだが——なおも書類にペンを走らせた。

「では、はじめましょう」と、女性は事務的な口調でいった。「フルネームを教えてください。年齢は？ 出生地は？ 両親のお名前は？ これまで重い病気にかかったことはありますか？ なにをするのが好きですか？ 趣味は？ 職歴は？ 学歴は？ 食べ物や飲み物の好みは？」

質問は永遠につづくかのように思えた。ヒラリーは、ぼんやりとしたまま機械的に質問に答えた。彼女はこのときはじめて、ジェソップが特訓してくれたことに感謝した。すべて完璧に覚えていたので、なにを訊かれても、迷ったり考えたりすることなく即座に答えることができた。やがて、ロボットは最後の欄の記入を終えた。

「ここはこれで終わりです。つぎは、ドクター・シュワルツの診察を受けてください」

「えっ？ どうしてこんなことをするんですか？ おかしいわ」

「なにごとも徹底してやるのがわれわれの主義なんですよ、ミセス・ベタートン。すべてを記録しておきたいんです。ドクター・シュワルツは女性ですし、気が合うはずです。そのあと、ドクター・リュベックのところへ行ってください」

ドクター・シュワルツはブロンドの髪をした感じのいい女性で、ヒラリーの健康状態をくわしく調べたあとでこういった。

「いいでしょう！　終わりました。それでは、ドクター・リュベックのところへどうぞ」

「ドクター・リュベックはなんのお医者さまなんですか？」と、ヒラリーが訊いた。

「ドクター・リュベックは精神分析医です」

「いやです。精神分析医のところへなんか行きたくないわ」

「心配しなくても大丈夫ですよ、ミセス・ベタートン。治療を受けるわけじゃないんですから。知能テストと性格診断をするだけです」

ドクター・リュベックは長身で、性格の暗そうな四十歳前後のスイス人だった。彼はヒラリーにあいさつすると、ドクター・シュワルツのところからまわされてきた書類にちらっと目をやって、満足げにうなずいた。

「健康状態は問題ないようなので、安心しました。ごく最近、飛行機事故にあわれたんですよね」

「はい」と、ヒラリーは答えた。「カサブランカの病院に四、五日入院してたんです」

「四、五日では短すぎる」と、ドクター・リュベックが非難がましくいった。「もっと長く入院しているべきだったのに」

「早く退院して、旅をつづけたかったんです」

「あなたの気持ちはわかりますが、そういう場合はしばらく安静にしていなければならないんです。なんともないように見えても、実際は深刻なダメージを受けていることがありますから。やはり、神経作用に少し問題があるようですね。旅行中に緊張したせいかもしれませんが、脳震盪の影響もあるはずです。頭痛がするんじゃないですか？」

「ええ、ひどい頭痛がします。それに、ときどき頭がぼうっとして、いろんなことが思い出せなくなるんです」

ヒラリーはその点を強調した。

ドクター・リュベックは理解を示してうなずいた。

「ええ、そうでしょう。でも、心配いりません。そのうち治ります。では、心理テストを行ないます。あなたの性格を見極めるためのテストです」

ヒラリーはいささか不安になったが、なんとかなりそうだった。お定まりの質問ばかりだったからだ。ドクター・リュベックは書類の空欄をせっせと埋めていった。

そして、最後にこういった。「どうか気を悪くしないでほしいんですが、わたしとしてはうれしいかぎりですよ。天才ではないとはっきりわかる人に会えて！」

ヒラリーは笑った。

「ええ、もちろんわたしは天才じゃありません」

「それは、あなたにとって幸せなことです。そのほうが平穏に暮らせますからね」ドクター・リュベックはため息をついた。「おわかりだと思いますが、わたしは毎日、非常に優秀な頭脳を持った人たちばかりと接してるんです。彼らはちょっとしたことで心のバランスを欠き、強い精神的なストレスを受けるんですよ。科学者は、小説のなかで描かれているような冷静沈着な人間じゃないんです。実際」ドクター・リュベックは言葉を切って、一瞬考えた。「一流のテニスプレーヤーも、オペラのプリマドンナも、核物理学者も、精神的に不安定だという点においては大差ありません」

「おっしゃるとおりかもしれません」ヒラリーは、科学者のことをよく知っている女性になりすましていることを思い出して、相槌を打った。「たしかに、とつぜん機嫌が悪くなることもありますから」

ドクター・リュベックは大げさに両手を上げた。

「まったく、彼らは感情をむき出しにするんですよ！　ののしり合ったり、嫉妬の炎を燃やしたり、激高したり！　おかげで、わたしたちは手を焼かされています。でも、あなたは少数派のひとりです」ドクター・リュベックが笑みを浮かべた。「それも、非常に幸運な少数派の」

「おっしゃっていることがよくわからないんですが、それはどういう人たちのことですか？」

「妻ですよ」と、ドクター・リュベックがいった。「夫人を連れてきている人は少ないんです。めったに許されませんから。でも、幸いなことに夫人はみな、夫や夫の同僚と違ってまったく気まぐれなところがないんです」

「奥さんたちはここでなにをしてるんですか？」ヒラリーはそうたずねたあとで、弁解がましくつけたした。「来たばかりで、なにもわからないものですから」

「そりゃそうでしょう。当然ですよ。だれだって最初はなにもわからないんです。ここでは、趣味を楽しんだりスポーツをしたり、映画を観たりすることができて、おまけに、教養講座も受講できるんです。どれも、いろいろ種類があります。ここでの暮らしが気に入るといいんですが」

「先生は気に入ってらっしゃるんですね？」

それは質問で、しかもかなり大胆な質問だったために、ヒラリーは口にしてしまったあとで、まずかったかもしれないとちらっと後悔した。けれども、ドクター・リュベックはうれしそうに返事をした。

「ええ、気に入ってますよ、マダム。ここでの暮らしはおだやかで、かつ、非常におもしろいと思っています」

「ぜんぜん恋しくならないんですか——お国が？」

「ホームシックにはかかっていません。これっぽっちも。わたしの場合は、スイスでの暮らしが楽しくなかったこともその理由のひとつだと思います。結婚していて、子供もいたんですが、わたしは家庭向きではなかったんです。ここでの暮らしのほうがはるかに楽しいんです。わたしはここで人間の心理の非常に興味深い特徴について研究し、本を書いています。家事を手伝う必要はないし、邪魔が入ることもないので、研究に専念することができるんです。まさに、申し分のない環境です」

「つぎはどこへ行けばいいんですか？」ドクター・リュベックが立ち上がって礼儀正しく手を差し出したのを見て、ヒラリーが訊いた。

「マドモワゼル・ラ・ロシュがドレスショップへお連れするはずです。きっとみごとに変身できますよ」ドクター・リュベックはそういってうやうやしくお辞儀をした。

またいかめしい女性があらわれるのだとばかり思っていたので、マドモワゼル・ラ・ロシュを見たときは、驚きながらもほっとした。パリのオートクチュールで売り子として働いていたマドモワゼル・ラ・ロシュは、うっとりするほど物腰が優雅だった。

「お目にかかれて光栄ですわ、マダム。精いっぱいお世話をさせていただきます。お着きになられたばかりでお疲れでしょうから、きょうは必要なものだけお選びください。いろいろ取りそろえておりますので、あすでも、来週でも、ご都合のいいときにまたゆっくりご覧になっていただければけっこうです。いつも思うんですけど、せかされて買い物をしてもいらいらするだけで、おしゃれを楽しむことなんてできませんからね。とりあえず下着をひと組と、ディナードレスとテーラードスーツを一着ずつお選びになってはいかがでしょう」

「うれしいわ」と、ヒラリーはいった。「歯ブラシと体を洗うスポンジしかないのは、言葉でいいあらわせないほど不安なものよ」

マドモワゼル・ラ・ロシュはほがらかに笑いながらさっとヒラリーの全身を眺めまわすと、つくりつけのクローゼットがいくつもある広々とした店へ連れていってくれた。そこには、生地も仕立てもすばらしいありとあらゆるタイプとサイズの服が並んでいた。ヒラリーはさしあたって必要な服を選び終わると、化粧品売り場に移動して、おしろいやクリームなどをひとそろい選んだ。選んだ品物は、黒いつやつやとした顔をしてまっ白な服に身を包んだ現地人の若い娘に渡されて、その娘は、それをヒラリーの部屋へ届けるように命じられた。

そういった手厚い扱いを受けているうちに、ヒラリーはますます夢見心地になっていった。

「では、またお目にかかれるのをお待ちしております」と、マドモワゼル・ラ・ロシュが上品にいった。「どんな服を選んでいただけるのか、楽しみですわ。いえ、ここだけの話ですが、ときどきがっかりさせられることがあるんですよ。女性の科学者は、みなさんあまりおしゃれに興味をお持ちじゃないようなので。じつは、半時間ほど前にもあなたとご一緒にお着きになられた方のお買い物のお手伝いをしたんですが」

「ヘルガ・ニードハイムの？」

「ええ、そうです。お名前でドイツ人だとわかったんですが、ドイツ人はフランス人を嫌ってるんです。もう少し服装に気を使えば、けっこう魅力的になるはずなのに、あれじゃだめですわ！　おしゃれにはまったく興味がないんですもの。たしか、お医者さまですよね、あの方は。なにか特殊な分野の。まあ、おしゃれに興味がないのなら、患者さんに興味を持ってもらうしかありませんね。ああ！　あれじゃ、男性は見向きもしませんよ」

到着してすぐに会った、やせぎすで黒い顔に眼鏡をかけたミス・ジェンソンが店に入ってきた。

「もうすみましたか、ミセス・ベタートン？」

「ええ、おかげさまで」と、ヒラリーがいった。

「では、副所長のところへ案内します」

ヒラリーはマドモワゼル・ラ・ロシュに礼を述べ、堅苦しいミス・ジェンソンのあとをついていった。

「副所長のお名前は？」と、ヒラリーが訊いた。

「ドクター・ニールスンです」

ここにいるのはみなドクターなにがしなのだ。

「ドクター・ニールスンはどういう方なの？　お医者さま？　それとも科学者？」

「お医者さまではありません。ここを運営する仕事をなさっていて、さまざまな苦情を処理してくださるんです。この施設の管理責任者はドクター・ニールスンなので、あらたな人が入ってきたらただちに面接なさるんですよ。以後は、よほど重大な問題が起きないかぎり会うことはないと思います」

「わかったわ」と、ヒラリーは静かにいった。夢から急に現実に引き戻されるのも、スリルがあっておもしろかった。

ドクター・ニールスンの部屋には控えの間がふたつあって、数人の速記タイピストが仕事をしていた。ヒラリーと案内役のミス・ジェンソンが許可を得ていちばん奥の部屋に入っていくと、ドクター・ニールスンが立派な机の向こうで立ち上がった。血色のいい顔をした恰幅の豊かな男性で、身のこなしも洗練されていた。それほどきつくはないものの、ほんの少し言葉に訛りがある。たぶんアメリカ人だろうと、ヒラリーは思った。

「やあやあ！」ドクター・ニールスンは机の前に出てきて、ヒラリーと握手をした。

「あなたは——たぶん——ちょっと待ってください——そう、ミセス・ベタートンだ。よくいらっしゃいました、ミセス・ベタートン。ここを気に入っていただけたのならいいんですが。ここへいらっしゃる途中で事故にあわれたのはお気の毒でしたが、無事でよかった。まったく、あなたは幸運な人ですよ。じつに運が強い。それはさておき、ご主人はあなたが来るのを首を長くして待っておられたので、早くここでの暮らしに慣れて、楽しく過ごしてください」

「どうぞよろしくお願いします」ヒラリーは、ドクター・ニールスンが引き寄せてくれた椅子に座った。

「なにかおたずねになりたいことはありますか？」ドクター・ニールスンは机の向こうに戻って、せかせるように身を乗り出した。ヒラリーはくすっと笑った。

「なんとお答えすればいいのやら。じつは、たくさんあるので、どれからおたずねすればいいのか迷ってしまって」

「なるほど、なるほど。わかります。そういうことなら、ひとつアドバイスをしましょう――いや、たいしたアドバイスじゃないんですが――わたしなら、なにも訊かずにおくでしょうね。とにかくあらたな環境を受け入れて、様子を見るんです。それがいちばんだと思います」

「わたしはほんとうになにもわからないんです」と、ヒラリーは訴えた。「想像とはまるで――違うので」

「そうでしょう。たいていの人はそうです。なぜか、モスクワに着くと思っていたみたいで」ドクター・ニールスンは高らかに笑った。「砂漠のどまんなかだと知って、みんな驚くんですよ」

「わたしも驚きました」

「事前にはくわしい説明をしないようにしてるんです。うっかりだれかに話してしまう恐れがあるので、用心のために。でも、ここの生活は快適です。なにか不満があったら――あるいは、なにか必要な場合は……遠慮なくおっしゃってください。できるだけご要望に添えるようにしましょう！　たとえば、美術や音楽を楽しみたいというのでもいいんです。絵を描きたいとか、彫刻をしたいとか、楽器を弾きたいとか。画材や楽器もここの店で手に入ります」

「残念ながら、そっちの方面の才能はないんです」

「ここではクラブ活動のようなこともさかんに行なわれてるんですよ。チェスやらブリッジやら、いろいろと。それに、テニス・コートとスカッシュ・コートもあります。われわれが見たところ、みなさん新しい環境に慣れるまでだいたい一、二週間かかるようです。とくに奥さんがたは長くかかるようです。ご主人は仕事で忙しいので、奥さんは奥さんどうし仲よくしようとするものの――そうそう気の合う人はいませんからね。まあ、そういうことです。わかっていただけると思いますが」

「でも、みなさんここに――ここに――ずっといらっしゃるんですか？」

「ずっといる？　質問の意味がよくわからないのですが、ミセス・ベタートン」

「つまり、ずっとここにいるのか、それとも、いずれどこかほかのところへ移るのかということですが」

ドクター・ニールスンはあいまいに答えた。

「それはご主人しだいですよ。ええ、ご主人がどうなさるかによります。選択肢はあるんです。かなり多くの選択肢が。でも、いまその話をするのはよしましょう。できれば――そうですね――三週間ほどたったころにもう一度わたしのところへ来てください。ここでの暮らしはどうか、いろいろうかがいたいので」

「ここからは――出られるんですか？」

「どういうことですか、ミセス・ベタートン？」

「外へ出られるかどうかです。門の外へ」

「もっともな質問です」ドクター・ニールスンは急に同情的になった。「ええ、しごくもっともな。ここへ来たばかりの人はたいていそれを訊くんです。しかし、この施設の特徴は、それ自体がひとつの世界を構成していることです。だから、外へ行っても意味がないんです。ただ砂漠が広がっているだけで。べつに、あなたを非難しているわけじゃないんですよ、ミセス・ベタートン。だれでも、来たばかりのときは軽い閉所恐怖症にかかるんです。とにかく、ドクター・リュベックはそういっています。でも、いずれ治ります。いわば、これまでいた世界の後遺症のようなものです。アリがアリ塚をつくるところを見たことがありますか、ミセス・ベタートン？　なかなかおもしろいですよ。おもしろいだけでなく、いろんなことを教えられます。アリ塚では、何百匹ものアリがせわしげに出たり入ったりしてるんです。それぞれ目的を持って、せっせと、一生懸命に。そのせいで、混乱をきわめています。あなたが捨てた欠陥だらけの古い世界は、アリ塚のようなものですよ。しかし、ここには娯楽と生きがいと無窮の時間があります。ここはまさに」ドクター・ニールスンはにやりとした。「地上の楽園です」

第十三章

「なんだか学校みたいだわ」

ヒラリーが部屋に戻ると、先ほど選んだ服や化粧品がすでに寝室に運び込まれていた。彼女はさっそく服をクローゼットに吊るし、化粧品は好きなように並べた。

「わかるよ」と、ベタートンがいった。「ぼくも最初はそんなふうに感じたんだ」

ふたりの会話は用心深くて、ぎこちない感じがした。依然として隠しマイクの恐怖に怯えていたからだ。ベタートンは遠まわしな物言いをした。

「たぶん大丈夫だろう。ぼくの思い過ごしかもしれないから。でも、とにかく……」

ベタートンはそれ以上いわなかったが、「でも、とにかく用心したほうがいい」とつづけるつもりでいたことはヒラリーにもわかった。

まるで、奇妙な悪夢を見ているようだった。見も知らない男の妻としてその男と同じ部屋にいるというのに、不安や恐怖が強すぎて羞恥心などまったく感じず、相手も気にしている気配はない。スイスの山に登って、ガイドやほかの登山者と一緒になんのためらいもなく山小屋で雑魚寝《ざこね》するのと似た感覚だ。一、二分、間をおいて、ベタートンがふたたび口を開いた。

「慣れるには時間がかかるんだよ。あまり気にしないで、ごく自然にふるまおう。ぼくたちはまだイギリスの家にいるのだと思って」

たしかにそうするのがいちばんかもしれない、とヒラリーは思った。これを現実として受け入れるのは、そうたやすくはないはずだ。ベタートンがイギリスを離れた理由も、彼の望みも、幻滅も、いまはまだたずねるわけにいかない。ふたりとも、得体の知れない恐怖に怯えながら芝居をつづけるしかないのだ。しばらくしてヒラリーがいった。

「いろんな検査を受けたのよ。健康状態とか心理状態の」

「ああ。いつものやつだよ。べつに驚くことじゃない」

「あなたも受けたの？」

「まあね」

「そのあとで、副所長だとかいう人に会ったわ」

「ああ。彼がここの実質的な責任者なんだよ。管理者としてはとても有能な男だ」

「でも、彼がいちばん上ではないの？」

「ああ、所長がいるから」

「所長には会えるの——わたしは？」

「たぶん、そのうち。でも、めったに姿をあらわさないんでね。ときどき講演を聴く機会はあるけど——強いカリスマ性を持った人物だ」

ヒラリーはベタートンが眉間にうっすらとしわを寄せたのを見て、所長の話はやめたほうがいいのだと悟った。ベタートンがちらっと時計に目をやった。

「夕食は八時だ。正確には、八時から八時半なんだが。用意ができしだい下へ行こう」

ベタートンはホテルに泊まっているような口振りでいった。

ヒラリーはすでにドレスに着替えていた。選んだばかりのそのドレスの色は灰色がかった落ち着いたグリーンで、彼女の赤い髪をいっそう引き立てている。人工石のはなやかなネックレスをつけて身繕いが整うと、彼女はベタートンに用意ができたと告げた。ふたりが階段を下りて、廊下の角をいくつもまがったすえにようやく広い食堂にたどり着くと、ミス・ジェンソンがそばに来た。

「きょうは大きいテーブルを用意したのよ、トム」と、ミス・ジェンソンがベタートンに声をかけた。「奥さんの旅のお仲間ふたりと一緒に食事をしてもらおうと思って——それに、もちろんマーチソン夫妻も一緒に」

ふたりは指定されたテーブルへ歩いていった。食堂に置いてあるのは、四人か八人か十人がけの、比較的小さなテーブルがほとんどだった。アンドルー・ピーターズとエリクソンは先にテーブルについていて、ヒラリーとベタートンが来たのを見て立ち上がった。ヒラリーは、ピーターズとエリクソンに〝夫〟を紹介した。四人が席につくと、ほどなくもうひと組の夫婦がやって来た。ベタートンは、マーチソン夫妻だといってふたりを紹介した。

「サイモンとぼくは同じ研究室で仕事をしてるんだ」

サイモン・マーチソンは二十五、六歳に見えたが、がりがりにやせていて、生気のない青白い顔をしていた。一方、妻は色黒で、体格がいい。訛りが強く、名前もビアンカなので、おそらくイタリア人だろうとヒラリーは思った。ビアンカは礼儀正しくあいさつしたが、妙に気取ったところがあった。

「あした、ここのなかを案内しますわ」と、ビアンカがヒラリーにいった。「あなたは科学者じゃないんでしょ？」

「ええ、科学の知識はまるっきりなくて」と、ヒラリーが応じた。「結婚する前は秘書をしてたんです」

「ビアンカは弁護士の見習いとして働いていて、経済や商法にくわしいんです」と、サイモンがいった。「ときどきここの教養講座の講師をつとめてるんですが、ほかにはやることがないので、退屈しているみたいで」

　ビアンカは肩をすくめた。

「大丈夫よ、サイモン。だって、わたしはあなたと一緒にいたくてここへ来たんだし、工夫すれば、ここでの暮らしをよりよいものに変えることができるはずだわ。どこを改善すればいいか、いま調べてるところなんですよ、ミセス・ベタートン。研究をなさらないのなら、手伝ってほしいわ」

　ヒラリーは即座に同意した。

　アンドルー・ピーターズは哀れっぽい声で冗談をいって、みんなを笑わせた。

「ぼくはいま、寄宿学校へ入れられた少年みたいにホームシックにかかってるんです。だから、早く仕事がしたくて」

「仕事をするにはうってつけの環境だよ」と、サイモン・マーチソンが力をこめていった。「邪魔が入ることはないし、必要な器具はなんだってそろえてもらえるし」

「専門はなんですか？」と、アンドルー・ピーターズが訊いた。

　それを受けて、マーチソンとピーターズとベタートンが、ヒラリーには理解できない専門用語を使って話をはじめた。ヒラリーは、椅子の背にもたれかかってあらぬほうを見つめているエリクソンに声をかけた。

「あなたはどうなんですか？　あなたもおうちが恋しいのかしら？」

　エリクソンは遠くを見るような目つきでヒラリーを見た。

「ぼくには家なんか必要ないんです」と、エリクソンはいった。「家とか妻とか、親とか子供とか、そういったものは邪魔になるだけですから。研究をするには、自由なほうがいいんです」

「で、ここでは自由に研究ができそうですか？」

「それはまだわかりません。でも、そう願ってます」

　ビアンカがヒラリーに話しかけた。

「食事のあとなにをするかは、いろいろ選択肢があるんですよ。カードルームでブリッジをしてもいいし、映画を観てもいいし。週に三回はお芝居が上演されるし、ダンスパーティーが開かれることもあるんです」

　エリクソンはつまらなさそうに顔をしかめた。

「そんなものは必要ありませんよ。エネルギーの浪費だ」

「いいえ、必要です」と、ビアンカが反論した。「わたしたち女性には」

　エリクソンは、嫌悪感をむき出しにした冷ややかな目でビアンカを見た。

彼には女性も必要ないんだわ、とヒラリーは思った。

「わたしは早めに床につくことにします」ヒラリーはそういって、わざとあくびをした。

「今夜は映画も観たくないし、ブリッジをする気にもならないので」

「そうだな」と、ベタートンがすかさず口をはさんだ。「今夜は早くベッドに入ってぐっすり寝たほうがいい。長旅で疲れてるだろうから」

みんなと一緒に席を立ちながら、ベタートンがいった。

「ここの夜風はとても気持ちがよくてね。ぼくらはいつも、夕食のあとルーフガーデンをひとまわりかふたまわり散歩してから、ブリッジをしたり研究のつづきをしたりするんだ。ちょっとルーフガーデンに寄って、それから部屋に戻ろう」

彼らは、上品な顔をして丈の長いまっ白な服を着た現地人が操作するエレベーターに乗って、ルーフガーデンへ行った。彼らの世話をするために雇われている現地人はそのあたりの砂漠に住んでいる部族のようで、色が白くてほっそりとしたベルベル人とは違い、肌が黒くて、体つきもがっしりしていた。ヒラリーは予想をはるかにしのぐルーフガーデンの美しさと、それをつくるのに莫大な金が使われていることに驚いた。大量の土を運んできて屋上まで上げてつくったその庭は、まるでおとぎの国のようだった。噴水もあるし、背の高いヤシの木や大きな葉を茂らせたバナナの木のあいだには、色あざやかなタイルを敷きつめてペルシャ風の花模様を描いた小道が通っている。

「信じられないわ、砂漠のまんなかにこんな庭があるなんて」ヒラリーは感じたことをそのまま口にした。「まさに千夜一夜物語の世界ね」

「ぼくもそう思いますよ、ミセス・ベタートン」と、マーチソンがいった。「魔法をかけたら、とつぜんこの庭があらわれたんじゃないかとね！　いやはや――つまりは、砂漠でだってなんでもできるってことですよ――水と金さえあれば――その両方がたっぷりあれば」

「水はどこから引いてるのかしら？」

「山をそうとう深いところまで掘って探し当てた地下水を引いてるそうです。この施設がここに存在するのは、そのおかげですよ」

ルーフガーデンには人が大勢いたが、そのうちだんだん少なくなった。

マーチソン夫妻も、バレエを観にいくといって姿を消した。

やがて人が数えるほどになると、ベタートンはヒラリーの腕を取って隅のほうへ連れていった。空には星がまたたき、澄んだ冷たい空気が肌に心地よかった。近くにはだれもいない。ヒラリーが屋上の端にめぐらされた低いコンクリートの壁の上に腰を下ろすと、ベタートンが目の前に立った。

「教えてくれ」ベタートンは、不安のにじむ低い声でいった。「きみはだれなんだ？」

ヒラリーはベタートンを見上げただけで、すぐには返事をしなかった。彼の質問に答える前に訊いておきたいことがあったからだ。

「どうして妻じゃないといわなかったんですか？」

ふたりは無言のまま見つめ合った。ベタートンもヒラリーも、自分が先に答えるのはいやだった。このような場合にものをいうのは精神力で、イギリスを発ったときのベタートンがどんな状態だったのかは知らないものの、いまは自分のほうが優位に立っているはずだとヒラリーは思っていた。彼女は人生をやり直す決意を胸にここへ来たばかりだが、ベタートンはすでに何カ月もここで不自然な生活をつづけている。だから、精神力は彼女のほうがまさっているはずだった。

ベタートンはついに目をそらして、しぶしぶ質問に答えた。

「あれは――とっさの判断だったんだ。愚かな判断だったのかもしれない。もしかすると、送り込まれてきたんじゃないかと思ったんだよ――ぼくをここから助け出すために」

「じゃあ、あなたはここから逃げ出したいと思ってるんですか？」

「そんなことは訊かなくてもわかるだろ？」

「パリからどんなふうにしてここへ来たんですか？」

ベタートンは沈んだ声で短く笑った。

「きみはぼくが誘拐されたと思っているのかもしれないが、そうじゃない。ぼくはみずからの意思で自発的に来たんだ。夢と希望に燃えて」

「ここへ来るのがわかってたんですか？」

「アフリカへ来ることになるのを知っていたかどうかということなら、答えはノーだ。おきまりの甘い言葉にまどわされたんだよ——地球に平和をもたらすとか、世界中の科学者と研究成果を交換し合う、資本家や主戦論者を一掃するとかいった、陳腐なたわごとに！　きみと一緒に来たピーターズって男も同じ餌に引っかかったんだ」

「つまり、そうじゃなかったってことなんですね——ここへ来てみたら？」

ベタートンは、またにがにがしげに短く笑った。

「それは自分の目で確かめればいい。いや、もしかすると彼らの言葉どおりだったのかもしれない！　要は、ぼくが考えていたのとは違うということだ。ここにはぼくの求めていた自由がないんだよ」

ベタートンは苦笑しながらヒラリーのとなりに座った。

「イギリスにいるのがいやになったのはそれでなんだ。たえずだれかに見られているような、監視されているような気がしてたんだよ。安全対策はじつに厳重だった。なにをしても、だれに会っても、いちいち説明を求められるんだ――そういうことが必要だというのはわからないでもないが、そのうちうんざりしてきた……そんなときに甘い誘いをかけられたものだから――つい耳を傾けて……なかなかいい話だと思い……」ベタートンはまた短く笑った。「気がついたときにはここにいたってわけだ！」

ヒラリーはゆっくりといった。

「つまり、せっかく逃げ出したのに、ここも同じだったんですね。ここでも、同じように監視されてるんですね――あるいは、イギリスにいたころより厳重に」

ベタートンは額に垂れた前髪をいらだたしげにかき上げた。

「それはわからない。ほんとうにわからないんだ。確信があるわけじゃないし、もしかすると、たんなる思い過ごしかもしれない。監視されてるかどうか、ぼくにはわからない。わかるわけないだろ？　それに、どうして監視する必要がある？　監視する必要なんてないじゃないか？　ぼくはここから一歩も出られないんだから――この監獄から」

「こんなことになるとは夢にも思ってなかったんですね？」

「いや、おかしな話だが、ある意味じゃここは理想的なんだ。研究環境は申し分なく、必要な装置や器具はすべてそろっていて、何時間研究しても、あるいは少ししかしなくてもいいし、衣食住が保障されて、じつに贅沢な生活ができるんだから。でも、監獄にいるような気分なんだよ」

「わかるわ。わたしも、きょうここに着いて、門がばたんと閉まったときはぞっとしたんです」ヒラリーはぶるっと体を震わせた。

「さて」ベタートンは冷静さを取り戻したようだった。「ぼくはもうきみの質問に答えたから、今度はきみが答える番だ。きみはオリーヴになりすましてここでなにをしてるんだ？」

「オリーヴは――」ヒラリーは先をいいよどんで言葉を探した。

「えっ？　オリーヴがどうかしたのか？　彼女の身になにか起きたのか？　きみはなにをいおうとしてるんだ？」

ヒラリーは、疲労と不安が色濃くにじむベタートンの顔に憐れみのこもった視線を向けた。

「気の毒で、なかなか切り出せなかったんです」

「ということは――やはり彼女の身になにか起きたのか？」

「ええ。とてもお気の毒なんですが……奥さんは亡くなりました……あなたのもとへ来る途中で、飛行が墜落して。病院へ運ばれたんですが、二日後に亡くなったんです」

ベタートンはまっすぐ前を見つめた。感情はいっさい顔に出さないと心に誓ったかのようで、落ち着きはらった声でつぶやいた。

「オリーヴは死んだんだね？　そうだったのか……」

長い沈黙のあとで、ベタートンがヒラリーに向き直った。

「わかった。じゃあ、話を進めよう。きみはなぜ彼女になりすましてここへ来たんだ？」

その質問の答えはすでに考えてあった。ベタートンは先ほどみずから打ち明けたように、彼を助け出すためにヒラリーが送り込まれたのだと思っていたらしい。しかし、ヒラリーはベタートンを助け出すためではなく、スパイとして送り込まれたのだ。みずからすすんでここへ来た男を助け出すためではなく、情報を得るために。それに、自分も囚われの身同然の状況におちいってしまった彼女に、ベタートンを助け出すことなどできるわけがない。

ベタートンにすべてを打ち明けるのは危険だというのはわかっていた。ベタートンはかなりまいっていて、精神に異常をきたしかけている。そんな男が秘密を守れるはずがない。

そこで、ヒラリーはこういった。

「わたしも入院していたから、奥さんが亡くなったときにそばにいたんです。わたしは奥さんに、代わりにあなたのもとへ行ってあげると約束したんです。奥さんは、どうしてもあなたに伝えたいことがあるとおっしゃってたので」

ベタートンは理解に苦しむような顔をした。

「しかし――」

ヒラリーは、ベタートンがおかしいと思う前に急いで先をつづけた。

「そんなばかなとお思いでしょうけど、わたしにとってはけっこう自然ななりゆきでした。わたしは以前からそういった考えに共鳴してたんです――あなたがさっき話していたような、科学知識は世界中の国が共有すべきだとか、あらたな社会秩序を構築すべきだとかいう考えを熱狂的に信奉してたんです。年もさして違わないし、こんな髪をしてるので――たとえ、彼らが奥さんの年と髪が赤いことを知っていたとしても、うまくいくと思ったんです。だから、とにかくやってみようと」

「ああ」ベタートンはヒラリーの髪に視線を移した。「たしかに、髪はオリーヴにそっくりだ」

「奥さんにも、ぜひにと頼まれたんです――自分の代わりにかならず伝言を伝えてくれと」

「で、その伝言の内容は？」

「用心してほしいというものでした。『用心するように――ボリスは危険だから』と奥さんはおっしゃいました」

「ボリス？　ボリス・グリドルのことか？」

「ええ。ご存じなんですか？」

ベタートンはかぶりを振った。

「会ったことはない。だが、名前は知っている。最初の妻の親類なんだ。どういう男かも知っている」

「なぜその人に用心しなければならないんですか？」

「えっ？」

ベタートンはぼうっとしたまま訊き返した。

ヒラリーは質問を繰り返した。

「ああ、そのことか」ベタートンはふとわれに返ったようだった。「ぼくが用心しなきゃならない理由は思い当たらないが、だれもが彼は危険な男だと思ってるんだ」

「どんなふうに危険なんですか？」

「彼は、勝手な理屈でそうするのが正しいと思ったら、全世界の人間の半分だって平気で殺すような、頭のいかれた理想主義者なんだよ」

「どういう人かはだいたいわかります」

ヒラリーは、ボリス・グリドルがどういう人物なのかわかったような気がした――はっきりと。でも、なぜだろう？

「オリーヴは彼に会ったのか？　彼はオリーヴになんといったんだ？」

「くわしいことはわかりません。奥さんは、危険だとおっしゃっただけなんです――そうそう、信じたくなかったともおっしゃってました」

「なにを信じたくなかったんだ？」

「さあ、わたしには」ヒラリーはしばらく間をおいた。「なにしろ――息を引き取る直前だったので……」

ベタートンの顔が悲しみにゆがんだ。

「わかってる……わかってる……いずれ受け入れられるようになるはずだ。いまはまだ混乱していて。でも、ボリスのことは合点がいかない。ぼくはここにいるのに、どうしてボリスに用心しなきゃならないんだ？　オリーヴが会ったんだとしたら、彼はロンドンに来たんだな？」

「ええ、そうだと思います」

「だとすると、ますますわけがわからない……でも、そんなことはどうでもいい。ほかのこともどうでもいい。ぼくたちはこんなおぞましいところに閉じ込められて、まわりはロボットみたいな連中ばかりで……」

「わたしも、ここのスタッフはみんなロボットみたいだと感じてたんです」

「しかも、二度とここから出られないんだ」ベタートンはこぶしでコンクリートをたたいた。「二度と出られないんだ」

「そんなことないわ」と、ヒラリーが励ました。

ベタートンはびっくりしてヒラリーを見つめた。

「どういう意味だ？」

「きっと、逃げ出す方法があるはずです」

「これはこれは」ベタートンはばかにしたように笑った。「きみは、ここがどんなところかまったくわかってないようだな」

「戦争中は、とうてい脱出不可能だと思われた場所から逃げ出した人もいるんですよ」と、ヒラリーはいい張った。そう簡単にあきらめるつもりはなかった。「トンネルを掘ったりなんかして」

「かたい岩にどうやってトンネルを掘るんだ？　どこへ向かって掘るつもりだ？　ここ

は砂漠のどまんなかなんだぞ」

「じゃあ、ほかの方法を考えればいいでしょ」

ベタートンがヒラリーを見た。ヒラリーは、自信ではなく虚勢に満ちた笑みを浮かべた。

「すごい女性だね、きみは！　じつに堂々としてる」

「求めれば道は開けるというじゃないですか。ただ、綿密な計画を立てる必要があるし、ずいぶん時間がかかるでしょうけど」

ベタートンがまたもや顔を曇らせた。

「時間か。時間……ぼくにはあまり時間がない」

「どうしてですか？」

「きみにわかってもらえるかどうか……つまりはこういうことだ。ぼくはまったく――役に立ってないんだよ」

ヒラリーが眉を寄せた。「というと？」

「どういえばいいんだろう？　仕事ができないんだよ。考えることができないんだ。ぼくがしているような研究には、かなりの集中力が要求される。じつにその――なんというか――独創的な研究をしているわけだから。なのに、ぼくはここへ来て以来、完全に調子が狂って、結果の予測がつくごく平凡な研究しかできなくなってしまったんだ。三流の科学者でもやりこなせるような研究しか。しかし彼らは、そんなことをさせるためにぼくをここへ連れてきたわけじゃない。独創的な研究をさせるために連れてきたんだ。でも、独創的なアイディアはひとつも浮かばず、不安や焦りを感じれば感じるほど、ますます頭が働かなくなって、もうどうにかなりそうなんだよ」

なるほど、とヒラリーは思った。科学者もプリマドンナも、精神的に不安定だという点においては大差がないとドクター・リュベックがいっていた。

「期待はずれだったとわかったら、彼らはどうすると思う？　きっとぼくを消すはずだ」

「まさか！」

「いや、そうするに決まってる。血も涙もない連中なんだよ。いままで殺されずにすんだのは整形手術のおかげだ。少しずつ、何度にも分けて手術を受けたんだ。たいした手術じゃなくても、そんな状態ではだれだって研究に集中できないからね。しかし、手術はもう完了した」

「どうして整形手術を受けたんですか？　いったいなんのために？」

「もちろん、安全のためだ！　ぼくの身の安全を守るためだ。そうするしかないんだよ

――〝お尋ね者〟の場合は」

「あなたは〝お尋ね者〟なんですか？」

「ああ。知らなかったのか？　たぶん、新聞には載せなかったんだろう。もしかすると、オリーヴも知らなかったのかもしれない。でも、ぼくは明らかに罪を犯した」

「あなたが犯したのは――いわゆる反逆罪ですか？　核兵器の製造方法を売ったんですか？」

ベタートンが視線をそらした。

「売ったんじゃない。製造方法に関する自分の知識を彼らに提供したんだよ――無料で。信じてもらえないかもしれないが、ぼくはぜひともそうしたかったんだ。それがここの基本理念のひとつなんだ――科学知識の共有が。まあ、きみには理解できないかもしれないが」

ベタートンのいわんとすることはヒラリーにも理解できた。アンドルー・ピーターズがそういうことをするというのなら、なんの疑問も抱きはしなかった。いつも遠くを見るような目をしているエリクソンが理想に燃えて祖国を裏切っても、当然だと思ったはずだ。

しかし、トーマス・ベタートンがそんなことをするとはどうしても思えなかった。だが、数カ月前に夢と希望に胸を膨らませてここへやって来たベタートンと、夢から覚めて失意と不安にさいなまれている男とは――死の恐怖に怯えている哀れな男とは――まったく別人なのだということにヒラリーは気づいて、かすかなショックを覚えた。

ようやく疑問が解けたヒラリーのとなりで、ベタートンが不安げにあたりを見まわした。

「もうみんな下に戻ったようだ。ぼくたちもそろそろ――」

ヒラリーが立ち上がった。

「ええ。でも、だれも怪しみはしませんよ。たぶん、当然だと思うはずだわ――久しぶりに会ったんだもの」

ベタートンはぼそぼそといった。

「このままつづけたほうがいいと思うんだ。つまりその――これからもきみは――ぼくの妻のふりをしつづけたほうが」

「わかってます」

「そのためには一緒の部屋で過ごさなきゃならないが、大丈夫だ。心配しなくても――

――」

ベタートンは照れくさそうに言葉をにごした。

ヒラリーはベタートンの横顔を見ながら、なんてハンサムなのかしらと思った。でも、まったくときめかないのは……

「おたがいに心配しなくても大丈夫だわ」と、ヒラリーは明るくいった。「とにかく、大事なのは生きてここを出ることです」

第十四章

マラケシュのマムーニア・ホテルの一室では、ジェソップがミス・ヘザリントンと話をしていた。ただし、このミス・ヘザリントンは、ヒラリーがカサブランカやフェズで会ったミス・ヘザリントンとは別人だった。背格好も顔つきも、着ているニットのアンサンブルも無造作に束ねた髪型も同じだが、物腰はまるで違っていた。ジェソップと話をしている女性は快活で、しかも、有能で、実際は見た目よりずいぶん若そうだった。

部屋にはもうひとり、いかにも頭のよさそうな目をした肌の浅黒いたくましい体格の男がいて、テーブルをたたきながら小さな声でフランス語の歌を口ずさんでいた。

「……すると、きみが知るかぎり、彼女がフェズで親しく話をしたのはそれだけか？」

と、ジェソップが訊いた。

ジャネット・ヘザリントンがうなずいた。

「カルヴィン・ベイカーとはカサブランカでも一緒だったんですが、正直なところ、まだ判断を下しかねているんです。その女は、オリーヴ・ベタートンと仲よくなろうとしてさかんに話しかけてました。もちろん、わたしにもですが。ただし、アメリカ人はみな気さくで、同じホテルに泊まり合わせた人と気軽に話をしたり、一緒に観光に出かけたりしますから」

「ああ」と、ジェソップが相槌を打った。「こっちが捜している人物なら、そういった人目につくようなことはしないはずだ」

「それに、その女は例の飛行機に乗ってたんです」と、ジャネット・ヘザリントンがつづけた。

「きみは、あの事故が仕組まれたものかもしれないと考えてるようだが」ジェソップはそういって、たくましい体をした肌の浅黒いフランス人を見た。「どう思う、ルブラン？」

ルブランは鼻歌を口ずさむのも、指先でテーブルをたたくのもやめた。

「そうかもしれんが、もしかすると、エンジンの故障が原因で墜落したのかもしれん。たしかなことはわからんよ。とにかく、問題の飛行機は墜落して炎上し、乗っていた者は全員死亡したんだ」

「パイロットはどんな男だ？」

「アルカディか？　若いが、そこそこ優秀なパイロットだ。調べても、なにも出てこなかったよ。給料はあまりよくなかったようだが」ルブランは少し間をおいてから、給料の件を補足した。

それを受けて、ジェソップが確認した。

「つまり、アルバイトをする可能性はあったが、自殺をしたとは思えないってことか？」

「死体は七体あったんだ」と、ルブランがいった。「黒こげになってたんで身元の確認はできなかったが、ちゃんと七体あった。それはまぎれもない事実だ」

ジェソップがジャネット・ヘザリントンに視線を戻した。

「で、さっきの話のつづきは？」

「オリーヴ・ベタートンはフェズで、フランス人の一家とふたことみこと言葉をかわしています。スウェーデン人の裕福な実業家と、その連れの若くて美しい女、それに、石油王のアリスタイディーズ氏とも」

「ああ、あの億万長者か」と、ルブランがいった。「億万長者になるというのはどんな気分なんだろうって、ときどき考えることがあるんだ」彼はくだけた調子で先をつづけた。「おれなら、馬でも女でも、買えるものはなんだって買いあさるよ。ところが、アリスタイディーズはスペインの城に——文字どおりの城に——閉じこもって——中国の宋時代の陶器を蒐集しているらしい。しかし、なんといっても、すでに七十を超えてるからな。それぐらいの年になれば、中国の焼き物にしか興味が持てなくなるのかも」

「中国人は、人間は六十から七十がもっとも充実していて、ようやく美しいものの価値や人生の喜びがわかるようになると考えてるんだぞ」

「そんなばかな！」と、ルブランがいった。

「フェズのホテルにはドイツ人も何人か泊まってたんですが、オリーヴ・ベタートンが彼らと話をしているところは見ていません」と、ジャネット・ヘザリントンが話を進めた。

「ウエイターや雑用係が連絡役だったという可能性は？」と、ジェソップが訊いた。

「あると思います」

「それに、彼女はひとりで旧市街へ出かけたんじゃなかったのか？」

「観光ガイドと一緒でした。旧市街を見物しているときに何者かが接触した可能性もあります」

「いずれにせよ、とつぜんマラケシュへ行くことになったんだよな」

「違います」と、ジャネット・ヘザリントンが訂正した。「すでに予約してたんです」

「いや、オリーヴ・ベタートンのことじゃない。カルヴィン・ベイカー夫人がとつぜんオリーヴ・ベタートンと一緒にマラケシュへ行ったことをいってるんだ」ジェソップは立ち上がって部屋を歩きまわった。「彼女は飛行機でマラケシュに向かい、その飛行機は墜落して炎上した。どうも、オリーヴ・ベタートンという名前の女は飛行機と相性が悪いらしい。最初は彼女の乗った飛行機がカサブランカの近くで墜落し、今度はこれだ。純粋な事故なのか、それとも仕組まれたのか？　たとえオリーヴ・ベタートンを消したいと思っている人物がいたとしても、飛行機を墜落させるよりもっと簡単な方法があるはずだが」

「さあ、それはどうかな」と、ルブランがいった。「おれはちょっと違った考えなんだ。人の命を奪うことになんの抵抗も感じなくなって、月明かりのない暗い晩に通りの角で待ち伏せしてナイフを突き刺すより、飛行機の座席の下に小さな爆弾の入った包みを置いておくほうが簡単な場合は、おそらく爆弾のほうを選ぶだろうし、ほかの六人を巻き添えにすることなど、これっぽっちも気にしないはずだ」

「こんなふうに考えるのはぼくだけかもしれないが、ひょっとすると第三の可能性もあるんじゃないだろうか――今回の事故は連中の演出だったという可能性も」

ルブランは興味をかき立てられてジェソップを見た。

「たしかに、考えられないことではない。飛行機を不時着させて火をつければいいんだからな。だが、それでは死体の説明がつかないじゃないか。飛行機のなかには黒こげになった死体が残ってたんだぞ」

「わかってる」と、ジェソップがいった。「そこで行き詰まってしまうんだ。ぼくだって、自分の考えが空想じみてるのは百も承知だが、これで手際よく幕が降ろされるわけだからな。あっけにとられるほど手際よく。それがぼくの感想だ。もうこれでおしまいだと告げられたみたいで。われわれが報告書の隅に〝打ち切り〟と書けば、追跡は正式に終了する。追跡しようにも、足取りがぷっつりと途絶えてしまったんだから」ジェソップはふたたびルブランを見た。「そっちはすでに捜査を開始したのか？」

「二日前にな」と、ルブランが答えた。「わが方も優秀な人材をそろえたよ。飛行機が墜落したのは、もちろん人里離れたさびしい場所だ。ちなみに、通常の飛行ルートからもそれている」

「それはおかしい」と、ジェソップが口をはさんだ。

「周辺の村も、小さな集落も、車の轍《わだち》も、いま徹底的に調べているところだ。あんたらと同様に、おれたちもこの捜査の重要性は充分に認識しているからな。フランスでも若手の優秀な科学者が何人か行方不明になってるんだ。おれが思うに、気まぐれなオペラ歌手のほうが科学者よりずっと扱いやすいはずだ。科学者は頭がよくて変わり者で、反抗的で、おまけに、これがもっとも危険なんだが、どんなことでもすぐに信じてしまう。いったいどんなところだと思うんだろう？　蜜と光に満ちあふれ、真理が追究できて、正義と幸福を手にできる理想の土地か？　可哀相に、向こうでは幻滅が待ち受けているというのに」

「乗客名簿をもう一度チェックしよう」と、ジェソップが提案した。

ルブランは片手を伸ばし、針金を編んでつくったかごのなかから乗客名簿を取り出して、ジェソップの前に置いた。そして、一緒に目を通した。

「ミセス・カルヴィン・ベイカー、アメリカ人。ミセス・ベタートン、イギリス人。トルキル・エリクソン、ノルウェー人――この男についてはなにかわかってるのか？」

「いや、注目するようなことはなにもなかった」と、ルブランが答えた。「二十七、八歳の若い男だ」

「どこかで見た名前だな」ジェソップはそういって顔をしかめた。「たしかこの男は――イギリスの学士院で研究発表をしたんだ」

「ほかに、修道女《ルリジューズ》もいたよな」ルブランが名簿に視線を戻した。「シスター・マリーとかいうのが。それから、アンドルー・ピーターズ、アメリカ人。そして、ドクトゥール

・バロン。このドクトゥール・バロンは有名な人物だ。非常にすぐれた学者で、ウイルス病の研究をしてる」
「細菌戦か」と、ジェソップがいった。「いいじゃないか。ぴったり符号する」

「しかも、給料が安くて、不満を抱いていた」と、ルブランがつけたした。

「セント・アイヴズにはいったい何人行くんだ？」と、ジェソップが独り言のようにつぶやいた。

ルブランがジェソップに鋭い視線を向けると、ジェソップはばつが悪そうに笑った。

「古い童謡の一節だよ。セント・アイヴズというのは、おれたちの知らないところという意味だ。未知の世界へ旅立つという意味だ」

テーブルの上の電話が鳴り、ルブランが受話器を取った。

「もしもし《アロー》？　どうした《ケス・キリヤ》？　ああ、かまわん。こっちへ来させてくれ」電話を切ってジェソップのほうを向いたルブランの顔は、それまでとはがらりと変わって生き生きと輝いていた。「部下が報告に来たんだ。なにか見つけたらしい。もしかすると――いや、まだはっきりしたことはわからないが――あんたの空想じみた考えのほうが正しかったのかもな」

しばらくすると、男がふたり部屋に入ってきた。最初に入ってきた男はルブランに似て肌が浅黒くてたくましく、おまけに頭もよさそうで、一応、礼儀はわきまえていたものの、やけにうきうきしていた。着ている洋服にしみや汚れがこびりつき、おまけに埃だらけなのは、長旅から帰ってきたばかりだからだ。もうひとりの男は地元の住人で、丈の長い白い服を着ていた。その男には辺境に住む人間のおおらかな気高さが感じられ、物腰はていねいだったが、卑屈なところはまったくなかった。その男がものめずらしそうに部屋を見まわしているあいだに、もうひとりの男がぺらぺらとフランス語で説明をはじめた。

「懸賞金を出すと触れまわると、この男と、この男の家族や大勢の友人が熱心に探してくれたんです。直接おたずねになりたいこともあるだろうと思って、見つけたものを持ってこさせました」

ルブランはベルベル人の男に向き直った。

「よくやった」男には現地の言葉で話しかけた。「あんたの目はタカのように鋭いんだな。さあ、見せてくれ」

男は服のポケットからなにやら取り出すと、歩み出てルブランの目の前のテーブルの上に置いた。それは、ピンクがかった灰色をした、けっこう大きい模造真珠だった。

「わしやほかの連中が見せられたのと同じものだ」と、男はいった。「この大事なひと粒はわしが見つけた」

　ジェソップは手を伸ばして真珠をつまむと、ポケットからそっくりな真珠を取り出して見比べた。それから窓辺へ歩いていって、分厚いレンズを通してふたたび眺めた。

「ああ、ちゃんと印がついてる」うれしそうな声でそういうと、テーブルのそばへ戻ってきた。「たいした女だ！　いいぞ、いいぞ、上出来だ！」

　ルブランは、モロッコ人の部下にアラビア語でなにか手短にたずねたあとでジェソップに向き直った。

「すまない。その真珠は、炎上した飛行機から半マイル近く離れたところで発見されたそうだ」

「それはつまり、オリーヴ・ベタートンは死んでいないということだよ」と、ジェソップがいった。「フェズを発ったときにあの飛行機には七人が乗っていて、黒こげになった死体が七体発見されたが、そのうちのひとつはオリーヴ・ベタートンのものじゃなかったんだ」

「捜査の範囲を広げよう」とルブランはいい、部下と、部下が連れてきたベルベル人を去らせた。「あの男には約束どおり褒美をはずむことにする。そうすれば、奥地の住人がこぞって真珠探しをするはずだ。彼らは目がいいし、見つけたらたんまり褒美をもらえるという話は口づてでほうぼうに広まる。たぶん——いや、きっといい結果が得られるにちがいない！　彼女のしていることに敵が気づいていないかぎりは」

ジェソップはかぶりを振った。

「それほど不自然なことではないはずだ。女性はたいがいネックレスをつけているし、そのネックレスの糸が切れることもよくある。彼女は落ちた真珠を拾い、ポケットのなかに入れてから、ポケットにこっそり小さな穴をあけたんだ。そもそも、やつらが彼女を疑う理由がどこにある？　彼女はオリーヴ・ベタートンで、夫に会いたがってるんだぞ」

「もう一度、あらたな観点から見直す必要がありそうだな」ルブランは乗客名簿を手元に引き寄せた。「オリーヴ・ベタートン。ドクトゥール・バロン」ふたりの名前の横にはチェック印をつけた。「少なくとも、このふたりは明確な目的を持って旅をしている——どこへ向かっているのかはわからんが。ミセス・カルヴィン・ベイカー、アメリカ人。この女に関する判断は保留しておこう。あんたの話では、トルキル・エリクソンはイギリスの学士院で研究発表をしたということだった。アメリカ人のピーターズは、パスポートの職業欄に化学者と書いている。それから、修道女《ルリジユーズ》——これはおそらく変装だろう。いずれにせよ、彼らはみないろんなところからやって来て、うまい具合に同じ日の同じ飛行機に乗り合わせた。そして、その飛行機は炎上し、機体のなかから必要な数の死体が発見された。いったい連中はどんなふうにしてやってのけたんだ？　じつにみ《アンファン・セ・》ごとだ《コロサル》！」

「ああ、たしかになになにからなにまで抜かりがない」と、ジェソップが相槌を打った。

「だが、これで、六、七人の人間があらたな旅をはじめたことも、その旅の出発点もわかったわけだ。となると、こっちがつぎにやらなきゃならないのは、そこへ行くことなんじゃないか？」

「いや、しかし」と、ルブランが渋った。「われわれはここに前線指令部を置くべきだと思うんだ。捜査は順調に進んでいるようだから、おそらくほかにも手がかりが見つかるさ」

「じゃあ、ここにとどまろう。こっちの計算が正しければ、かならず答えが出るだろう」と、ジェソップがいった。

しかし、その計算は複雑で、なかなか答えが出なかった。車の時速、燃料の補給なしに走れる距離、旅行者が泊まった可能性のある村のことなども考慮に入れなければならないからだ。彼らの足跡とおぼしきものはいくつも見つかって混乱をきわめ、おまけに失望の連続だったが、ときには明るい光も射した。

「報告いたします《ヴォアラ》、大尉《モン・カピテン》！　命令どおりにあちこちの便所を調べた結果、アブドゥル・ムハンマドという男の家の便所の隅から、チューインガムでくるんだ真珠がひと粒見つかりました。その男と男の息子たちを尋問すると、最初のうちはなにも知らないといい張っていたものの、ついに白状したんです。ドイツの考古学研究チームのメンバーだと名乗る六人が一台の車でやって来て、男の家にひと晩泊まったとのことでした。彼らは男に大金を払い、自分たちは許可を得ずに発掘調査を行なっているので、ここに泊まったことはだれにもしゃべらないでほしいと頼んだそうです。エル・カイフという村の子供たちも、真珠をふた粒見つけて持ってきました。これで、方角はわかりました。それだけじゃありません。おっしゃったとおり、予言者の娘、ファティマの手も目撃されたんです。この男にくわしく説明させます」

ルブランの部下が連れてきたのは、精悍《せいかん》な顔つきをしたベルベル人だった。

「夜、ヒツジと一緒に寝てたら、車の音が聞こえて」と、男はいった。「その車が通りすぎていったときに、ファティマの手が見えたんだ。車の横っ腹に描いてあったんだよ。光ってたんで、暗くてもはっきり見えた」

「手袋に燐《りん》を塗ったのは正解だったんだ」と、ルブランがつぶやいた。「よく思いついたな」

「たしかに目につきやすいが、危険もともなうんだ」と、ジェソップがいった。「仲間に感づかれる恐れがあるからな」

ルブランは肩をすくめた。

「しかし、日中は見えないはずだ」

「ああ。だが、もし暗くなってから休憩をとるために車を降りたら――」

「大丈夫だよ――アラブ人は魔よけになると信じてるんだから。荷車にも車にも描いてあるじゃないか。敬虔《けいけん》なイスラム教徒が車に夜光塗料でファティマの手を描いたんだと思うだけさ」

「まあな。だが、用心に越したことはない。もし敵が気づいたら、とんでもないところでファティマの手を光らせてわれわれの捜査を攪乱《かくらん》しようとするかもしれないし」

「ああ、それはあり得る。たしかに警戒が必要だ。けっして警戒をゆるめちゃだめだ」

翌朝、ルブランは、三角に並べてチューインガムでくっつけた例の模造真珠を三つ、あらたに目にすることになった。

「おそらく、つぎは飛行機で移動するということだよな」

ジェソップはそういって、ルブランに問いかけるような視線を向けた。

「そのとおり」と、ルブランがいった。「これは、だれも住んでいない奥地にある、閉鎖された軍用飛行場で見つかったんだ。その飛行場からは、飛行機が何日か前に着陸してふたたび飛び立った跡も発見された」ルブランはまた肩をすくめた。「その飛行機がどこのものかはわからないし、彼らがそれに乗ってどこへ行ったのかもわからない。つまり、おれたちはまた壁にぶち当たったわけだ。この先、どうやって追跡すればいいのやら——」

第十五章

「信じられないわ、ここへ来てもう十日になるなんて！」と、ヒラリーは独り言を口にした。それにしても恐ろしいのは人間がたやすく環境に順応することだと彼女は思い、かつてフランスで、中世の一風変わった拷問具を見たことがあるのを思い出した。それは囚人を閉じ込めておくための鉄製の檻《おり》で、そのなかでは、横たわることも立つことも座ることもできない。ところが、最後にその檻に入れられた男はそこで十八年間過ごして釈放され、さらに二十年生きつづけて年老いて死んだと、ガイドが教えてくれた。人間と動物を分かつのはこの順応性だ。人間は、どのような気候や食料事情や社会情勢のもとでも生きていける。しかも、自由であろうとなかろうと。

ここへ来て彼女が最初に感じたのは、二度とここから出られないのではないかという恐怖といらだちで、激しいパニックに襲われた。囚人のような状況が贅沢な生活によってカモフラージュされているのも、なぜかよけいに恐ろしかった。それでも、一週間たつと早くも慣れてしまって、ここでの暮らしをごく自然なものとして受け入れるようになった。ここでの、現実離れした奇妙な暮らしを。すべてが夢のようだったが、ここではこの夢のような暮らしが長いあいだつづいていて、今後もつづくはずだと彼女はすでに気づいていた。おそらく永遠につづくはずだと。そして、自分も永遠にここで暮らすことになるような気がしていた。それが彼女の運命で、逃げ出したところで外にはなにもない。

こんなふうに無謀なまでの順応性を示すのは、自分が女性であることも関係しているはずだと彼女は思った。女性はもともと順応性が高く、それは女性の強みであるのと同時に弱点でもある。女性は周囲の状況をじっくり観察したうえで素直に受け入れ、現実主義者よろしく、そのなかで精いっぱい楽しもうとするのだ。彼女がもっともおもしろいと感じたのは、一緒に来た人たちの反応だった。ヘルガ・ニードハイムの姿は、食事の際に何度か見かけた以外ほとんど目にしなかったが、見かけても、向こうは軽く会釈をするだけだった。ヒラリーの目には、ヘルガ・ニードハイムが幸せそうで満足しているように映った。おそらく、想像どおりの場所だったのだろう。ヘルガにとっては仕事がすべてで、あの傲慢な性格がしっかりと彼女を支えている。彼女がここへ来たのは優秀な科学者のひとりとして仲間と一緒に研究するためで、人類同胞主義や恒久平和や、精神や魂の解放など、どうでもいいのだ。彼女が思い描く理想の未来像はけっして壮大ではないが、そうとうかたよっている。自分もそのひとりである優秀民族がそうでない者たちを奴隷にし、おとなしく命令を聞く者にはそれなりの処遇を与えて働かせるのが理想の未来像だというのだから。たとえほかの研究者たちが違った考えを口にして、彼らが絶対主義ではなく共産主義を信奉していることがわかっても、ヘルガはまったく気にしなかった。すぐれた科学者は世の中に必要な存在だし、人の考えはいずれ変わるからだ。

バロン博士はヘルガ・ニードハイムより理知的で、ヒラリーはときどき短い会話をかわした。バロン博士も仕事に没頭し、研究環境にはおおいに満足していたが、フランス人のインテリは探求心が強いので、ここの生活環境に関してはいろいろ考えるところがあるようだった。

「わたしの想像とは違っていました」と、ある日、彼はいった。「いえ、ここだけの話ですが、まるで監禁されているようで、それがいやなんですよ、ミセス・ベタートン。これでは、刑務所と同じです。もっとも、ずいぶん贅沢な刑務所ですが」

「自由を求めてここへいらしたのに、まったく自由がないってことですか？」と、ヒラリーが水を向けた。

バロン博士はヒラリーを見て、ちらっと悲しげな笑みを浮かべた。

「いえ、違います。わたしは自由を求めてここへ来たわけではありません。わたしは文明国の人間ですからね。文明国の人間は、この世に自由などないことを知ってるんです。自由を旗印に掲げているのは、出来て間のない未熟な国だけです。どんな国でも国民が安心して暮らせる枠組みを構築する必要があるものの、文明国の真髄はおだやかな生活ができることです。中庸で、おだやかな生活が。たとえかたよりがあったとしても、かならず中庸に戻るんですよ。この際、正直にお話ししましょう。わたしは金に惹かれてここへ来たんです」

今度はヒラリーが笑みを浮かべて、眉を上げた。

「でも、ここではお金なんて必要ないでしょ？」

「金があれば高価な実験器具が買えます」と、バロン博士がいった。「ただし、ここでは自腹を切って実験器具を買う必要はないので、研究に打ち込むことができるし、知的好奇心を満たすこともできます。もちろんわたしは研究が好きですが、人類の幸福のために研究をしているわけではありません。人類の幸福のためだといって研究をしている連中はどことなくおめでたいところがあって、たいてい研究者としては二流なんです。わたしがいちばん大事にしているのは、研究を通して得られる知的な感動です。フランスを発つ前には多額の報酬を受け取りましたが、その金は偽名で銀行に預けてあるので、いずれ、ここがなくなったら好きなように使うつもりです」

「ここがなくなる？」ヒラリーはオウム返しに繰り返した。「どうしてなくなるんですか？」

「常識的に考えればわかることです。この世に永遠に変わらないものなど——永遠につづくものなどありませんからね。わたしは、ここを運営しているのは狂人だと思うようになったんです。狂人のなかには非常に論理的な人もいるんですよ。うなるほど金があって、論理的で、しかも気が狂っていたら、長いあいだ幻想に浸っていることができます。でも」博士が肩をすくめた。「いずれはここも崩壊するはずです。なぜなら、ここで行なわれていることには無理があるからです。無理があれば、そのうちかならずほころびが出てきます」博士はまた肩をすくめた。「一応、いまのところはわたしも満足してるんですが」

トルキル・エリクソンは期待がはずれて幻滅を味わっているはずだとヒラリーは思っていたが、本人はけっこうここが気に入っているようだった。バロン博士ほど現実的ではないエリクソンはみずからが理想とする狭い世界に閉じこもり、ヒラリーには、彼の住むその風変わりな世界がまったく理解できなかった。けれども、彼はそこに素朴な幸せを見いだし、一心不乱に数式と格闘して、無限の可能性を追求しようとしていた。ヒラリーは、人間的なあたたかみがまったく感じられないエリクソンの妙に落ち着きはらった態度に恐怖を覚えた。エリクソンなら、全世界のわずか四分の一の人間に自分の心のなかにしか存在しない空想的なユートピアを提供するために、気まぐれな理想主義に突き動かされて残りの四分の三の人間を殺しかねないような気さえした。

アメリカ人のアンドルー・ピーターズに対してはは親近感を抱いていたが、それはおそらく、ピーターズも優秀なことは優秀だが、けっして天才ではないからだ。ほかの人たちの話では、ピーターズも化学者としては一流で、熱意も仕事ぶりも申し分ないが、その分野の先駆者ではないらしい。それに、ピーターズも、彼女と同様にここの雰囲気にはただちに嫌悪感と不安を覚えていた。

「実際、ぼくは自分がどこへ行くのかわかってなかったんです」と、彼はいった。「わかっているつもりだったのに、ほんとうはわかってなかったんです。ここは共産党とはなんの関係もないんだ。ここはモスクワの郊外じゃない。共産党とはなんの関係もない、おそらくファシストの施設です」

「そんなふうにレッテルを貼るのはよくないいんじゃないかしら」と、ヒラリーがやんわりとたしなめた。

ピーターズはそのことについて考えた。

「たしかにそうかもしれない。考えてみると、ぼくたちがいつも使っている言葉にはたいして意味がないんですよね。でも、ひとつだけはっきりいえることがあります。ぼくはここを出たいんです。本気でここから逃げ出したいんです」

「そう簡単にはいかないはずよ」と、ヒラリーは声を落としてささやいた。

ピーターズとそんな話をしたのは、夕食のあとでルーフガーデンの噴水のほとりを歩いているときだった。闇と星空が錯覚を引き起こし、まるでサルタンの宮殿の庭を歩いているようだった。機能本位のコンクリートの建物は見えなかった。

「それはわかってます」と、ピーターズが認めた。「でも、けっして不可能ではないはずです」

「あら、うれしいわ。とっても心強いわ！」

ピーターズはヒラリーに同情のこもった視線を向けた。

「ここは期待はずれだったんですか？」

「ええ、おおいに。でも、それだけじゃないんです」

「えっ？　ほかになにか気になることがあるんですか？」

「わたしはここの生活に慣れるのが怖いんです」と、ヒラリーが打ち明けた。

「なるほど」と、ピーターズはしみじみといった。「わかります。ここでは集団暗示に近いことが行なわれてますからね。怖いと感じるのは当然ですよ」

「逃げ出したいと思うのがごく自然な反応ですよね」

「ええ、そう思います。みんなが逃げ出さないように魔法をかけてるんじゃないかと疑ったことも何度かあるんです」

「魔法？　どういうことですか？」

「はっきりいうと薬のことです」

「つまり、麻薬ってこと？」

「そうです。考えられないことじゃありません。食べ物か飲み物のなかに入れればいいんですから。その、なんというか――人を従順にする薬を」

「そんな薬があるんですか？」

「さあ、それは専門外なので。でも、手術の前に患者の不安を取り除いたり興奮を鎮めたりする薬はありますからね。長期間にわたって連続的に投与できて、しかも、効果が持続する薬があるのかどうかはわかりません。むしろ、ぼくたちは精神的な麻酔をかけられてるんじゃないかと思うんです。ここの管理者もスタッフも心理学や催眠術に精通していて、ぼくたちは知らず知らずのうちに、おまえたちは幸せ者だ、なんであれ、とにかく目的を達成するために努力しろという暗示をかけられてるんじゃないでしょうか。それが確実に効果を上げているのかもしれません。上手な人が催眠術をかければいろんなことができるんですよ」

「催眠術になんか、ぜったいにかからないわ」と、ヒラリーは高ぶった声でいった。

「ここに来られて幸せだなんて、一瞬たりとも思うもんですか」

「ご主人はどう思ってらっしゃるんですか？」

「主人？　さあ――どう思ってるのかしら。よくわからないんです。わたしは――」ヒラリーは急に黙り込んだ。

彼女は熱心に話を聞いてくれているピーターズに、あまりに現実離れしているいまの生活の状況を打ち明けることができなかった。彼女が初対面の男と一緒に暮らしはじめて、すでに十日になる。寝室も同じなので、眠れないままベッドに横たわっていると、となりのベッドから寝息が聞こえてくることもあった。ふたりともいやだとはいえず、それをしかたのないこととして受け入れていた。スパイとしてベタートンの妻になりすましている彼女は、どのような役でもどのような人物でも演じるつもりでいたが、正直なところ、ベタートンがどういう人間なのかはよくわからなかった。ただし、若くて優秀な男が失望の淵に沈んだまま数カ月過ごしたらどうなるかを示す悪い見本のようだとは思った。とにかく、運命を素直に受け入れている様子は微塵も感じられなかった。しかも、彼女の目には、ベタートンが仕事に精を出すどころか、集中できないことにますますいらだちをつのらせているように見えた。それに彼は、最初の晩に口にしたことをその後も何度か繰り返した。

「考えることができないんだ。まるで脳が枯渇してしまったみたいで」

当然だわ、とヒラリーは思った。トーマス・ベタートンのような天才にはなによりも自由が必要なのだ。集団暗示も、自由を失った現実を忘れさせることはできなかったようだ。彼の独創的な研究は、完全に自由な環境のもとでのみ生まれるのだ。

ベタートンが精神に異常をきたしかけているのはヒラリーも気づいていた。それに、ヒラリーに対するベタートンの態度は、妙によそよそしかった。彼はヒラリーを女だとは思わず、友人だとも思っていない。彼が妻の死をきちんと受け止めて悲しんでいるのかどうかさえ怪しいと、ヒラリーは疑っていた。ここから逃げ出すことで頭がいっぱいなのだ。彼は何度もこういった。

「ここから逃げ出さなきゃならない。なんとしてでも」そして、ときにはこうもいった。

「知らなかったんだ。こんなところだとは夢にも思っていなかった。どうすればここから出られるんだろう？　いったい、どうすれば？　なんとしてでもここから逃げ出さなきゃならないんだ。なんとしてでも」

　ピーターズも同じようなことを口にした。けれども、いい方はまったく違っていた。ピーターズの声には若さとエネルギーと、期待はずれだったことに対する怒りと自分に対する自信と、ここの首謀者と対決する覚悟がみなぎっていた。一方、ここから逃げ出すことしか考えられなくなったベタートンの声には、狂気じみた響きがこもっていた。だが、半年もすれば、自分もピーターズもベタートンのようになるはずだという思いがふとヒラリーの脳裏をかすめた。いまは自分の判断にそれなりの自信を持って、不当な扱いに対してしごくもっともな怒りを抱いていても、そのうち罠にかかったネズミのごとく見苦しくあがくようになるのは目に見えている。

　できることなら、ひとりであれこれと考えるのはやめてピーターズにすべてを話したかった。「わたしはトーマス・ベタートンの妻じゃないんです。彼のことはなにも知らないの。彼がここへ来る前にどんな顔をしてたのかさえ知らないのよ。だから、彼を助けることはできないわ。どうすればいいのか、なんていってあげればいいのか、わからないから」だが、実際には、慎重に言葉を選んでこういった。

「主人は見も知らない他人になってしまったような気がするんです。だって――なにも話してくれないんだもの。外に出られないから、監禁されているように感じて、それで少し気が変になってるんじゃないかと思うこともあるんですよ」

「たぶんそうでしょう」と、ピーターズはそっけなくいった。「よくあることです」

「でも、あなたは――どうにかすればここから逃げ出せるようなことをいってたけど、どうやって逃げ出すんですか？　ほんとうに逃げ出せるんですか？」

「あすやあさってに大手を振ってここから出ていけるといったわけじゃありません。じっくり考えて計画を立てないといけませんから。ぜったいに無理だと思われていた場所から逃げ出した人もいるんですよ。アメリカでもヨーロッパでも、ドイツの収容所から逃げ帰った人の体験記が何冊も出版されてるじゃないですか」

「状況がまるっきり違うわ」

「本質的には同じですよ。入口があればかならず出口があるんです。もちろん、ここじゃトンネルを掘るのは無理なので、選択肢はかなりせばまります。でも、いまもいったように、入ることができたのであれば、かならず出ることができるんです。手先の器用さに頼るか、変装するか、演技をするか、だますか、賄賂を渡すか色仕掛けで落とすかすれば、なんとかなるはずです。いろんなことを調べて、じっくり計画を練る必要はありますが。この際、はっきりいっておきます。ぼくはかならずここから出ます。ぜったいに」

「あなたならきっと出られるわ」ヒラリーはそういったあとでつけたした。「でも、わたしはどうかしら？」

「あなたの場合は事情が違います」

ピーターズはとまどいがちにそう答えた。すぐにはどういう意味かわからなかったが、自分と違ってあなたは当初の目的を果たしたのだからといいたかったのだろう、とヒラリーは思った。彼女は愛する夫のあとを追ってここへ来たことになっているのだから、せっかく夫と再会できたのに逃げ出したいとは思わないはずだ。ヒラリーはピーターズに本当のことを話したい衝動に駆られた——けれども、自衛本能がそれを押しとどめた。

おやすみなさい、とピーターズに声をかけた彼女は、ひとりでルーフガーデンをあとにした。

第十六章

1

「こんばんは、ミセス・ベタートン」

「こんばんは、ミス・ジェンソン」

眼鏡をかけたやせぎすのミス・ジェンソンは興奮しているらしく、分厚いレンズの奥できらきらと目を輝かせていた。

「今夜は懇親会が開かれるんです。所長がお話ししてくださるんですよ！」と、彼女はうわずった声で告げた。

「それはいい」そばに立っていたアンドルー・ピーターズが聞こえよがしにいった。

「ひと目、所長の顔を拝みたいと思ってたんだ」

ミス・ジェンソンはピーターズに驚きと非難のにじんだ一瞥《いちべつ》を投げた。

「所長はとてもすばらしい方です」と、険しい口調で応じた。

ミス・ジェンソンが迷路のように張りめぐらされた白い廊下の奥へ姿を消すのを待って、ピーターズが小さく口笛を吹いた。

「〝ハイル・ヒトラー〟と叫んでるように聞こえたけど、気のせいかな」

「わたしにもそんなふうに聞こえたわ」

「人生というのは、この先なにが起きるかわからないから困るんですよね。若気のいたりで人類同胞主義などというばかげた考えに惹かれてアメリカを発つときに、あらたに出現した特殊な才能を持つ独裁者の毒牙にからめ取られることがわかっていれば――」

ピーターズはそういって両手を広げた。

「まだそうと決まったわけじゃないわ」と、ヒラリーが励ました。

「ぼくにはわかるんです――ここの雰囲気で」と、ピーターズがいった。

「ああ、あなたがいてくれて、ほんとうに心強いわ！」ヒラリーは思わずそう口走り、ピーターズがいぶかしげなまなざしを向けたのに気づいて、頰を赤らめた。

「あなたはとても親切だし、しごく普通なんだもの」と、あわてていいつくろった。

ピーターズはおもしろがっているようだった。

「ぼくの国じゃ、普通という言葉はあまりいいふうには使わないんです。単純で平凡だという意味なので」

「そういうつもりでいったんじゃないわ。あなたはほかの人たちと同じだといったんです。あら、また失礼ないい方をしてしまったかしら」

「ごく一般的な人間なんでしょう、あなたが求めてるのは？　天才にはうんざりしてるんでしょう？」

「ええ。それに、あなたはここへ来てから変わったわ。角が取れたというか——世の中に対する憎しみがすっかり消えてしまったみたいで」

ヒラリーがそういったとたん、ピーターズの表情が険しくなった。

「それはどうかな。憎しみはまだあるんです——心の奥に。すっかり消えてしまったわけじゃない。世の中には憎むべきことがいっぱいありますから」

2

ミス・ジェンソンが話していた懇親会は夕食後に開かれ、全員が広い講堂に集まった。ただし、テクニカル・スタッフは出席しなかった。テクニカル・スタッフとは、実験助手やバレエダンサー、各種の世話係、そして、妻を伴わずにやって来て、どの女性研究者ともとくに親しくしているわけではない者たちのセックスの相手をする容姿端麗な数人の娼婦のことだ。

ヒラリーはベタートンのとなりに座り、謎に包まれた所長が演壇にあらわれるのをいまかいまかと待っていた。この施設の責任者はどんな人物なのかとベタートンにたずねても、要領を得ないあいまいな答えしか返ってこなかった。

「見かけはたいしたことがない」と、ベタートンはいった。「でも、恐るべき影響力があるんだ。じつをいうと、ぼくも二回見ただけなんだよ。めったに姿をあらわさないんでね。もちろん、みんなは彼のことをすばらしい人物だと思っているようだけど、正直なところ、ぼくにはどこがどうすばらしいのかわからないんだ」

ミス・ジェンソンをはじめとする何人かの女性が畏敬の念を込めて所長の話をするのを聞いて、ヒラリーは、長身で白い服を着て金色の顎ひげを生やした、まさにキリストのような風貌の人物を漠然と思い浮かべていた。

だから、みんなが立ち上がるのと同時に、色の黒い太った中年の男性が静かに演壇にあらわれたのを見たときは愕然とした。外見はじつに平凡で、イギリスの中部地方の実業家だといっても通用した。国籍はさだかでないものの、彼は、フランス語、ドイツ語、英語の三ヵ国語を交互に使って話をした。ただし、まったく同じことを三ヵ国語で繰り返したわけではなく、しかも、三ヵ国語とも同じぐらい流暢にしゃべった。

「まずは、あらたな仲間の到着を心から歓迎します」

所長はそういったあとで、新入りひとりひとりに対して短い賛辞を呈した。

それから、ここの施設の目的と運営方針を説明した。

ヒラリーはのちに彼の言葉を思い出そうとしたが、正確には思い出せなかった。もしかすると、新鮮味のない陳腐な言葉だったので記憶に残らなかったのかもしれないが、聴いているときはけっして陳腐だとは思わなかった。

ヒラリーはふと、戦争がはじまる前までドイツで暮らしていた友人から聞いた話を思い出した。その友人はたんなる好奇心から〝あの狂ったヒトラー〟の演説を聴きにいき、気がついたときには、激しく心を揺さぶられて〝ハイル・ヒトラー〟と叫んでいたという。そのときは友人もヒトラーの話はすばらしくてじつに感動的だと思ったものの、あとになって思い出すと、言葉自体はどれもごく平凡なものだったそうだ。

ヒラリーはそのときの友人と同じような体験をしていたわけで、知らず知らずのうちに胸を打たれ、気持ちが高揚してきた。所長は簡単ないいまわしを使い、おもに若者について語った。人類の未来をになうのは若者だというのだ。

「財産、地位、家柄――かつてはそういったものが武器になったのであります。しかし、現代の武器は若者の手に握られています。若者の頭脳が武器なのです。化学者や物理学者や医者の頭脳が。なぜなら、世界を滅ぼすことも可能な武器が研究室で生み出されるからです。そのような武器を手に入れたら、〝降伏せよ――さもなくば滅亡あるのみ！〟ということができます。そのような武器をむやみやたらとよその国に与えてはなりません。それをつくった者の手元にとどめておくべきです。ここには世界中の力が結集しています。それをつくった者の手元にとどめておくべきです。ここには世界中の力が結集しています。諸君はそれぞれ卓越した科学知識をたずさえて世界各地からここへ集まってきたのです。科学知識と若さをたずさえて！　諸君のなかに四十五歳を超えた人はひとりもいません。われわれは、いずれ時期を見てブレーントラストをつくるつもりでいます。科学者の頭脳集団を。そして、世界を支配するのです。資本家も君主も軍隊も産業界も、われわれの思いどおりに動かすのです。われわれの目的はパックス・サイエンティフィカ、つまり、科学者が支配する平和な世界を構築することなのです」

所長の話はなおもつづいた――聴いている者を陶酔させる麻薬のような話は。しかし、あの名状しがたい心の高ぶりさえなければ冷ややかで批判的な反応を示していたはずの聴衆を陶酔させたのは、所長の言葉そのものではなく、所長の持つ不思議な力だった。

彼は唐突に話を結んだ。「われわれに勇気と勝利を！　では、よい夕べを！」

ヒラリーは恍惚《こうこつ》状態におちいってふらふらと講堂を出たが、見ると、ほかの人たちもうっとりとしたような表情を浮かべていた。なかでもとくに目を引いたのは、頭をうしろに倒して、いかにも幸せそうに青い目を輝かせているエリクソンの姿だった。

やがて、アンドルー・ピーターズがヒラリーの腕に手を置いて耳元でささやいた。

「ルーフガーデンへ行って新鮮な空気を吸いましょう」

無言のままエレベーターで屋上に上がると、ピーターズが星明かりに照らされたヤシの木のあいだを歩きながら深呼吸をした。

「ぼくたちに必要なのはこれだ。甘美な夢を覚ましてくれるひんやりとした夜風ですよ」

ヒラリーは大きなため息をついた。彼女はまだ夢から覚めていなかった。

ピーターズはヒラリーの腕を軽くゆすった。

「目を覚ましてください」

「甘美な夢——まさにそのとおりだったわ！」と、ヒラリーがいった。

「だから、目を覚ましてくださいといってるんです。しっかりしてください！　目を見開いて現実を見るんです！　催眠ガスの効き目が切れたら、さっきの話はたんなるたわごとだったと気づくはずです」

「でも、すばらしい考えだと思ったわ――まさに理想の世界だと」

「なにが理想の世界なものですか。現実に目を向けてください。若者の頭脳が武器だなんて、よくいいますよ！　そんな頭脳を持った若者がここにいますか？　ヘルガ・ニードハイムは冷酷なエゴイストだし、トルキル・エリクソンは世間知らずの夢想家です。バロン博士は、実験器具を手に入れるためなら自分の祖母を廃馬処理業者に売りかねない男です。ぼくだって、あなたがいったようにごく普通の人間で、試験管や顕微鏡の扱いには自信があるけど、世界はおろか、研究室を治める能力さえないんですよ！　それに、あなたのご主人は――遠慮なくいわせてもらいますが――神経がぼろぼろになってしまって、きっと報いを受けるはずだと怯え、ほかのことはなにも考えられなくなってるじゃないですか。よく知っている人ばかり例に挙げたけど、ここにいる人はみな似たりよったりですよ。それに、ぼくがこれまで出会ったほかの科学者も。たしかに、なかには天才と呼ぶにふさわしい人もいましたが、たとえどんなに優秀でも、科学者に世界を支配できるわけないじゃないですか！　ばかばかしい！　さっきぼくたちが耳にしたのは、じつに危険なたわごとです」

ヒラリーはコンクリートの壁に腰かけて額をなでた。

「たぶんあなたのいうとおりだと思うわ……でも、まだ頭がぼうっとしてるんです。どうしてかしら？　所長自身は実現可能だと思ってらっしゃるのよね。きっとそうだわ」

ピーターズはにがにがしげにいった。

「結局、歴史は繰り返されるんですよ。あの男は自分を神だと信じて疑わない狂人です」

ヒラリーはゆっくりといった。

「かもしれないわ。でも——なぜか、それだけじゃ説明がつかない気がするの」

「しかし、実際そうなんですから。昔から同じことが何度も繰り返され、人々はだまされつづけるんです。さっきはぼくも、もう少しであの男の催眠術にかかるところでした。あなたは完全にかかってしまったじゃないですか。ぼくがここへ連れ出さなかったら——」急にピーターズの態度が変わった。「いや、連れ出すべきじゃなかったのかもしれない。ご主人はなんていうだろう？　変に思うにちがいない」

「大丈夫よ。気づいてないはずだから」

ピーターズは探るような目でヒラリーを見た。

「お気の毒に。さぞかしつらいでしょうね、どんどんまいっていくご主人を見るのは」

ヒラリーはせっぱ詰まったような口調でいった。

「とにかく、ここから逃げ出さなくちゃいけないわ。なんとしてでも、ぜったいに」

「かならず逃げ出せます」

「あなたはこのあいだもそういったわよね——でも、なんの進展もないじゃないですか」

「いいえ、あります。なにもせずにぼうっとしてたわけじゃないんです」

ヒラリーは驚いてピーターズを見た。

「詳細な計画はまだ立ててないんですが、破壊工作をはじめたんです。自分を神だと信じている所長はまったく気づいてないだろうけど、ここにはいろんな不満が渦巻いてるんですよ。さして優遇されていないメンバーのあいだにですが。贅沢な生活と金と女を与えればそれでいいというわけじゃありませんからね。ぼくは、そのうちかならずあなたをここから出してあげます」

「主人は？」

ピーターズの顔が曇った。

「いいですか、ぼくの言葉を信じてください。ご主人はここに残ったほうがいいんです。ここにいるほうが」——一瞬、先をつづけるのをためらった——「外の世界に戻るより安全なんです」

「安全？　それはまた妙なことを」

「いろいろ考えたうえでそういってるんです」

ヒラリーは眉をひそめた。

「どういう意味なのか、わたしにはわからないわ。主人は――精神的におかしくなってるってこと？」

「とんでもない。まいってるのは事実だけど、ご主人はあなたやぼくと同様に正気ですよ」

「じゃあ、なぜここに残ったほうが安全なの？」

ピーターズはしぶしぶ答えた。

「檻のなかは安全なんです」

「やめて」と、ヒラリーは叫んだ。「まさか、本気でそう思ってるわけじゃないわよね。あなたも集団催眠か集団暗示にかかってしまったの？　安全だから、文句をいわずにおとなしくしてろってこと？　いいえ、おとなしくなんかしていられないわ！　自由を求めて逃げ出さなきゃいけないのよ！」

ピーターズはおもむろにいった。

「ええ、たしかに。でも――」

「主人はなんとしてでもここから出たがってるわ」

「ご主人はどうするのが自分にとっていちばんいいのか、わかっておられないのかもしれません」

ヒラリーは、ベタートンが打ち明けた話の内容をふと思い出した。もしベタートンが機密情報を売ったのなら、おそらく国家機密保護法違反を問われるはずで――ピーターズが遠まわしにほのめかしているのはそのことにちがいなく――けれども、ヒラリーは確信していた。ここにとどまるより刑に服したほうがよっぽどましだと。だから、一歩も譲らなかった。

「主人も連れていきます」

驚いたことに、ピーターズはあっさり折れてにがにがしげな口調でいった。

「好きなようにしてください。ぼくは警告しましたからね。どうしてあんな男を愛してるのか、さっぱりわからないんだが」

ヒラリーはうろたえながらピーターズを見つめた。言葉が口をついて出そうになったが、ぐっとこらえた。なにをいおうとしているのか、はたと気づいたからだ。「愛してなんかいないわ。だって、赤の他人なんだもの。あの人はほかの女性のご主人で、わたしは彼女との約束を果たすためにここへ来ただけなの」と、いおうとしたのだ。「ばかね。もしわたしがだれかを愛しているとしたら、それはあなたよ」と。

3

「お気に入りのアメリカ人と楽しんできたのか？」

ヒラリーが寝室に入っていくなり、ベタートンが嫌味をいった。彼はベッドにあおむけに寝ころんで、たばこをふかしていた。

ヒラリーはかすかに頬を赤らめた。

「彼は一緒にここへ来た仲間よ。それに、気が合うの」

ベタートンが笑った。

「おやおや！　べつにきみを責めてるわけじゃないんだよ」これまでそんなことは一度もなかったのに、ベタートンはそのときはじめて、品定めするような目つきでヒラリーを見た。「きみはなかなかいい女だね、オリーヴ」

ヒラリーは最初から、つねに妻の名前で呼ばせていた。

「ああ」ヒラリーの全身に視線を走らせながら、ベタートンがつづけた。「ほんとうにいい女だ。どうしていままで気づかなかったんだろう？　女性にはもう興味がなくなってしまったのかもしれない」

「そのほうがいいんじゃないかしら」と、ヒラリーはそっけなく受け流した。

「いや、ぼくはきわめて正常な男だ。少なくとも、かつてはそうだった。いまはどうかわからないが」

ヒラリーはベタートンのそばに座った。

「いったいどうしたの、トム？」

「どうしたもこうしたもない。まったく集中できないんだ。科学者としてはもうおしまいだよ。ここじゃ――」

「ほかの人は――ほとんどの人たちは――そんなふうに悩んではいないみたいよ」

「みんな鈍感だからだよ」

「なかには神経の細い人もいるわ」と、ヒラリーは冷ややかにいい返した。「友だちがいればいいのにね――真の意味での友だちが」

「マーチソンとは親しくしてるよ。ずいぶん退屈な男だけど。それに、最近はトルキル・エリクソンともよく話をする」

「あら、そうなの？」ヒラリーはなぜか驚いた。

「ああ、彼は非常に頭がいいんだ。ぼくにもあれだけの頭脳があったらな」

「ちょっと変わった人よね」と、ヒラリーがいった。「いまだに怖い気がするわ」

「怖い？　トルキルが？　彼は人畜無害だよ。子供みたいなところがあって、おまけに、世間のことはなにも知らないんだ」

「とにかく、わたしはあの人が怖いの」と、ヒラリーは意固地に繰り返した。

「きみも神経がまいってきてるんだよ」

「まだ大丈夫だわ。先のことはわからないけど。ねえ、トム——トルキル・エリクソンとはあまり親しくしないほうがいいんじゃないかしら」

ベタートンがヒラリーを見つめた。

「なぜだい？」

「べつに理由はないわ。なんとなくそう思っただけ」

第十七章

1

ルブランが肩をすくめた。

「彼らがアフリカを離れたのは間違いない」

「まだそうと決まったわけじゃないさ」

「いや、離れた確率が高い」ルブランはかぶりを振った。「なんてったって、彼らがどこをめざしているかはわかってるんだから。そうだろ？」

「もしわれわれの考えている場所をめざしているのなら、なぜアフリカから行くんだ？ヨーロッパのどこかから行くほうが手っ取り早いじゃないか？」

「まあな。でも、べつの見方もできる。アフリカに集まって出発するなんて、だれも考えないからな」

「いや、ほかにも理由があるような気がしてならないんだ」と、ジェソップはおだやかに主張した。「それに、あの飛行場は小型機しか離着陸できないから、地中海を渡る前にどこかに寄って給油する必要がある。もし給油したのなら、なんらかの痕跡が残っているはずだ」

「しかし、可能性のありそうな場所は徹底的に調べたし——」

「ガイガー・カウンターを持った連中からそのうち報告が入るはずだ。調べなきゃならない飛行機の数はそう多くない。放射線が検出されたら、それがわれわれの探している飛行機なわけで——」

「もし、きみの放ったスパイがスプレーを使うことができていればな。ああ！　何回"もし"といえばいいのやら……」

「なんとしてでも突き止めてみせるさ」と、ジェソップが決然とした口調でいった。

「もしかすると——」

「なんだ？」

「われわれは彼らが北へ向かっているのだと——ばかり思っていたが、そうではなくて、南へ向かって飛び立ったんじゃないだろうか？」

「南へ引き返したってことか？　しかし、いったいどこへ行くんだ？　南にはアトラス山脈がそびえてるし、その先は砂漠だぞ」

2

「約束はかならず守ってくれますよね？　ほんとうにアメリカのシカゴでガソリン・スタンドを開かせてくれるんですね？　間違いないですよね？」

「約束はかならず守るよ、ムハンマド。もし首尾よくここを出ることができたら」

「うまくいくかどうかは、アラーのおぼしめししだいです」

「なら、アラーがあんたにシカゴでガソリン・スタンドを開かせてくれるように祈るとしよう。でも、なぜシカゴなんだ？」

「女房の兄貴がアメリカへ行って、シカゴでガソリン・スタンドをやってるんです。こんな後進国で一生過ごすのはいやなんですよ。ここにいれば、金にも食べ物にも絨毯にも女にも不自由しないが、近代的じゃないですからね。ここはアメリカじゃないんです」

ピーターズは、威厳のただよう黒い顔を見つめてしばし考え込んだ。丈の長いまっ白な服を着たムハンマドはじつに堂々としている。それにしても、人間はおかしな望みを抱くものだ。

「賢明な選択かどうかはわからないが、それが望みならしかたない」ピーターズはため息をついた。「もちろん、見つかった場合は――」

ムハンマドが笑みを浮かべると、白いきれいな歯がのぞいた。

「見つかったら死ぬでしょうね――わたしはぜったいに。あなたは利用価値があるから死なないかもしれないが」

「ここの連中は簡単に人を殺すのか？」

ムハンマドはあきれたような顔をして大きく肩をすくめた。

「それがどうしたというんですか？　人が死ぬのもアラーのおぼしめしです！」

「なにをすればいいかはわかってるよな？」

「わかってます。暗くなってからあなたを屋上へ連れていけばいいんでしょう？　それから、わたしたちの着ている服をあなたの部屋に置いておく。そのあとも、いろいろとやらなきゃならないことがあるんですよね」

「いいだろう。そろそろエレベーターから出してくれ。上がったり下がったりしていることに気づかれてはまずい。変に思われるかもしれないから」

3

ダンスパーティーが開かれて、ピーターズはミス・ジェンソンと踊っていた。ピーターズはミス・ジェンソンを引き寄せてなにやら耳打ちしていたが、ゆっくりターンしながらヒラリーの立っているところへ近づいてきたときにふと目が合うと、人目もはばからずにすばやくウインクを投げてよこした。

ヒラリーは笑みをこらえるために唇を嚙んで、さっと視線をそらした。

そのとき、部屋の反対側に立ってトルキル・エリクソンと話をしているベタートンの姿が目に入った。

「一曲、踊ってもらえませんか、オリーヴ」すぐそばでマーチソンの声がした。

「ええ、喜んでお相手するわ、サイモン」

「断わっておくけど、ダンスはあまり得意じゃないんです」と、マーチソンが注意をうながした。

ヒラリーは、マーチソンに踏まれないように足の運びに神経を集中した。

「ダンスはいい運動になりますよね」マーチソンが息をはずませているのは、彼の踊りがとてもダイナミックだからだ。

「すばらしいドレスをお召しですね」

マーチソンの物言いは古い小説の台詞のようだった。

「ほめてもらってうれしいわ」

「ここのドレスショップで選んだんですか？」

ヒラリーは、「あそこしかないじゃない」といい返したい衝動を抑えて、「ええ」と答えた。

「ここの待遇はなかなかのものでしょう？」マーチソンはフロア中を派手に動きまわりながら話をした。「ついこのあいだ、ビアンカにもそういったばかりなんです。福祉国家を標榜しているイギリスよりはるかにいいってね。お金の心配をする必要はないし、所得税に悩まされることもないし、家の修繕や維持に気を使う必要もないし。面倒なことはぜんぶやってもらえるんですから。女性にとってはまさに天国ですよ」

「奥さんもそう思ってらっしゃるの？」

「最初のうちはいささか退屈していたものの、いまでは委員会をいくつか立ち上げたり、討論会を企画したり、それに、教養講座で教えてもいますから。できれば、あなたにももっと手伝ってほしいみたいですよ」

「わたしはそういうことに向いてないんです。もともと社交的なほうではないので」

「そうですか。でも、女性はなにか楽しみを見つけないと。いや、ぼくのいう楽しみとは――」

「なにか、熱中できることでしょ？」

「そうです――近ごろの女性には熱中できることが必要なんですよ。あなたやビアンカが多大な犠牲を払ってここへ来たことはよくわかってるつもりです――しかし、あなたもビアンカも科学者じゃなくてよかった――いやはや、ここの女性科学者ときたら！まったく、ろくなのがいませんからね！　ビアンカには、オリーヴが慣れるまで待ってやれといったんです。ここの暮らしに慣れるには時間がかかりますからね。最初はみんな、一種の閉所恐怖症にかかるんです。でも、そのうち治ります――そのうち……」

「つまり――慣れるってこと？」

「ただ、人によってかなり重症の場合もあります。トムはいまだに苦しんでるようですよね。ところで、トムはどこにいるんですか？　ああ、あそこでトルキルと話をしてるんだ。トムとトルキルは仲がいいから」

「どうかと思うんですよ。だって、あのふたりにはなにも共通点がないんだもの」

「トルキルはトムを気に入ってるんですよ。だから、いつも追いかけまわしてるんです」

「なるほどね。でも、なぜかしら？」

「トルキルはしょっちゅう突飛な理論を披露していて——ただし、なにをいってるのか、ぼくにはさっぱりわからないんです——彼は英語があまり上手じゃないので。でも、トムはトルキルの話に耳を傾けて、わかってやろうとするんです」

一曲終わると、ピーターズが近づいてきてヒラリーにダンスを申し込んだ。

「自己犠牲精神が旺盛なんですね」と、ピーターズがからかった。「何度も足を踏まれたんじゃないですか？」

「いいえ、わたしは運動神経が発達してるの」

「ぼくがよろしくやってるのは気づいてたでしょ？」

「ミス・ジェンソンと？」

「ええ。はっきりいって、うまくいったようです。どうやら大当たりだったみたいで。ああいう、不美人でやせぎすで、おまけに眼鏡をかけた女性はすぐにその気になるんですよ」

「気があるようなそぶりを見せたのね」

「まあね。上手に扱えば、彼女はおおいに役に立ってくれるはずです。彼女はここの内情にくわしいですから。ちなみに、あすは大物が何人か視察に来るそうです。医者や役人、それに、金持ちのパトロンもひとりかふたり」

「じゃあ――うまくいけばあした……」

「それは無理だと思います。敵も警戒を強めるでしょうし。むなしい期待は抱かないほうがいい。でも、視察がどんなふうに行なわれるかわかるので、こっちとしては好都合なわけです。だから、つぎの機会には――なんとかなるかもしれません。ミス・ジェンソンの熱が冷めないようにさえしておけば、いろんな情報が手に入ると思います」

「視察に来る人はどこまで知ってるのかしら」

「ぼくたちのことは――この施設のことは――なにも知りません。たぶん知らないはずです。彼らは療養所と医学研究所を視察するだけなんです。ここは、わざと迷路のような造りにしてあるんですよ。たとえ外部の人間が入ってきても、どれだけ広いのかわからないように。実際には隔壁のようなものがあって、それを閉めたらこっちへは入ってくることができないようになってるんだと思うんですが」

「信じられないことばかりだわ」

「わかります。ぼくも、夢を見ているような錯覚におちいることがしばしばあるんです。

なにより不自然なのは、まったく子供の姿を見かけないことです。まあ、そのほうがいいんだけど。あなたも、自分に子供がいなくてよかったと思ってるんじゃないですか？」

ピーターズはヒラリーがとつぜん体をこわばらせたのに気づいた。

「さあ、こっちへ――すみません――よけいなことをいってしまったみたいだ」ピーターズはダンスフロアを離れてヒラリーを椅子に座らせた。「すみませんでした」と、彼はふたたび謝った。「気を悪くなさったんじゃないですか？」

「大丈夫よ――あなたのせいじゃないわ。じつは、子供がひとりいたんです――でも、死んでしまって――それだけのことです」

「お子さんがいらっしゃったんですか？」ピーターズは目を丸くした。「たしか、ご主人とは半年前に結婚したんですよね」

ヒラリーは顔を赤らめながらあわてていった。

「ええ、そうよ。わたしは――以前、結婚してたことがあるんです。最初の夫とは離婚したの」

「そうだったんですか。ここでいちばん困るのは、ここへ来る前にほかの人たちがどんな人生を送っていたのかわからないことです。だから、うっかり相手を傷つけるようなことを口にしてしまうんですよ。おかしな話ですが、ときどき、あなたのこともなにひとつ知らない気がして」

「わたしもあなたのことをなにも知らないわ。どこでどんなふうに育ったのかも――家族のことも――」

「ぼくは科学者に囲まれて育ったんです。試験管のなかで培養されたようなものです。家族はみんな研究のことばかり考えてました。でも、ぼくはあまり出来がよくなかったんです。よそには天才がいたんですが」

「よそに？」

「親戚の女の子のことです。彼女はとても頭がよくて、もしかすると、第二のキュリー夫人になっていたかもしれません。キュリー夫人のように世紀の大発見をしていたかも」

「その人は――どうしたの？」

ピーターズは短く答えた。

「殺されました」

おそらく戦争の犠牲になったのだろうとヒラリーは思って、同情のこもった声でいった。

「あなたは彼女を愛してたのね」

「ぼくが彼女以上に愛した女性はほかにいません」

ピーターズはとつぜん怒りをあらわにした。

「過去のことはどうでもいいんだ――現在にも、いまここにも、いやなことがいっぱいあるんだから。あのノルウェー人を見てください。目のほかはすべて木でできてるようなあの男を。お辞儀をするときも、操り人形みたいにぴょこんと頭を下げやがって」

「背が高くてやせてるからそんなふうに見えるんだわ」

「背はそんなに高くありませんよ。ぼくといい勝負だ。せいぜい百八十センチかそこらでしょう」

「見かけと実際の身長はずいぶん違うのね」

「ええ、パスポートに書いてある身体的な特徴もそうですよ。トルキル・エリクソンの場合はこうです。身長百八十センチ、ブロンド、目は青く、面長で、物腰は木製の人形のようにぎこちなく、鼻の高さは中程度、口の大きさも中程度。それに、普通、パスポートには書かないものの、文法的には正しい英語を話すがわざと難解な単語を使う、とつけくわえておいたほうがいいでしょうね。それでも、エリクソンがどんな人間なのかはまったくわからないはずです。どうかしましたか？」

「いえ、べつに」

ヒラリーは部屋の反対側にいるエリクソンを見つめていた。いまピーターズが口にしたのは、ボリス・グリドルの特徴と同じだったのだ！　ジェソップから聞いたのと一語一句たがわないといってもいいほどだ。トルキル・エリクソンを怖いと思ったのはそれでだろうか？　もしかすると――

ヒラリーはいきなりピーターズに向き直った。

「彼はエリクソンですよね？　ほかの人だという可能性はないですよね？」

ピーターズはけげんそうにヒラリーを見た。

「ほかの人？　ほかの人ってだれですか？」

「その――ちらっと思っただけなんだけど――彼はエリクソンのふりをしてここに来たんじゃないかって」

ピーターズはしばらく考え込んだ。

「いや、そんなことは――たぶんできないはずです。科学者になりすますのはむずかしいし……それに、エリクソンはけっこう有名ですから」

「でも、彼と面識のあった人はここにいないようだし――あるいは、彼はエリクソンであるのと同時にほかの人物でもあるんじゃないかしら」

「つまり、二重生活を送ってたってことですか？　考えられないわけじゃないけど、実際にはあり得ないんじゃないかな」

「そうですよね。そんなことあるわけないわ」

もちろん、エリクソンがボリス・グリドルのはずはない。しかし、オリーヴ・ベタートンはなぜボリスは危険だと夫に警告したかったのだろう？　ボリスがここへ向かおうとしているのを知っていたのだろうか？　ボリス・グリドルと名乗ってロンドンにやって来た男はボリス・グリドルではなかったのだろうか？　ひょっとすると、ロンドンに来たのはトルキル・エリクソンだったのでは？　特徴はよく似ている。それに、ここへ来てから、エリクソンはベタートンにつきまとっている。エリクソンが危険な男だというのはヒラリーも薄々感じていた。わからないのは、遠くを見つめているようなあの青い目の奥でなにを考えているかで……

ヒラリーはぶるっと体を震わせた。

「どうかしたんですか？　大丈夫ですか？」

「なんでもないわ。ほら、見て。副所長がお話をなさるみたいよ」

副所長のドクター・ニールスンは片手を上げて静粛を求め、ホールの舞台の上に置かれたマイクに向かって話しかけた。

「みなさんにお知らせします。あすは予備棟で過ごしていただくことになりました。午前十一時に点呼を行ないますので、それまでに集合してください。今回の非常呼集は二十四時間です。不便な思いをさせて申しわけありません。詳細は掲示板に告示してあります」

副所長が笑みを浮かべて演壇を下りると、ふたたび音楽が鳴った。

「もう一度ミス・ジェンソンと踊ってこなきゃ」と、ピーターズがいった。「柱の陰からじっとこっちを見てるんです。予備棟がどんな造りになってるのかも知りたいし」

ピーターズが立ち去ったあとも、ヒラリーは椅子に座ったまままあれこれと考えをめぐらせた。わたしの勝手な空想なのだろうか？　トルキル・エリクソンはいったい何者だ？　ボリス・グリドルは何者だ？

4

点呼は講堂で行なわれた。全員が集合し、ひとりひとり名前を呼ばれて返事をしたのち、一列に並んで講堂を出た。

講堂から予備棟へ向かう廊下も、もちろん迷路のように入り組んでいた。ピーターズのそばを歩いていたヒラリーは、彼が手のなかに小さな磁石盤を隠し持っているのを知っていた。こっそり方角を探ろうという魂胆らしい。

「こんなことをしたって無駄なんですよ」と、ピーターズはもどかしそうにつぶやいた。「少なくとも、いまは。でも、いつか役に立つときが来るはずです――そのうち、きっと」

ヒラリーたちが歩いていった廊下の突き当たりには扉があり、一行はしばし足を止めて扉が開くのを待った。

そのとき、ピーターズがシガレットケースを取り出した――が、すぐさまヴァン・ハイデムの声が飛んできた。

「ここは禁煙です。前もって注意しておいたじゃないか」

「すみません」

ピーターズはシガレットケースを開けようとした手を止め、やがてみんなとともに扉を抜けた。

「なんだかヒツジになった気分だわ」と、ヒラリーがうんざりしたようにいった。

「元気を出してください」と、ピーターズが励ました。「メー、メー、黒いヒツジが一匹群れのなかにまじってよからぬことをたくらんでるぞ」

ヒラリーはピーターズを見てにっこり笑った。

「女性の共同寝室は右側です」と、ミス・ジェンソンが告げた。

そして、ヒツジ飼いよろしく女性を右側の部屋へ連れていった。

男性は左側の部屋へ向かった。

共同寝室は広い清潔そうな部屋で、まるで病院の大部屋のようだった。壁に沿ってベッドが並び、ビニールのカーテンを閉めればプライバシーが保てるようになっていて、ベッドの脇にはロッカーがある。

「殺風景な部屋ですが、必要最低限のものはそろってます」と、ミス・ジェンソンがいった。「部屋の右手にはバスルームが、廊下の扉の奥には共用の居間がありますので」

ふたたび全員が集合した共用の居間には実用本位の家具が置いてあり、さながら空港の待合室のようだった。部屋の片隅にはバーとスナックカウンターがあって、反対側の壁際には本棚が置いてある。

その日は楽しく時間が過ぎた。小さなポータブル・スクリーンが持ち込まれて、映画も二本上映された。

照明に昼光色の電球が使ってあるのは窓がないことを意識させないためで、夕方にはすべて取り替えられた——夜用の、色がやわらかくて少し暗めの電球に。

「よく考えてるな」と、ピーターズが感心したようにいった。「狭いところに閉じ込められてるってことを感じさせないようにしてるんですよ」

ヒラリーは自分たちの無力さを思い知った。視察に来た人たちがすぐ近くにいるというのに、その人たちと話をすることも、助けを求めることもできないからだ。いつものように、ここではあらゆることが綿密に立てた計画にもとづいて手際よく粛々と行なわれている。

ピーターズはミス・ジェンソンと話をしていたので、ヒラリーはマーチソン夫妻をブリッジに誘った。ベタートンは誘いを断わった。集中できないという理由でだ。代わりにバロン博士が加わった。

ヒラリーは思っていた以上にブリッジを楽しみ、三番勝負を終えて彼女とバロン博士が勝利をおさめたときには十一時半になっていた。

「楽しかったわ」彼女はそういいながらちらっと腕時計を見た。「あら、もうこんな時間なんですね。視察にいらした方はとっくにお帰りになったんじゃないかしら。それとも、きょうはお泊まりになるのかしら？」

「さあ、どうかな」と、サイモン・マーチソンがいった。「熱心な医者はひとりふたり泊まるのかもしれません。いずれにせよ、あすの昼までにはみんな帰りますよ」

「じゃあ、あすのお昼にはここから出られるの？」

「ええ、ようやく。こういうことがあると調子が狂ってしまうんですよね」

「でも、いろいろと気を遣ってくれてるわ」と、ビアンカが肯定的な意見を口にした。

ビアンカとヒラリーは、サイモンとバロン博士におやすみなさいと声をかけて席を立った。薄暗い共同寝室の入口でビアンカを先に通そうとしてヒラリーが足を止めると、だれかがそっとヒラリーの腕に手を置いた。

はっとして振り向くと、肌が黒くて長身の現地人スタッフが立っていた。

その男は、フランス語でせき立てるようにささやいた。

「恐れ入ります《シル・ヴ・プレ》、マダム、一緒に来てください」

「どこへ？」

「わたしについて来てください」

ヒラリーは一瞬ためらった。

ビアンカはすでに共同寝室に入ってしまい、居間に残っている数人は話に熱中している。

ふたたび現地人スタッフがヒラリーの腕に触れた。

「お願いです。来てください、マダム」

男は数歩歩いて立ち止まり、振り向いて手招きした。ヒラリーはかすかな不安を抱きながら男のあとをついていった。

よく見ると、その男はほかの現地人スタッフより豪華な服を着ていた。服に金糸で刺繍がほどこされていたのだ。

男のあとについて共用居間の隅にある小さなドアを抜けると、例の白い廊下が伸びていた。予備棟へ来たときに通った廊下ではないはずだが、どの廊下もまっ白で区別がつかないので、ぜったいに違うとはいいきれなかった。一度、男にたずねたが、男はいらだたしげにかぶりを振って先を急いだ。

やがて、男が廊下の突き当たりで足を止めて壁のボタンを押すと、壁のパネルが動いて小さなエレベーターがあらわれた。男がヒラリーを先に乗せて自分も乗り込むと、エレベーターが上昇しはじめた。

ヒラリーは強い口調で迫った。「わたしをどこへ連れていくつもり？」

男は、黒い目でやんわりとたしなめるようにヒラリーを見た。

「ご主人さまのところです。ご主人さまにお目にかかれるのはたいへん名誉なことなんですよ、マダム」

「所長に会いにいくの？」

「ご主人さまです」

エレベーターが止まると、男は扉を開けてヒラリーをうながし、しばらく廊下を歩いてドアの前で立ち止まった。男がノックすると、内側からドアが開いた。ドアの向こうには、同じく金糸の刺繍がほどこされた白い服を着た肌の黒いべつの男が、にこりともせずに立っていた。

その男は赤い絨毯を敷いた狭い控えの間の奥へヒラリーを連れていって、カーテンのような布をめくり上げた。その布をくぐると、奥の部屋は東洋風の造りになっていて、座面の低い長椅子とコーヒーテーブルが置かれ、壁には美しい絨毯が二枚掛けてあった。ヒラリーは、長椅子に座っている人物を呆然と見つめた。小柄で肌が黄色く、年老いてしわくちゃになったあのアリスタイディーズ氏の笑みをたたえた目を、信じられない思いで見つめた。

第十八章

「さあ、ここへ」アリスタイディーズ氏はそういって、しわだらけの小さな手を振った。

ヒラリーは夢うつつのままそばへ歩いていって、アリスタイディーズ氏の向かいの長椅子に腰かけた。すると、アリスタイディーズ氏が小さな声でけらけらと笑った。

「びっくりしているようだな。こういうことだとは思ってもいなかったのだろう？」

「ええ、おっしゃるとおりです」と、ヒラリーは答えた。「まったく――想像さえつかなくて――」

けれども、彼女の驚きはすでに薄らぎかけていた。

アリスタイディーズ氏を見たとたん、二週間近く過ごした奇妙な世界の謎が解けたのだ。非現実的な感じがしたのは、それが虚構の世界だったからだ。すべてがまやかしだったからだ。雄弁なスピーチをした所長も偽物だ――彼は、真実を覆い隠すためのお飾りにすぎない。真実は、この東洋風の秘密の部屋にある。長椅子に座って静かに笑っているこの小柄な老人がすべての元凶なのだ。そういうことなら、なにもかも意味をなす――夢ではなく、れっきとした現実の出来事だと思える。

「やっとわかりました」と、ヒラリーがいった。「あなたがここの――総帥なんですね」

「そうだとも」

「じゃあ、所長は？　所長だというあの人は？」

「あれは非常に有能な男だよ」と、アリスタイディーズ氏がいった。「わたしはあの男に高給を払っている。あの男は信仰復興伝道集会を開いていたんだ」

アリスタイディーズ氏は、物思いにふけっているような表情を浮かべてたばこをふかした。ヒラリーは黙って座っていた。

「そこにトルコのゼリー菓子がある。ほかにもいろいろ用意させたので、食べたまえ」ふたたびしばらく間をおいてから、アリスタイディーズ氏がつづけた。「わたしは博愛主義者なのだよ、マダム。そして、すでにあんたも知っているように、わたしは金を持っている。いま、世界でもっとも裕福な男のひとりだ――いや、おそらくわたしが世界一の富豪だ。そして、その富を人類のために役立てるのが自分の使命だと思っている。そこで、ここに、この人里離れた場所にハンセン病療養所とハンセン病治療の研究拠点をつくったのだ。ハンセン病のなかには治るものもあるし、いまのところ治療法が発見されていないものもある。しかし、われわれは営々と研究をつづけて、かなりの成果を上げている。ハンセン病はそう簡単にうつる病気ではない。伝染力は天然痘やチフスやペストの半分以下だ。なのに、人は〝ハンセン病療養所〟と聞くと怖がって近寄ろうとしない。人類は大昔からハンセン病を恐れていた。聖書にも記されているハンセン病に対する恐怖は、この施設をつくるのに好都合だった」

「本来の目的は、療養所ではなくこの施設をつくることだったんですか？」

「そうだ。ここには癌研究所もあるし、結核の注目すべき研究も行なわれている。それに、ウイルスの研究も——これは、病気の治療を目的としたまっとうな研究だ——もちろん、生物兵器の開発も進めているのだが。うれしいことに、ここには多くの優秀な人材が集結した。それに、きょうのように、著名な医者や科学者もときどき視察に来る。ただし、この建物の一部は外からも上空からも見えないようになっている。ぜったいにわからないように、岩を掘ってつくった研究室もある。いずれにせよ、わたしを疑う者などいないのだが」アリスタイディーズ氏は笑って短くつけたした。「わたしは大金持ちだからな」

「なぜなんですか？」と、ヒラリーが詰め寄った。「なぜそんな破壊的な欲望を抱くんですか？」

「わたしは破壊的な欲望など抱いていない。誤解しないでくれ」

「じゃあ、なぜ――さっぱりわからないわ」

「わたしは実業家だ」と、アリスタイディーズ氏が端的にいった。「それに、蒐集家でもある。金の使い道に困ったら、ものを集めるしかないのだ。わたしはこれまでさまざまなものを集めてきた。わたしの絵画コレクションはヨーロッパ随一だ。陶器も何種類か集めた。それに切手も――わたしが集めた切手もすばらしいものばかりでね。人間は、なにかを蒐集して、主だったものをすべて手に入れてしまうと、またべつのものを集めたくなるのだよ。しかし、わたしも年をとり、集めたいと思うものがなくなってきた。だから、最後に頭脳を集めることにしたのだ」

「頭脳を？」と、ヒラリーが訊き返した。

アリスタイディーズ氏はそっとうなずいた。

「ほかのどんなものを集めるよりおもしろいからな。わたしは世界中の頭脳を少しずつここに集めているのだ。わたしが必要としているのは若い頭脳だ。業績と将来性を合わせ持った若い研究者だ。そのうち、衰退の一途をたどりはじめた国々が、自分の国には年をとって頭の働きが鈍った研究者しかおらず、若くて優秀な医者や科学者はみなわたしのところにいることに気づくだろう。もしそれらの国が優秀な物理学者や整形外科医や生物学者が必要になったときは、ここへ来てわたしから買わなければならないのだ！」

「すると……」ヒラリーは膝を乗り出してアリスタイディーズ氏を見つめた。「これは営利事業なんですね」

アリスタイディーズ氏はまた小さくうなずいた。

「そうだ。当然じゃないか。そうでなければ意味がない」

ヒラリーは深いため息をついた。

「わたしもそうだろうと思ってました」

「しかたないのだ」と、アリスタイディーズ氏が弁解した。「それがわたしの仕事だ。わたしは実業家なのだから」

「じゃあ、政治的な意図はまったくないんですか？　世界を支配したいとかいう野望は——？」

アリスタイディーズ氏が手を上げてさえぎった。

「わたしは神になりたいわけではない。わたしは信心深い人間だ。神になりたいなどと思うのは独裁者の職業病だよ。わたしはいまのところまだそのような病にかかっていない」そういって一瞬考え込んだ。「もしかすると、いずれかかるかもしれん。いや、おそらくかかるだろう――だが、まだかかっていない――ありがたいことに」

「でも、どうやってここにいる人たちを集めたんですか？」

「買うのだよ。物と同じように、自由市場で。金で買うこともあるが、たいていは金の代わりに夢で買うのだ。若い者は夢想家だからな。彼らは理想を持っている。信念を持っている。なかには、安全で買う場合もある――法を犯した者たちは」

「それで謎が解けました」と、ヒラリーはいった。「ここへ来るあいだ中わたしを悩ませていた謎が」

「なんだ！　道中そんなことを考えていたのかね？」

「ええ。それぞれの目的が違うのを不思議に思ってたんです。アメリカ人のアンドルー・ピータースは完全に左翼のようですが、エリクソンは自分たち科学者には神の代わりをつとめる力があると思い込み、ヘルガ・ニードハイムはファシズムの信奉者で、神ではなく自分の才能を信じています。バロン博士は――」ヒラリーは先をいいよどんだ。

「バロン博士は金のために来たのだ」と、アリスタイディーズ氏がいった。「あの男は頭がよくて、しかも、少々変わっている。彼の場合は幻想など抱いていないが、研究が心底好きなのだよ。だから、際限なく金を使ってさらに研究を進めたかったのだ。それはそうと、あんたはじつに聡明だ。フェズで会ったときにすぐにわかった」

アリスタイディーズ氏は小さな声で笑った。

「知らなかっただろうが、わたしはあんたを観察するためにわざわざフェズへ行ったのだ――じっくり観察できるように、あんたをフェズへ連れてこさせたのだ」

「そうだったんですか」

ギリシャ人の習性なのか、ヒラリーはアリスタイディーズ氏に同じことを表現を変えて繰り返す癖があるのに気づいた。

「あんたがここへ来るのだと思うと、うれしかったよ。ここには、話し相手になるおもしろい人間があまりいないのだ」アリスタイディーズ氏が両手を投げ出した。「物理学者も生物学者も化学者も、まったくおもしろくない。学者としては優秀でも、話相手としては退屈だ。

彼らの妻も」アリスタイディーズ氏は一瞬考えてからつけたした。「大半はおもしろみのない女性だ。ただし、ここでは妻を連れてくることを認めていない。特別な事情がある場合を除いては」

「特別な事情とは？」

アリスタイディーズ氏はヒラリーの質問にあっさりと答えた。

「ごくまれに、妻のことばかり考えて研究に身が入らない者がいるのだ。あんたの亭主のトーマス・ベタートンもそうだった。彼は若き天才として名を馳せたのに、ここへ来てからはだれにでもできるような二流の仕事しかしていない。彼には期待を裏切られたよ」

「でも、そういうことはよくあるんじゃないですか？　だって、ここは監獄同然ですから。だれだって反発するんじゃないでしょうか。少なくとも、最初のうちは」

「ああ」と、アリスタイディーズ氏が相槌を打った。「それは自然な反応で、いたしかたのないことだ。鳥を鳥かごに入れたときも同じことが起きる。だが、そのかごがそこそこ広くて、餌や水や止まり木や交尾の相手など、生きていくうえで必要なものがすべてそろっていれば、そのうち、以前は自由に空を飛びまわっていたことを忘れるものだ」

ヒラリーはかすかに体を震わせた。

「怖いことをおっしゃるんですね。ぞっとするわ」

「しばらくここで暮らせばいろんなことがわかるようになるはずだ。さまざまな考えを持ってここに来て、幻滅を覚えたり反感を抱いたりした者も、やがてすべてを忘れて研究に没頭するようになるのだよ」

「みんながみんなそうなるとはかぎらないと思います」と、ヒラリーが反論した。

「もちろん、世の中に百パーセント確実なことなどない。あんたのいうとおりだ。だが、それでも九十五パーセントの確実性はある」

ヒラリーは激しい不快感を覚えてアリスタイディーズ氏を見た。

「ひどいわ。タイピストの派遣所と同じなんですね！　ここは科学者の派遣所なんですね」

「そのとおりだ。あんたのいうとおりだよ」

「あなたは科学者を駆り集めて、いずれ引き合いが来たら、いちばん高い値をつけた人に売るつもりなんですか？」

「まあ、そんなところだ」

「でも、タイピストを派遣するようにはいかないはずです」

「なぜだね？」

「ここにいる科学者が自由な世界に戻ったら、あらたな雇い主のために働くのを拒むことができるからです。自由を取り戻せるからです」

「あんたのいうことはある程度正しい。だから、なんらかの——つまりその、調整が必要だとは思わないかね？」

「調整って、どういう意味ですか？」

「リューコトミーという言葉を聞いたことがあるかね？」

ヒラリーは眉間にしわをよせた。「脳の手術のことですよね」

「そうだ。本来は、鬱病の治療法として考案されたものだ。専門用語は使わずに、あんたやわたしにも理解できるやさしい言葉で説明しよう。その手術をすると、患者は自殺願望や罪悪感から解放されるのだ。おおらかで楽天的で、しかも、大半は従順な性格になる」

「ということは、そうならなかった場合もあったんですね」

「ああ、かつてはな。しかし、ここではその方面の研究が飛躍的な進歩を遂げているのだ。ここには三人の脳外科医がいる――ロシア人とフランス人とオーストリア人の。彼らは脳の組織の移植など、複雑な手技を要するさまざまな手術を数多くこなした結果、いまや、知能には影響を与えずに患者を素直な性格に変えて、おまけに意思を制御することも可能なレベルに達しつつある。いずれは、知的能力をそこなうことなくきわめて従順な性格を定着させることができるようになるはずだ。そうなれば、手術を受けた者はどのような命令にも従うわけだよ」

「恐ろしいわ」と、ヒラリーがいった。「とても恐ろしいことだわ！」

アリスタイディーズ氏はおだやかにたしなめた。

「有益だというべきだよ。本人にとってもなにかと利点があるのだ。恐怖や欲望や不安に悩まされることなく、つねに満ち足りた幸せな気分でいられるのだから」

「そんなふうになるわけないわ」と、ヒラリーは挑むようにいった。

「失礼だが、あんたにわかるはずがない」

「わたしがいいたいのは、従順な性格に変えられて満ち足りた気分を味わっている人間には、世の中をあっといわせるような独創的な研究などできるはずがないということです」

アリスタイディーズ氏は肩をすくめた。

「なるほど。やはりあんたは頭がいい。あんたのいうことにも一理あるかもしれん。まあ、いずれわかるだろう。実験は着々と進んでいるのだから」

「実験ですって！　人体実験をしてるんですか？」

「そうだとも。非常に実際的な方法だ」

「でも――だれを実験台にするんですか？」

「どこにでも落伍者はいるものだ」と、アリスタイディーズ氏はいった。「ここでの生活になじめなかったり、非協力的だったりする者は、格好の実験台になる」

ヒラリーは長椅子のクッションに指を突き立てた。黄色い顔に冷酷な笑みを浮かべて目の前に座っている小柄な老人の話は、彼女を恐怖の淵に突き落とした。彼の話が論理的でわかりやすく、かつ、実際的でもあることがいっそう恐怖をかき立てた。意味不明なことをわめきたてるわけではないものの、人間を実験台にすることができるのは、狂人以外の何者でもない。

「あなたは神を信じてないんですか？」と、ヒラリーが訊いた。

「信じているとも」アリスタイディーズ氏は、心外だといわんばかりに眉を吊り上げた。「さきほど話したではないか。わたしは信心深い人間だ。神はわたしにこのうえないご加護を与えてくださったのだ。つまり、富とチャンスを」

「聖書は読みますか？」

「もちろん読む」

「それなら、モーゼとアロンがエジプトの王《パロ》にいった言葉はご存じですよね。民を去らせよといったのは」

アリスタイディーズ氏がにやりとした。

「要するに――わたしがパロで、あんたがモーゼとアロンなわけか？　そういうことか？　ここにいる者たち全員を去らせろといっているのか――それとも、だれかひとりのことかね？」

「それはその——できれば全員です」と、ヒラリーが答えた。

「しかしあんたは、そんなことを要求したところで時間の無駄だとわかっているはずだ。だから、結局は夫のことを頼んでいるのだろ？」

「主人はあなたの役に立ちません」と、ヒラリーはいった。「それはもう気づいてらっしゃるはずです」

「たぶんあんたのいうとおりだろう。まったく、トーマス・ベタートンにはおおいに失望させられたよ。あんたが来れば才気を取り戻すかもしれないと思っていたのだ。彼が優秀な頭脳の持ち主であるのは間違いないのだから。アメリカでの評判がそれを証明している。しかし、あんたが来てもほんの少ししか、あるいは、まったく効果がなかったようだ。もちろん、わたしが自分の目で確かめたわけではない。ベタートンのことをよく知る者たちからの報告にもとづいて話しているのだ。彼と一緒に仕事をしている仲間の科学者の報告にもとづいて」アリスタイディーズ氏が肩をすくめた。「一応、仕事はしているものの、ごく平凡な研究で、めざましい成果はないらしい」

「かごのなかでは鳴かない鳥もいるんです」と、ヒラリーはいった。「科学者も、環境が変わると独創的なアイディアが浮かばないのかもしれません。そういうことも充分にあり得るはずです」

「なるほどな。そうかもしれん」

「それなら、見込み違いだったとあきらめて、夫を外の世界へ戻してください」

「それは無理だ。まだ、ここのことを世間に宣伝されたくないのだよ」

「口外しないように約束させればいいじゃないですか。ひとこともしゃべらないように」

「約束させることはできる。だが、やつは約束を守りはしない」

「守ります！　ぜったいに守ります！」

「そりゃ、妻ならそういうさ！　しかし、こういうときに妻の言葉を信じるわけにはいかん。もっとも」アリスタイディーズ氏は椅子の背にもたれて、黄色い手を重ね合わせた。「人質を取っておけばしゃべらないだろうが」

「人質？」

「あんたのことだよ、マダム……トーマス・ベタートンを解放し、あんたが人質としてここへ残るというのはどうだ？　応じる気はあるかね？」

ヒラリーはアリスタイディーズ氏のうしろの暗がりを見つめた。アリスタイディーズ氏には想像もつかなかったはずだが、彼女はそのとき、病室で死を待つ女性の枕元に座っている自分の姿と、ジェソップの指示に耳を傾けてそれを暗記している自分の姿を思い浮かべていた。もし自分がここに残ることによってトーマス・ベタートンが解放されるのであれば、立派に任務を果たしたことになるのではないだろうか？　人質といっても、彼女が本来の意味での人質にはならないことをアリスタイディーズ氏は知らない。彼女はトーマス・ベタートンにとってなんの意味もない人間だ。トーマス・ベタートンが愛していた妻はすでに死んだ。

ヒラリーは、向かいの長椅子に座っている小柄な老人に視線を戻した。

「喜んで応じます」

「あんたは勇気がある。それに、忠誠心と愛情も」アリスタイディーズ氏が笑みを浮かべた。「くわしいことは、後日また話し合おう」

「待ってください！」ヒラリーはとつぜん両手に顔を埋めて肩を震わせた。「やっぱりだめです！　わたしにはできません！　むごすぎます」

「あまり深刻に考えないほうがいい」アリスタイディーズ氏はやさしい声でなだめるようにいった。「今夜はあんたにわたしの考えや望みを伝えることができてよかった。予期せぬことを聞かされたあんたの反応を見るのはおもしろかったよ。安定した正常な精神と知性を兼ね備えたあんたのような人間がうろたえるのを見るのは。あんたはいま恐怖におののき、それと同時に、強い嫌悪を感じているはずだ。しかし、わたしは、あんたにショックを与えたのは正解だったと思っている。最初は拒絶反応を起こすかもしれないが、じっくり考えているうちに、ごく自然に受け入れられるようになるものだよ。まるで、どこででも行なわれているありきたりのことのように」

「そんなふうにはなりません！」と、ヒラリーは叫んだ。「いつまでたってもなりません！　ぜったいになりません！　ぜったいに！」

「いやはや、やはり赤毛の女性は気性が激しくて反抗心が旺盛らしい。わたしの二番目の妻も赤毛だったのだ」アリスタイディーズ氏はなつかしそうにいった。「美しい女で、わたしを深く愛していた。なぜだか知らんが、わたしはいつも赤毛の女性に惹かれるのだ。あんたの髪はとても美しいし、ほかにも気に入ったところがある。それは、あんたの勇ましさだ。その毅然としたところだ。自分の考えを持っている点だ」そこまでいってため息をついた。「ああ！　もう女の体にはとんと興味をなくしてしまってな。ここには若い女が何人かいて、ときどき楽しませてくれるが、わたしには精神的な刺激を与えてくれる女のほうがありがたいのだ。実際、あんたと話をしたらあらたな活力がわいてきたよ」

「もし、わたしがあなたのおっしゃったことを話したらどうなるんですか——夫にすべて話したら？」

アリスタイディーズ氏は鷹揚《おうよう》な笑みを浮かべた。

「それはあくまでも仮定の話だろ？　それとも、ほんとうに話すのか？」

「わかりません。わたしは——いえ、わかりません」

「やはりあんたは利口だ。女には、自分の胸の奥にしまっておかなければならないことがいくつかあるのだよ。しかし、今夜のあんたは疲れている——動揺してもいる。わたしはときどきここへ来るので、そのときはまたいろんな話をしようではないか」

「わたしをここから出してください」ヒラリーは両手をアリスタイディーズ氏のほうへ投げ出した。「わたしを逃がしてください。あなたと一緒に連れてってください。お願いします！　お願いします！」

アリスタイディーズ氏はそっとかぶりを振った。柔和な表情を浮かべてはいたものの、その奥にはさげすみが見え隠れしていた。

「子供のようなことをいうものではない」と、アリスタイディーズ氏がさとした。「逃がすことなどできるわけないではないか？　ここで見たことをあんたが世間に広めたらどうなる？」

「けっしてしゃべらないと誓っても、信じてもらえないんですか？」

「ああ、信じるわけにはいかん。そんなたわごとを信じるほど愚かではない」

「ここにいるのはいやなんです。こんな、監獄のようなところにはいたくないんです。出ていきたいんです」

「しかし、あんたには夫がいる。あんたは夫と一緒に暮らすためにわざわざここへ来たんじゃないか。みずからすすんで」

「どういうところか知らなかったんです。こんなところだとは夢にも思ってなかったんです」

「そりゃそうだろう。しかし、どんなに風変わりでも、鉄のカーテンの向こうとくらべたらはるかに快適なはずだ。ここにはなにもかもそろっているのだから！　贅沢品、温暖な気候、それに娯楽も……」

　アリスタイディーズ氏は立ち上がってヒラリーの肩を軽くたたいた。

「そのうち慣れる」と、確信に満ちた口調でいった。「かごのなかの赤い鳥も、いずれは鳴くはずだ。一年、いや、二年もすれば、きっと自分はとても幸せだと思うようになるに決まっている！　しかし」いったん言葉を切って考え込んだ。「そうなると魅力がうせてしまうのだが」

第十九章

1

翌晩、ヒラリーはとつぜん目を覚まし、体を起こして耳をそばだてた。

「トム、なにか聞こえない？」

「ああ、聞こえてるよ。飛行機の音だ――低空飛行してるんだよ。べつに驚くことじゃない。ときどき聞こえるんだ」

「もしかして――」ヒラリーは最後までいわなかった。

そのあと彼女は目がさえて、前日のアリスタイディーズ氏との奇妙なやりとりを何度も頭のなかで再現した。

あの老人が彼女に気まぐれな好意を抱いているのは間違いない。

そこにつけ込むことはできないだろうか？

なんとか彼を説き伏せて、一緒に外に出ることはできないだろうか？

彼が今度ここに来て、もしまた呼ばれるようなことがあったら、亡くなった赤毛の妻の話をさせようとヒラリーは決めた。アリスタイディーズ氏を肉体で誘惑することはできないはずだ。彼の体を流れる血はもはやそれほど熱くない。それに、〝若い女〟もいる。だが、年寄りは昔話をするのが好きで、聞かせてくれとせがめば……

チェルトナムに住んでいたジョージおじさんも……

ヒラリーは、ジョージおじさんのことを思い出しながら暗闇のなかで笑みを浮かべた。ジョージおじさんも億万長者のアリスタイディーズ氏も、本質的には同じなのではないだろうか？　ジョージおじさんは家政婦を雇っていて、本人はその家政婦のことを、〝おとなしい、きわめて安全な女性だ。派手な格好をして色気を振りまくようなことはない。器量はいまいちだが、控えめで、常識的なんだ〟といっていた。だが、彼は、その器量がいまいちで控えめな家政婦と結婚して家族の者を驚かせた。その女性は親身になっておじの話を聞いてやっていたらしく……

ヒラリーはベタートンに、きっとここから逃げ出す方法があるはずだといったが、そのときは、アリスタイディーズ氏をくどくことになろうとは夢にも思っていなかった。

2

「通信だ」と、ルブランが叫んだ。「やっと通信をキャッチしたぞ」

ルブランの部下が部屋に入ってきて敬礼し、折りたたんだ紙を彼の目の前に置いた。

ルブランは紙を広げ、興奮に声を震わせた。

「偵察飛行をしていたわが方のパイロットからの報告だ。この男はアトラス山脈の一部を受け持っていたんだが、山岳地帯のある地点にさしかかったときに通信をキャッチしたらしい。モールス信号で、二度繰り返されたそうだ。ほら」

ルブランはジェソップに紙を見せた。

COGLEPROSIESL
ルブランが最後の二文字の前に鉛筆で斜線を入れた。

「SLというのはわれわれが使っている暗号で、〝疑わしい〟という意味だ」

「最初のCOGは、われわれの識別コードだ」と、ジェソップがいった。

「つまり、残りが本来の通信なわけだな」ルブランはLEPROSIEに下線を引き、けげんそうな顔をして紙を見つめた。

「ハンセン病《Leprosie》のことか？」と、ジェソップが訊いた。

「だとしたら、どういう意味だ？」

「そこにはハンセン病患者のための大規模な療養所があるのか？　いや、べつに小規模でもいいんだが」

ルブランは大きな地図を広げ、ニコチンの染みついた太くて短い指である地点を指し示した。

「パイロットはこのあたりを飛んでたんだ」そういいながら、地図に印をつけた。「待てよ。たしか……」

ルブランはいったん部屋を出て、しばらくしてから戻ってきた。

「わかったよ。そこには非常に有名な医療研究施設があるんだ。名の知れた慈善家が建てて、運営資金も出している――とにかく、そうとう奥地だ。その研究施設ではハンセン病の有益な研究が行なわれていて、二百人ほどの患者を収容している療養所もある。癌研究所と結核療養所も併設されている。だが、けっして疑わしい施設じゃない。評判はすこぶるいい。フランスの大統領もパトロンのひとりだ」

「なるほど」ジェソップはおもしろがっているような口ぶりでいった。「なかなかうまい手口だな」

「しかし、いつでも視察に応じてるんだ。そういった研究に興味を持っている医療関係者がちょくちょく視察に訪れてるようだ」

「外部の人間には都合のいいものしか見せないんだよ！　そうに決まってるじゃないか。いかがわしいことをする場合、評判のいい施設を利用すれば完璧なカモフラージュになるからな」

「たしかに、旅人が立ち寄った可能性はある」と、ルブランはあいまいないい方をした。

「おそらく、中欧の医者が段取りをつけたのだろう。おれたちが行方を追っているような少人数のグループが立ち寄って、何週間かそこに隠れていたあとでまた旅をつづけることもあるはずだ」

「旅の途中で立ち寄ったんじゃないような気がするんだ」と、ジェソップがいった。

「もしかするとそこが――旅の終点だったのかも」

「つまり――ただの研究施設じゃないってことか？」

「ハンセン病療養所というのがどうも怪しい気がするんだよ。医学の進歩によって、いまじゃ入院しなくてもハンセン病の治療を受けることができるはずだと思うんだが」

「文明国ではな。だが、ここでは無理だ」

「だろうな。しかし、ハンセン病と聞くと、いまだに患者が鈴を鳴らして道行く人に近寄らないように警告していた中世を連想する者もいるだろうからな。たんなる好奇心からハンセン病療養所へ行く者はいないよ。そういうところへ行くのは、そこで行なわれている研究に関心のある医療関係者か、患者の生活環境を調査するソーシャルワーカーぐらいのものだ――もちろん、患者の生活環境は申し分ないはずだ。しかし、そういった慈善事業や博愛行為の裏でなにが行なわれているか、わかったもんじゃない。それはそうと、その施設のオーナーはだれなんだ？　金を出してそこを建てた慈善家というのはどんな連中だ？」

「それは調べがつくはずだ。ちょっと待ってくれ」

ルブランはすぐさま資料を手に戻ってきた。

「建てたのは私企業だ。何人かの慈善家が集まって設立した会社で、アリスタイディーズが代表者になっている。知ってのとおり、このアリスタイディーズという男は億万長者で、いろんなことに気前よく金を寄付している。パリにも、スペインのセヴィリヤにも病院を建てている。一応、会社という形態を取ってはいるものの、彼と彼の知り合いの慈善家たちが金を出し合って建てたんだ」

「なるほど――アリスタイディーズがオーナーなのか。じつは、オリーヴ・ベタートンがフェズへ行ったときに、彼もフェズにいたんだ」

「あのアリスタイディーズが！」ルブランはたっぷり含みを持たせていった。「いやは《メ》や――たいへんなことになったな《セ・コロサル》」

「ああ」

「とてつもないことだ《セ・ファンタスティク》！」

「いかにも」

「とにかく《アンファン》――恐ろしい《セ・フォルミダーブル》！」

「まったくだ」

「どのぐらい恐ろしいかわかってるのか？」ルブランは人差し指を突き立てて、ジェソップの鼻先で上下に振った。「アリスタイディーズって男はありとあらゆることに関わってるんだ。彼はあらゆるものの背後にいる。銀行、政府、産業界、軍、それに輸送機関。なのに、姿を見た者も、消息を知っている者もほとんどいないんだからな！　あたたかいスペインの城の一室でたばこをふかしている彼がときおり紙切れにひとことふたこと書いて放り投げると、秘書が這い寄ってきてそれを拾い、数日後にはパリの大物銀行家が頭を撃って自殺するんだ！　それほど恐ろしいんだぞ！」

「大げさだよ、ルブラン。そんなに驚くことでもないさ。大統領や大臣は国民の前で重大な発表を行ない、銀行家は立派な机の向こうに座ってさまざまな声明を出すが、威厳

と貫禄に満ちたそういったお偉方を裏で操っているのは小柄なみすぼらしい男だという
ことぐらい、みんな知ってるさ。だから、そのアリスタイディーズという男がわれわれ
の調べている失踪事件の黒幕だとわかっても、驚きはしないよ――われわれにもう少し
分別があれば、もっと早く気づいていたはずだ。これには莫大な金がからんでるんだよ。
政治はまったく関係していないはずだ。問題は、こっちがこれからどうするかだ」
ルブランの顔が曇った。
「わざわざいう必要はないかもしれないが、けっしてすんなりとはいかないだろうよ。
もしわれわれが間違ってたら――いや、それを考えるのはやめよう！　しかし、たとえ
われわれの推理が正しかったとしても、それをみずから証明しなければならないんだ。
だが、あれこれ調べまわったら、中止命令が出るかもしれない――それも、かなり上の
ほうからな。わかるか？　だから、けっして容易なことではないんだ――だが、しか
し」ルブランはまた人さし指を振った。「かならず突き止めてやる」

第二十章

車列は山道をのぼっていって、岩にはめ込まれた大きな門の前でとまった。車はぜんぶで四台あり、一台目にはフランスの大臣とアメリカの大使が、二台目にはイギリスの領事と国会議員ひとりと警察長官が乗っていた。三台目には、イギリスの王立委員会の元委員ひとりと著名なジャーナリストがふたり乗っていた。そして、この三台の車の残りの座席はお付きの者が埋めていた。四台目に乗っていたのは、一般の人は知らないもののその方面ではけっこう有名な人物で、そのなかにはルブラン大尉とミスター・ジェソップも含まれていた。清潔な身なりをしたそれぞれの車の運転手は車のドアを開け、降りてくるお偉方にお辞儀をしながら手を貸した。

「患者と接触するようなことはないだろうな」と、フランスの大臣が気遣わしげにつぶやいた。

すると、お付きのひとりがすぐさまなだめるようにいった。

「それはございません、大臣《デユ・トウ、ムツシユー・ル・ミニストル》。適切な予防措置がとられておりますし、遠くから見るだけですから」

不安そうな顔をしていたそうとう年輩の大臣は、それを聞いてほっとしたようだった。アメリカの大使は、問題となっている病気の研究も治療も最近はずいぶん進んでいるというようなことを口にした。

大きな門が勢いよく開くと、門の向こうに立っていた者たちがお辞儀をした。出迎えたのは、太った色黒の所長と、恰幅のいい色白の副所長と、著名な医者がふたりと著名な化学者ふたりで、フランス語で長々としたていねいなあいさつがかわされた。

「アリスタイディーズはここでわれわれに会うといっておったのだが、まさか病気ではあるまいな」と、フランスの大臣がたずねた。

「アリスタイディーズ氏はきのうスペインからこちらにおいでになりまして、なかでお待ちです」と、副所長が答えた。「ご案内いたしますので、さあ、大臣、どうぞこちらへ」

一行は副所長のあとについて歩いていった。まだいささか不安げな大臣は、右手の鉄柵の向こうにちらっと目をやった。ハンセン病患者は、柵からかなり離れたところに一列に整列させられている。大臣はそれを見て安心したようだった。ハンセン病患者に対する彼の認識はいまだに中世のままなのだ。

アリスタイディーズ氏はモダンな家具を備えつけた応接室で客を待っていた。お辞儀とあいさつと紹介がひととおり終わると、丈の長いまっ白な服を着て頭にターバンを巻いた肌の黒い男たちが食前酒を運んできた。

「とても立派な施設ですね」と、若いジャーナリストのひとりがアリスタイディーズ氏、にお世辞を述べた。

アリスタイディーズ氏はいつものように両手を重ね合わせた。

「わたしも誇りにしているのです。白鳥も死ぬ間際には美しい声で鳴くというではないですか。ここは、わたしがこの世に遺す最後の贈り物です。だから、金に糸目はつけませんでした」

「ここはじつに立派な施設です」と、客を出迎えた医者のひとりが高ぶった口調でいった。「研究者にとって、ここは理想の場所です。われわれはアメリカにいたときも恵まれた環境で仕事をしていましたが、ここと比べたら……それに、ここへ来てから、どんどんいい結果が出るんです！　ええ、ほんとうに、つぎからつぎへと」

医者の興奮ぶりはほかの者にも伝染した。

「一企業の力でこれだけのことができるとは、恐れ入りました」アメリカの大使はそういって、アリスタイディーズ氏に深々と頭を下げた。

アリスタイディーズ氏は謙虚に応じた。

「神の助けがあったからです」

背中を丸めて椅子に座っているアリスタイディーズ氏は、黄色いヒキガエルのように見えた。イギリスの国会議員は、年をとってかなり耳が遠くなった王立委員会の元委員に身を寄せて、アリスタイディーズ氏は非常に興味深い逆説を述べたとささやいた。

「あの古狸は何百人もの人間を破滅に追いやって使いきれないほどの金を手にしたために、もう片方の手でその金をばらまいてるんです」

かつては裁判官だったその老人は、国会議員にこういった。

「金をかけたところで、いい結果が出るとはかぎらんでしょう。人類に恩恵をもたらした偉大な発見の大半は、きわめて簡素な実験装置によって生み出されたのですぞ」

「それでは」客がひととおり賛辞を述べて食前酒を飲みほしたのを見て、アリスタイディーズ氏がいった。「簡単な食事を用意しましたので、召し上がっていただきたい。ヴァン・ハイデム博士に相伴をさせます。わたしはしばらく前から食餌療法を行なっているものですから。食事がすんだら施設を見てまわってください」

一行は愛想のいいヴァン・ハイデムに連れられて、いそいそと食堂へ移動した。飛行機で二時間飛んだあと一時間車に揺られてきたので、みな腹をすかせていた。食事はとてもおいしくて、フランスの大臣も絶賛した。

「食事はわれわれのささやかな楽しみなんです」と、ヴァン・ハイデムがいった。「新鮮な野菜と果物は週に二度空輸させて、肉類も定期的に買い求めています。もちろん、大きな冷凍室もあります。われわれの体とて科学の進歩の恩恵を受けるべきですから」

食事のあいだはえりすぐりのワインが供され、食後にはトルココーヒーが出てきた。そして、いよいよ視察がはじまった。あちこちくまなく見てまわったのでたっぷり二時間かかり、視察が終了したときには、フランスの大臣がいちばんうれしそうな顔をしていた。彼は立派な研究室や縦横に走る白い廊下に眩惑《げんわく》され、研究内容のくわしい説明に圧倒されたようだった。

大臣の関心はお役目的なものにすぎなかったが、なかには鋭い質問をする者もいた。研究者の生活やその他のこまかいことに関する質問もあったので、ヴァン・ハイデムはすべてを見て帰ってほしいと思っていることを一行にわかってもらえるように最大限の努力をした。フランスの大臣のお供としてやって来たルブランとイギリス領事のお供としてやって来たジェソップは、ほかの人たちより少し遅れて応接室に引き返した。その際、ジェソップは大きな音を立てる古めかしい懐中時計を取り出して、時間を確かめた。

「気配がないな」と、ルブランが動揺のにじむ声でつぶやいた。

「ああ、まったくない」

「あんたらイギリス人がよくいうように、もしおれたちが関係のない木に向かって吠えてるのなら、大失態を演じたことになるんだぞ！　何週間もかかって、やっとここまでこぎつけたのに！　それに、おれは――もう出世できなくなる」

「まだ、見当はずれだったと決まったわけじゃない」と、ジェソップがなだめた。「彼らはかならずここにいるはずだ」

「しかし、なんの痕跡もないじゃないか」

「あるわけないさ。彼らだって、ほうぼうに足跡を残しておくわけにはいかないからな。それに、きょうみたいに視察団が来るときは、それなりの対策が講じられているはずだ」

「じゃあ、どうやって証拠をつかむんだ？　証拠がなきゃ、だれも手を出そうとしないだろうよ。もともと、みんな懐疑的なんだ。フランスの大臣もアメリカの大使もイギリスの領事も――アリスタイディーズのような男を疑うなんてどうかしてるとのたまってるんだから」

「落ち着けよ、ルブラン。落ち着くんだ。見当はずれだったと決まったわけじゃないといってるだろ」

ルブランは肩をすくめた。「ずいぶん楽観的なんだな」彼は、こざっぱりとした服を着てお付きの者に化けた丸顔の若い男たちを見て、そのひとりに言葉をかけると、ジェソップに向き直ってけげんそうに訊いた。「なにを見てにやにやしてるんだ？」

「科学の進歩の産物――つまり、最新式のガイガー・カウンターだよ」

「おれは科学者じゃないんだぞ」

「ぼくだってそうさ。だが、ぼくが持ってる非常に感度のいい放射線検知器が、彼らはここにいると教えてくれてるんだよ。この建物はわざとややこしい造りになっている。廊下や部屋がどれもよく似てるのは、建物の構造や自分がいまいる場所をわかりにくくするためだ。この建物にはぼくたちの見ていない部分があるにちがいない。見せてもらえなかった部分が」

「ガイガー・カウンターが反応したのか？」

「そのとおり」

「例の真珠の代わりか？」

「ああ。われわれは依然としてヘンゼルとグレーテルごっこをつづけてるんだよ。だが、ここに残されている手がかりは真珠やファティマの光る手のようにわかりやすくもないし、目立つものでもない。ただし、見ることはできなくても、感じることはできるんだ……この放射線検知器によって――」

「しかし、それでいけるのか？」

「たぶんいけると思う」と、ジェソップが請け合った。「ただ、心配なのは……」彼は途中で言葉を切った。

「ほかのみんなは信じようとしないってことだろ？　彼らは最初から乗り気じゃなかったんだ。ああ、問題はそこだよ。あんたの国の領事だってやけに腰が引けてるからな。イギリス政府はいろんな面でアリスタイディーズの世話になってるし、フランス政府だって似たようなものさ」ルブランが肩をすくめた。「あの大臣を説得するのはそうとう骨が折れそうだ」

「政府なんてもとからあてにしてないさ」と、ジェソップがいった。「政治家や外交官はなにもできない。だが、どうしても連れてこなきゃならなかったんだ。権限を持っているのは彼らなんだから。しかし、こっちが頼りにしてるのは彼らじゃない」

「じゃあ、だれを頼りにしてるんだ？」

ジェソップの真剣な表情が崩れて、とつぜん笑みがこぼれた。

「記者だよ。ジャーナリストはニュースを嗅ぎつける鋭い鼻を持ってるし、せっかくつかんだスクープをもみ消されるのを嫌う。しかも、彼らは、とうてい信じられないようなことでも信じるんだ。それと、もうひとり頼りにしてるのは、あの耳の遠い老人だ」

「なるほど。だれのことかはわかる。墓に片足を突っ込んでる男のことだろ？」

「ああ。彼は耳が遠くてよぼよぼで、目もろくに見えないが、真実を知りたがっている。元首席裁判官で、耳が遠くて目がかすみ、脚がふらついてても、頭は少しも衰えていない――裁判官の鋭い勘は健在なんだ――なにかいかがわしいことが行なわれていたり、それが明るみに出るのをだれかが抑えようとしていると、すぐに気づく鋭い勘は。彼なら証拠に耳を傾けるはずだ――きっとそうしたいと思うはずだ」

ようやく応接室に戻ると、紅茶と酒がふるまわれた。フランスの大臣は言葉をつくしてアリスタイディーズ氏の偉業をたたえ、アメリカの大使も賛辞を呈した。そのあと、フランスの大臣があたりを見まわしながら、自信のなさそうな声で切り出した。

「そろそろおいとましたいと思うのですが、いかがですかな？　見るべきものはすべて見たし……」大臣は〝すべて〟というところに力を入れた。「まったく、すばらしいかぎりでした。ここの施設は超一流です！　手厚くもてなしてくださったアリスタイディーズ氏に感謝し、氏の立派な功績をたたえたいと思います。それでは、出発しましょう。ご異存はありませんね？」

大臣の言葉自体は、ある意味で型どおりのものだった。口調もごく普通だった。一行をぐるっと見まわしたのも、たんなる儀礼にすぎなかったはずだ。しかし、実際は懇願に等しかった。〝見たでしょう、みなさん。ここにはなにもないのです。あなたがたが疑ったり恐れたりしていたものは、なにも。わたしはそれがわかってほっとしました。さあ、すっきりした気分で帰りましょう〟と訴えていたのだ。

その場を包み込んだ沈黙を破ったのは、いかにも教養のあるイギリス人らしい、おだやかで上品なジェソップの声だった。彼は、かすかに英語の訛りを帯びてはいるものの非常に流暢なフランス語で大臣に話しかけた。

「もし大臣のお許しがいただけるなら、もうひとつこちらのみなさんのご厚意に甘えさせていただきたいことがあるのですが」

「いいでしょう。なんなりとおいいなさい、ミスター――ミスター・ジェソップ――だったかな？」

ジェソップはまっすぐヴァン・ハイデムを見て、もったいぶった口調で話しかけた。アリスタイディーズ氏のほうは見ていないふりをした。

「あんなに大勢の研究者に会えるとは思っていなかったので、ほんとうにびっくりしました。でも、わたしの古い友人もここに来ているので、できれば話がしたいんです。帰る前に会わせていただけないでしょうか？」

「あなたのご友人が？」ヴァン・ハイデムはていねいな言葉遣いで訊き返したが、内心は驚いているようだった。

「ええ。じつはふたりなんですが」と、ジェソップが答えた。「ひとりは女性で、オリーヴ・ベタートンといいます。ミセス・ベタートンです。ご主人のトーマス・ベタートンがここで研究をしているはずなんです。彼は以前ハーウェルにいて、その前はアメリカで研究をしていました。どうしてもふたりに会って話がしたいんです」

ヴァン・ハイデムの反応は非の打ちどころがなかった。彼は目を大きく見開いて驚いているふりをしたあとで、顔をしかめた。

「ベタートン――ミセス・ベタートン――いや、そういう名前の人はいませんが」

「ほかにアメリカ人もいるはずです」と、ジェソップがいった。「アンドルー・ピーターズという名の若者で、専門は化学だったと思います。そうですよね？」ジェソップは慇懃な態度でアメリカ大使を見た。

大使は鋭く光る青い目をした、有能そうな中年の男だった。人柄がいいだけでなくすぐれた外交手腕の持ち主でもある大使は、ジェソップの目を見つめて一分近く考え込んだ。

「ええ、そうです。アンドルー・ピーターズは化学者です。ここにいるのであれば、わたしも会いたい」

それを聞いて、ヴァン・ハイデムは驚きの色を深めた。ジェソップはちらっとアリスタイディーズ氏を盗み見た。アリスタイディーズ氏の黄色い小さな顔には驚きも動揺も、なにか都合の悪いことを知っているような表情も浮かんでおらず、ジェソップらのやりとりにはまるで関心を払っていないようだった。

「アンドルー・ピーターズ？　失礼ですが、なにかの間違いではないでしょうか、大使。そういう者はここにおりません。名前を聞いたこともありません」

「トーマス・ベタートンの名前は聞いたことがありますよね？」と、ジェソップがたずねた。

ヴァン・ハイデムが一瞬たじろいで、椅子に座っているアリスタイディーズ氏のほうを向きかけたが、すぐさま思いとどまった。

「トーマス・ベタートン。ええ、たしか――」

ジャーナリストのひとりがただちに飛びついた。

「トーマス・ベタートン？　世間を騒がせたあのトーマス・ベタートンのことですよね。数カ月前に彼が失踪したときはたいへんな騒ぎになって、ヨーロッパ中の新聞に大きな記事が載ったものです。警察はいまだに懸命に行方を追っているはずだが、彼はずっとここにいたんですか？」

「とんでもない」ヴァン・ハイデムはきっぱりと否定した。「あなたはだれかから間違った情報を仕入れたのではないでしょうか。きっと、わざと間違った情報をつかまされたのです。ここにいる研究者には先ほどお会いになったじゃないですか。あれで全員です」

「いや、全員ではないはずです」と、ジェソップは静かにいった。「エリクソンという名の若者もいるはずです。それに、ルイ・バロン博士と、おそらくミセス・カルヴィン・ベイカーも」

「ああ」ヴァン・ハイデムはとつぜん気がついたような顔をした。「その人たちは、たしかモロッコで亡くなったはずです――飛行機が墜落して。やっと思い出しました。とにかく、エリクソンという名の若者とルイ・バロン博士がその飛行機事故で亡くなったのは覚えてます。フランスにとっては大きな損失でしたよね。ルイ・バロン博士はかけがえのない人物でしたから」ヴァン・ハイデムがかぶりを振った。「ミセス・カルヴィン・ベイカーのことはなにも知りませんが、墜落した飛行機にはイギリス人かアメリカ人の女性も乗っていたように思います。それが、あなたのおっしゃるミセス・ベタートンンだったのではないでしょうか。それにしても、あれは悲惨な出来事でした」そういいながら、探りを入れるようにジェソップを見た。「あなたはなぜその人たちがここへ来ようとしていたと思ってらっしゃるのか、わたしにはわかりません。もしかすると、バロン博士が以前に、北アフリカへ行ったらぜひここを訪ねてみたいとおっしゃったことがあるのかもしれません。おそらく、それが誤解を生んだのでしょう」

「ぼくの思い違いだとおっしゃるんですか？」と、ジェソップが詰め寄った。「いま名前を挙げた人たちはひとりもここにいないと？」

「いるはずないじゃないですか。その人たちはみな飛行機事故で亡くなったんでしょう？　たしか、遺体も発見されたんですよね」

「発見された遺体は黒こげになっていたので、だれのものかわかりませんでした」ジェソップは後半部分を強調して、ゆっくりといった。

ジェソップのうしろでなにかが動く気配がしたかと思うと、小さくて弱々しい、しかし明瞭な声が聞こえた。

「身元の確認は行なわれなかったということですかな？」アルヴァーストーク卿が、耳のうしろに手を当てて身を乗り出した。垂れさがったぼさぼさの眉の下にある鋭い小さな目は、まっすぐジェソップを見つめている。

「正式な身元確認作業は行なわれなかったはずです」と、ジェソップが答えた。「それに、彼らが生存していたと思われる理由もあるんです」

「思われる？」アルヴァーストーク卿は甲高い声で不満げに問い正した。

「いえ、生存していたことを示す証拠をつかんでいるのです」

「証拠？　どのような証拠かね、ミスター――ジェソップ？」

「ミセス・ベタートンはマラケシュに向かってフェズを発った日に、模造真珠のネックレスを身につけていました」と、ジェソップが説明した。「その真珠がひと粒、飛行機が炎上した場所から半マイル離れたところで見つかったんです」

「どうしてそれがミセス・ベタートンのネックレスの真珠だとわかるのだね？」

「彼女のネックレスの真珠には、肉眼では見えないものの、倍率の高いレンズを通せば見える印がつけてあったのです」

「だれが印をつけたのだ？」

「ぼくです、アルヴァーストーク卿。ここにいるムッシュー・ルブランの見ている前で、ぼくがつけました」

「きみがつけたのか――で、そのような印をつけたのにはなにか理由があったのだね？」

「はい。ぼくはミセス・ベタートンが、夫で逮捕状が出ているトーマス・ベタートンのところへ導いてくれると信じていたからです」ジェソップはさらに先をつづけた。「印をつけた真珠は、その後さらに数ヵ所で見つかりました。飛行機の残骸が発見された場所とここを結ぶ道の途中で。真珠が発見された場所の近くで聞き込みをしたところ、問題の飛行機に乗っていて死亡したはずの六人の乗客とよく似た人物が目撃されていることがわかりました。そのうちのひとりには、燐を塗って光るようにした手袋を持たせてたんですが、光る手形のついた車も、ここへ向かう道の途中で目撃されています」

アルヴァーストーク卿は、裁判官らしく無表情にいった。

「それは注目に値する」

大きな椅子に座っていたアリスタイディーズ氏がもぞもぞと体を動かし、一、二度すばやくまばたきをしてから質問した。

「その一行の足取りはどこまでつかめているのだ？」

「閉鎖された軍用飛行場までです」ジェソップは正確な場所を教えた。

「あそこはここから何百マイルも離れているではないか」と、アリスタイディーズ氏がいった。「かりにきみの非常に興味深い推理が正しくて、飛行機事故がなんらかの理由で仕組まれたものだったとしても、乗客は軍用飛行場からどこかへ向けて飛び立ったにちがいない。あの飛行場はここから何百マイルも離れているのに、きみはなにを根拠に彼らがここにいると主張するのか、わたしにはさっぱりわからない。いったいなぜだね？」

「では、明確な根拠を示しましょう。じつは、わが方の偵察機がモールス信号をキャッチしたとの報告が、ここにいるムッシュー・ルブランのもとに届いたんです。特殊な識別コードではじまるその信号は、一行がハンセン病療養所にいることを知らせるものでした」

「それはおもしろい。じつにおもしろい。しかし、やはりきみたちは間違った情報をつかまされたようだ。ここにはそのような者たちはいないのだから」アリスタイディーズ氏はきっぱりとした口調で静かにいった。「なんなら、療養所を探してくれてもけっこうだ」

「探しても見つからないと思います。いえ、普通に探しただけではという意味ですが。ただ」ジェソップはわざと間をおいてつけたした。「どこを探せばいいかはわかってるんです」

「ほんとうかね！　で、それはどこだ？」

「四本目の廊下の二つ目の研究室の角から左に伸びている通路の奥です」

ヴァン・ハイデムがとつぜん立ち上がった拍子に、テーブルの上のグラスがふたつ床に落ちて割れた。ジェソップは笑みを浮かべてヴァン・ハイデムを見た。

「ぼくたちは知ってるんですよ、博士」

ヴァン・ハイデムは気色ばんで反論した。「ばかばかしい。じつにばかげている！　きみは、われわれがその人たちを監禁しているというのかね？　そんなことは断じてない」

フランスの大臣が困惑顔でいった。

「どうやら袋小路に行き当たったようですな」

アリスタイディーズ氏は相変わらず落ち着きはらっていた。

「なかなか興味深い推論を聞かせてもらったよ。しかし、あくまでも推論だ」そういってちらっと時計を見た。「よけいなお世話かもしれないが、そろそろお発ちになったほうがいいのではないでしょうかな、みなさん。飛行場までかなり時間がかかるし、飛行機が遅れると心配する人もいるでしょうから」

ルブランとジェソップは土壇場に追い込まれたことを悟った。アリスタイディーズ氏は自分の力を思い起こさせようとしているのだ。逆らいたければ逆らえと、挑んでいるのだ。もしくわしく調べさせてくれといい張れば、正面切って彼と対決することになる。

フランスの大臣は、政府の意向を汲んで穏便にことを収めたいと思っているようだし、警察長官も大臣に従うはずだ。アメリカの大使も満足はしていないものの、さらなる調査を求めるのは外交上得策ではないと考えるにちがいない。となると、イギリス領事も同調せざるを得ない。

記者は——アリスタイディーズ氏が記者を見た——なんとかなるはずだ！　高くつくかもしれないが、彼らは金で買えるとアリスタイディーズ氏は踏んだ。それに、買収できなかった場合は——ほかにも手がある。

ジェソップとルブランはすでに真相を見抜いている。その点は明白だが、彼らとて上層部の許可がなければ動けない。アリスタイディーズ氏は視線をめぐらせて、自分と同年輩の男の冷徹な目を見た。その男が買収できないことはわかっていた。だが、いずれにせよ……彼の思考は、落ち着いてはっきりとしゃべる例の小さい声にさえぎられた。

「あわてて発つべきではないでしょうな」と、その声の主はいった。「なぜなら、くわしい調査が必要だと思われる問題が持ち上がったからです。重大な告発がなされたのに、うやむやにしておくのはよくありません。公正をきすために、嫌疑を晴らす機会を与えるべきです」

「立証責任はそっちにあるのですぞ」アリスタイディーズ氏は、視察団の一行を優雅なしぐさで指し示した。「証拠のないでたらめな疑いをかけたのはあなたがたなのですから」

「証拠はあります」

ヴァン・ハイデムはびくっとしてて、声がしたほうに目をやった。見ると、現地人スタッフが立っていた。刺繍をほどこした丈の長い白い服を着て頭にターバンを巻いた長身の男で、黒い顔はつややかに光っている。

全員があっけにとられてその男を見つめたのは、黒人特有の分厚い唇から発せられたのがまぎれもないアメリカ英語だったからだ。

「これから証拠をお示しします」と、その男はいった。「この人たちは、アンドルー・ピーターズとトルキル・エリクソン、ベタートン夫妻、それにルイ・バロン博士もここにいないといいましたが、それは嘘です。全員ここにいます——ぼくは彼らを代表してここへ来たんです」男はアメリカ大使の前へ歩み出た。「すぐにはおわかりにならないかもしれませんが、ぼくはアンドルー・ピーターズです」

アリスタイディーズ氏は歯のあいだからかすかに息をもらすと、椅子の背にもたれかかってふたたび無表情な顔に戻った。

「ここには大勢の人がいます」と、ピーターズがいった。「ミュンヘンのシュヴァルツも、ヘルガ・ニードハイムも、イギリスのジェフリーズとデイヴィッドソンも、アメリカのポール・ウェイドも、イタリアのリコチェッティとビアンコも、マーチソンも、みんなこの建物のなかにいます。この建物は、肉眼では見分けのつかない隔壁で仕切られてるんです。岩をくりぬいてつくった秘密の研究室があるんです」

「なんということだ」と、アメリカ大使が叫び、みごとに現地人に化けたピーターズをしげしげと見つめて笑いだした。「まだきみだとは思えないよ」

「顔が黒いわけはいうまでもないでしょう。唇にはパラフィンを注入しています」

「もしきみがほんとうにピーターズなら、ＦＢＩの認識番号は？」

「八一三四七一です」

「よろしい。では、もうひとつの名前のイニシャルは？」

「Ｂ・Ａ・Ｐ・Ｇです」

ようやく大使がうなずいた。

「この男はピーターズです」そういって、フランスの大臣を見た。

大臣はしばしためらったのち、咳払いをしてピーターズに問いかけた。

「きみは、いま名前を挙げた人たちがみずからの意思に反してここに監禁されているというのかね？」

「自分の意思でここにとどまっている人もいますが、そうでない人もいます」

「そういうことなら事情聴取をしなければならない。ぜひとも事情聴取をしなければならない」

大臣が警察長官に目配せすると、長官が歩み出た。

「待ってください」アリスタイディーズ氏が手を上げた。「どうやら、わたしの信頼は完全に裏切られたようです」彼は落ち着きはらった声ではっきりといい、ヴァン・ハイデムと所長に威圧するような冷ややかな視線を向けた。「きみたちが学問的な探求心に駆られてなにをしたのか、わたしにはまだわからん。わたしがここを建てたのは、純粋に研究の場を提供したかったからで、実際の運営にはまったく関与してこなかった。もし、告発が事実にもとづいたものなら、不法に拘束されている者たちをただちにここへ連れてきたまえ」

「そんなばかな。わたしは——それでは——」

「そのようなことは即刻やめるべきだ」アリスタイディーズ氏は、実業家としての冷静沈着な目で視察団の一行を見まわした。「わざわざ念を押す必要はないと思いますが、仮にここで違法なことが行なわれていたとしても、わたしはいっさい関与していないのです」

それは命令で、彼の富と権力と影響力のためにそのように受け止められた。世界的に名の知れたアリスタイディーズ氏が法を犯すようなことをするわけがないというふうに。しかし、たとえ無傷で切り抜けられても、彼にとっては敗北だった。彼の構想が——大儲けしようとたくらんでいた例の頭脳プール構想が——頓挫してしまったからだ。しかし、アリスタイディーズ氏は少しも取り乱していなかった。事業は失敗することもある。これまでも失敗は冷静に受け止めて、つぎなる成功をめざしてきた。

アリスタイディーズ氏が両手を重ね合わせた。

「この施設とはきっぱり縁を切ります」

警察長官が勢いよく歩きだした。アリスタイディーズ氏のそのひとことが捜査開始のゴーサインだった。長官は自分がなにをすべきかわかっていたし、職務権限を最大限に発揮してことにあたるつもりでいた。

「妨害はしないでもらいたい」と、長官が警告した。「わたしは自分のつとめとして徹底的な捜査を行なう」

ヴァン・ハイデムがまっ青な顔をして長官のそばへ行った。

「どうぞこちらへ。予備棟へご案内します」

第二十一章

「ああ、まるで悪夢から目覚めたみたいだわ」と、ヒラリーはため息まじりにつぶやいた。

その日の朝に飛行機でタンジェに着いてホテルのテラスに座っていた彼女は、頭の上に両手を上げて伸びをした。

「あれは実際に起きたことなのかしら？　そうだとはとても思えないわ！」

「実際に起きたことだとも」と、トーマス・ベタートンがいった。「だが、悪夢のようだったというのは同感だよ、オリーヴ。ほんとうに目が覚めてよかった」

ジェソップがテラスを歩いてきて、ふたりのそばに腰を下ろした。

「アンドルー・ピーターズはどこにいるのかしら？」と、ヒラリーが訊いた。

「すぐに来ます」と、ジェソップが答えた。「ちょっと用事を片づけてるので」

「ぜんぜん知らなかったわ」と、ヒラリーがいった。「ピーターズがあなたの同僚で、燐を塗った手袋や放射線を出す鉛のシガレットケースで居場所を知らせていたなんて」

「そりゃそうでしょう。あなたも彼も、たがいに用心し合ってたんですから。でも、厳密にいうと、彼はぼくの同僚じゃないんです。アメリカの人間なので」

「ひとりぼっちじゃないとか保護されているとかいったのは、彼がいたからなのね――アンドルー・ピーターズが」

ジェソップがうなずいた。

「どうかぼくを恨まないでください」と、ジェソップがまじめくさった顔をしていった。

「思いどおりの結果にならなくて、申しわけないと思ってるんです」

ヒラリーは理解に苦しんだ。「思いどおりの結果？」

「スリルに満ちた自殺ができると、あなたに請け合ったじゃないですか」

「ああ、そのことね！」ヒラリーは、信じられないといいたげな顔をしてかぶりを振った。「それもほかのことと同様に、夢のなかの出来事のような気がするわ。長いあいだオリーヴ・ベタートンになりきってたから、なかなかヒラリー・クレイヴンに戻れなくて」

「おや、ルブランが来たようだ。ちょっと話をしてきます」

ジェソップはふたりのそばを離れてテラスを歩いていった。すると、トーマス・ベタートンがあわててヒラリーに話しかけた。

「もうひとつ頼みを聞いてもらえないだろうか、オリーヴ？　ぼくはいまだにきみのことをオリーヴと呼んでるんだよね――すっかり慣れてしまったから」

「ええ、そうね。で、頼みというのは？」

「一緒にテラスの端まで歩いていったあとできみがひとりでここに戻り、ぼくは部屋で横になっているといってほしいんだ」

ヒラリーはいぶかしげにベタートンを見た。

「どうして？　あなたはいったい――？」

「形勢が悪くならないうちに発ちたいんだよ」

「発つって、どこへ？」

「どこへでも、好きなところへ」

「なぜ？」

「頭を働かせろよ。むずかしいことはよくわからないんだが、とにかく、タンジェはどこの国の司法権もおよばない特殊な土地なんだ。でも、みんなと一緒にジブラルタル海峡を渡ればどういうことになるかはわかっている。船を降りるやいなや、ぼくは逮捕されるんだ」

ヒラリーは気遣わしげにベタートンを見つめた。脱出できた喜びに浮かれていたので、ベタートンが問題をかかえていることなどころっと忘れてしまっていた。

「国家機密保護法かなにかを犯した罪ででしょ？　でも、あなただって逃げおおせるとは思ってないはずよ。いったいどこへ行くつもりなんですか？」

「好きなところへ行くといったじゃないか」

「でも、いまどきそういうのは不可能じゃないかしら。お金とか、いろいろ厄介な問題もあるし」

ベタートンは短く笑った。「金なら心配ない。安全なところに預けて、新しい名前で引き出せるようにしてあるんだ」

「じゃあ、あなたはお金をもらってあそこへ行ったんですか？」

「もちろんだよ」

「でも、いずれ見つかるわ」

「それはどうかな。彼らが配る人相書きは現在のぼくとずいぶん違うからね。だから、すすんで整形手術を受けたんだよ。すべてはこのためだったんだ。イギリスを離れる前に金を預けて、一生捕まることがないように顔を変えたんだ」

ヒラリーはとまどいがちにベタートンを見た。

「あなたは間違ってるわ。ぜったいに間違ってます。逃げるより、イギリスに帰って潔く罰を受けたほうがいいに決まってるじゃないですか。いまは戦争中じゃないんですよ。たぶん、ごく短い刑期ですむはずだわ。死ぬまでお尋ね者のままでもいいんですか？」

「きみはわかってない」と、ベタートンがいった。「なにもわかってない。さあ、行こう。のんびりしているわけにはいかないんだ」

「でも、どうやってタンジェを離れるんですか？」

「なんとかなるさ。大丈夫だよ」

ヒラリーは席を立ち、ベタートンと一緒にゆっくりとテラスを歩きだした。なぜかすっきりしない、妙に中途半端な気分だった。ジェソップに対する義理は果たしたし、亡くなったオリーヴ・ベタートンとの約束も果たした。それで充分だ。トーマス・ベタートンとは数週間一緒に暮らしたが、彼のことはいまだに見知らぬ他人のように感じていた。彼とのあいだには、仲間意識も友情も芽生えなかった。

ふたりはテラスの端まで来た。そこにある小さな扉を抜けてまがりくねった細い坂道を下れば、港に行き着く。

「だれも見てないようだから、そろそろ行くよ」とベタートンが声をかけた。「じゃあ」

「幸運を祈ってます」と、ヒラリーはおっとりとした口調でいった。

ヒラリーは足を止め、ベタートンが扉に近づいて取っ手をまわすのを眺めていたが、ベタートンは扉が開くなりあとずさって体を硬直させた。扉の向こうに男が三人立っていたのだ。そのうちのふたりが扉を抜けてベタートンの行く手をふさぎ、最初に扉を抜けた男が堅苦しい口調でいった。

「トーマス・ベタートンだな。ここにおまえの逮捕状がある。われわれはおまえの身柄を拘束して本国への送還手続きを取ることにする」

ベタートンが振り向くと、もうひとりの男がすばやくうしろにまわり込んだ。が、ベタートンは笑みを浮かべて正面に向き直った。

「抵抗はしないよ。ただし、ぼくはトーマス・ベタートンじゃない」

三人目の男が扉を抜けて、仲間のそばに立った。

「いや、おまえはトーマス・ベタートンだ」と、その男がいった。

ベタートンが笑った。

「きみはひと月近くぼくと一緒に暮らして、ぼくが人にトーマス・ベタートンと呼ばれたりぼく自身がトーマス・ベタートンと名乗るのを耳にしたといいたいんだろ？　だが、ぼくはトーマス・ベタートンではない。ぼくはパリでベタートンに会ったんだ。そして、ベタートンになりすましてあそこへ行った。嘘だと思うのならあの女に訊けばいい。彼女はぼくの妻になりすましてあそこへ来たんだが、ぼくは偽物だと見抜けなかった。そうだよな？」

ヒラリーはうなずいた。

「ぼくはトーマス・ベタートンではないから、当然、ベタートンの妻がどんな顔をしてるのか知らず、彼女をベタートンの妻だと思い込んだんだよ。説得力のあるいいわけを考えるのに苦労したが、とにかく、そういうことだ」

「だから、わたしを知っているようなふりをしたのね」と、ヒラリーが叫ぶようにいった。「だからわたしに、芝居をつづけろ、夫婦のふりをしつづけろ、といったのね」

ベタートンはまた高らかに笑った。

「ぼくはベタートンではない。ベタートンの写真を見れば、ぼくの話が嘘じゃないとわかるはずだ」

ピーターズが一歩前に出て、ヒラリーが知っているアンドルー・ピーターズの声とはまったく違う、冷たい静かな声でいった。

「ベタートンの写真は見た。最初は同一人物だと思えなかったのも認めよう。だが、おまえは間違いなくトーマス・ベタートンだ。これからそれを証明する」

ピーターズはいきなりベタートンにつかみかかってジャケットを脱がせた。

「本物のトーマス・ベタートンなら、右肘の内側にZの形をした傷痕があるはずだ」

ピーターズはベタートンのシャツを引き裂いて、腕をうしろにねじ上げた。

「ほら、見ろ」ピーターズが得意げに指さした。「アメリカの研究室で働いているアシスタントふたりが証言してくれるはずだ。おまえがその傷をつけたときに、エルザが手紙で知らせてきたんだよ」

「エルザ？」ベタートンがピーターズを見つめて、小刻みに体を震わせはじめた。「エルザ？　エルザがどうしたというんだ？」

「自分にかけられている容疑を知りたいか？」

警官がふたたびベタートンの正面に立った。

「容疑は第一級殺人だ。妻のエルザ・ベタートンに対する」

第二十二章

「すまない、オリーヴ。あなたにはほんとうに悪いことをしたと思ってます。ぼくはあなたのために、彼にチャンスを与えようとしたんです。あなたにも、彼はあそこにいるほうが安全だと警告した。でも、ぼくは彼を捕まえるためにはるばる地球の反対側からやって来たんです。エルザを殺した償いをさせるために」

「わからないわ。わたしにはまったくわからないわ。あなたはいったいだれなの？」

「気づいているものだとばかり思ってましたよ。エルザのいとこのボリス・アンドレイ・パヴロフ・グリドルです。ぼくは大学で勉強するためにポーランドからアメリカへ渡ったんですが、おじはヨーロッパの情勢を憂えて、ぼくにアメリカの市民権を取るようにすすめました。それで、アンドルー・ピーターズと名前を変えたんです。やがて戦争がはじまると、ぼくはヨーロッパに戻ってレジスタンスに参加しました。おじとエルザはぼくがポーランドから脱出させて、アメリカへ向かわせました。エルザは――エルザのことはすでに話したはずです。当時、彼女は一流の科学者のひとりでした。ZE核分裂を発見したのはエルザです。ベタートンはカナダからアメリカに来た若者で、おじの助手をつとめてました。実験の手際はよかったが、それだけです。彼は研究成果を横取りしたくてエルザに近づき、結婚した。そして、彼女の研究がいよいよ最終段階を迎えて、ZE核分裂が世紀の大発見になることを知ると、計画的に彼女を毒殺したんです」

「ひどいわ、そんな」

「まったくです。でも、だれも不審に思いませんでした。ベタートンは悲しみに暮れる夫を演じ、意気込みもあらたに研究に没頭して、ほどなく自分の研究成果としてZE核分裂を発表します。その結果、彼は望んでいたものを手に入れました。名声と一流の科学者の称号を。その後、彼は用心のためにアメリカを離れてイギリスに渡り、ハーウェルの原子力研究所で働きはじめました。

戦争が終わっても、ぼくはしばらくヨーロッパを離れることができずにいました。ドイツ語もロシア語もポーランド語もできたので、重宝がられてたんです。けれども、エルザが死ぬ少し前に書きよこした手紙が、ぼくの気持ちをかき乱しました。彼女が病気にかかったというのが信じられなかったんです。もちろん、その病気が原因で死んだというのも不可解だと思いました。そうこうしているうちにアメリカに戻ることになったので、さっそく調べてみたんです。くわしい話は省略しますが、やがて求めていたものが見つかりました。遺体を掘り出して再調査する命令書を出してもらえるだけの証拠が。ところが、再調査の申請を行なった地方検事事務所にベタートンと親しくしていた若い男がいて、ちょうどそのころ、その男がヨーロッパに旅行したので、おそらくベタートンに会って、再調査の話をしたんでしょう。それでベタートンはあわてたんです。彼はそのときすでに、アリスタイディーズ氏の代理人から誘いを受けていて、殺人罪に問われるのをまぬがれるためには誘いを受け入れるしかないと考えたんだと思います。彼は、整形手術をして顔を別人のように変えてしまうという条件で誘いを受け入れました。ところが、皮肉なことに、彼が行ったのは刑務所のようなところだったんです。おまけに、自分が危うい立場に立たされていることにも気づきます。なぜなら、彼は役に立たなかったからです——研究の成果を上げることができなかったという意味です。彼はけっして天才ではなく、業績などろくになかったんですから」

「で、あなたは彼のあとを追ったのね」

「そうです。ぼくは、トーマス・ベタートンの失踪が新聞で大きく報じられたのを見て、イギリスへ行きました。ぼくの友人に非常に優秀な科学者がいて、国連の仕事をしているミセス・スピーダーからある誘いを受けてたんです。イギリスに着いたとたん、ミセス・スピーダーがベタートンに会ったことがわかりました。ぼくはみずから彼女に接触し、左翼的な考えを述べたり、優秀な科学者だと思い込ませるためのつくり話をしたりしました。ぼくは、ベタートンが自由に出入りできない鉄のカーテンの向こうへ行ったのだとばかり思っていたので、みずから乗り込もうと決心したんです」ピーターズは唇をゆがめた。「エルザは一流の科学者で、しかもとても美しく、心のやさしい女性でした。そんな彼女が、愛して、かつ信頼しきっていた男に殺されて、研究の成果まで奪われたんですからね。いざとなったら、自分の手でベタートンを殺すつもりでした」

「そういうことだったのね。やっとわかったわ」

「ぼくは、イギリスに着いてからあなたに手紙を書きました。ポーランドにいたときの名前で、あなたに真実を伝えるために」ピーターズがヒラリーを見た。「でも、あなたは信じてくれなかったようで、返事はもらえませんでした」そういって肩をすくめた。

「だから、情報部の人間に会いにいったんです。最初はポーランドの軍人になりすまし、いかにも外国人らしい、不自然でやけにていねいな言葉遣いで話をしました。あのころはだれも信用していませんでした。でも、やがてジェソップと組むことになったんです」そこでしばらく間をおいた。「ぼくの役目はけさ終わりました。手続きが整いしだいベタートンはアメリカに送還されて、裁判を受けることになるでしょう。無罪になった場合は、きれいさっぱりあきらめます」そのあと、険しい口調でつけたした。「でも、ぜったいに無罪にはならないはずです。強力な証拠があるんだから」

　ピーターズは言葉を切って、太陽が降りそそぐ庭の向こうの海を見下ろした。

「いまのぼくにとってなによりもつらいのは、ご主人を追いかけてきたあなたと会って、恋に落ちてしまったことです。ぼくはずっとつらい思いをしていたんです。信じてください。それにしても、皮肉なめぐり合わせですよね。だって、ぼくはあなたのご主人を電気椅子に送った男ということになるわけですから。その事実からは永遠に逃れることができません。あなただって、けっして忘れることはできないはずです。たとえぼくを許してくれたとしても」ピーターズが立ち上がった。「どうしても自分の口からすべてを話しておきたかったんです。さようなら」彼がくるりと背を向けたのを見て、ヒラリーが手をさしのべた。

「お願い。待って。わたしもあなたに隠していたことがあるんです。わたしはベタートンの妻じゃないわ。ベタートンの妻のオリーヴはカサブランカで死にました。わたしはジェソップに説得されて、ベタートンの妻になりすましてたんです」

　ピーターズが振り向いてヒラリーを見つめた。

「あなたはオリーヴ・ベタートンじゃないんですか？」

「ええ」

「ああ、神様！」ピーターズはヒラリーのとなりの椅子に倒れ込むように座った。「オリーヴ。いとしいオリーヴ」

「もうオリーヴとは呼ばないで。わたしの名前はヒラリーよ。ヒラリー・クレイヴン」

「ヒラリー？」ピーターズはけげんそうな顔をした。「慣れるのに時間がかかりそうだ」そういいながら、ヒラリーの手に自分の手を重ねた。

当面のこまかい問題点についてテラスの反対側でルブランと話し合っていたジェソップが、途中で相手の話をさえぎった。

「いまなんていったんだ？」と、ジェソップはぼんやりとした様子でたずねた。

「アリスタイディーズの野郎の罪を問うのは無理だろうといったんだよ」

「ああ、そりゃそうさ。アリスタイディーズはつねに勝利を収めるんだから。つまり、やつは法の網をくぐり抜けるのがうまいってことだ。だが、今回のことではそうとう金を失うだろうし、やつはそれが気に入らないに決まってる。それに、あのじいさんだって永遠に天からのお迎えを待たせておくわけにはいかないさ。きっと、そう遠くない将来に最後の審判を受けるはずだ」

「さっきはなにを見てたんだ？」

「あのふたりだよ」と、ジェソップがいった。「ぼくはヒラリー・クレイヴンを行き先の知れない旅に送り出したんだが、結局、彼女の旅路はお決まりの場所へ行き着いたようだ」

ルヴランは一瞬なんのことかわからないような顔をしたが、すぐに気づいた。

「ああ！　なるほど！　シェイクスピアか！」

「きみたちフランス人は読書家なんだな」

彼女なりのタフネス

文芸評論家
中辻理夫

本書はおだやかなスパイ冒険小説だ。あるいは、しっとりとした、という形容もできるだろう。アクション全開の冒険ものとはまた違う魅力を持っているのだ。

クリスティーはデビュー初期からすでに冒険小説の類いを書いていた。トミー＆タペンスのコンビもの『秘密機関』が発表されたのは一九二二年だ。これはデビュー作『スタイルズ荘の怪事件』（一九二〇）に続く二作目の長篇なのだ。また単発作品『茶色の服の男』（一九二四）も長篇第四作にしてやはり冒険ジャンル・ストーリーである。

クリスティーが本格ミステリ作家としての本領をフル回転させるのは一九三〇年、『牧師館の殺人』発表以降だろう。それに伴って冒険ジャンルの書かれる頻度は落ちていったが、本書『死への旅』はその数少ない例の一つである。一九五四年、作者六十四歳のときの後期作品だ。ゆえに『茶色の服の男』からの系譜に入る単発ものであると同時に大人のムードあふれる作品に仕上がったのかもしれない。

時代背景は東西冷戦下。西側陣営の各国で核分裂研究の重要人物が次々と失踪する。イギリス在住の物理学者トーマス・ベタートンもまたフランスで行方を絶ってしまった。共産国側の組織が画策して、これらの重要人物たちを一箇所に集め軟禁したのかもしれない。捜索を始めていたイギリス情報部員ジェソップはトーマスの妻、オリーヴがモロッコに向かう旅の途中で飛行機事故に遭って死んだことを好機と捉える。彼女はトーマスに会おうとしていたのではなかろうか。もし生きていれば敵組織から何らかのサインをもらい、軟禁場所に向かった可能性がある。ジェソップは彼女と同じ赤毛を持つヒラリー・クレイヴンに目をつける。敵組織がヒラリーに接触してきたらそのままオリーヴになり済まし、身代わりスパイとして組織の根城に潜入する役目を担わせる。組織の正体を暴き、閉じ込められた人々を救出することが目標だ。

このようにストーリー導入部の概略を書くと、いかにも当時の世界情勢をふんだんに盛り込んだダイナミックな諜報活動小説を彷彿とさせるが、実はそうでもない。主人公のヒラリーが崇高な、あるいは前向きな理念を持って任務に就くわけではないからだ。

彼女は元々、実に平々凡々とした主婦であった。しかし夫はほかの女と恋に落ち彼女を捨て、娘は病死してしまった。打ちひしがれ、新しい生活を始めるために単身ロンドンからモロッコへ来たが、旅は彼女の気持ちをさらに深い絶望の底へ突き落とした。別の土地に移っても決して孤独の悲しみが消えないことを実感したのだ。彼女は睡眠薬による自殺を試みる。

そんな彼女をスパイに仕立てるため、ジェソップはある提案を持ちかけたのだ。〈もっとスマートで、しかも、スリルに満ちた方法〉（本書六五頁）で自殺しないか、と。彼女の職務は失敗すれば敵組織に殺される可能性がある。まさに死を賭けた職務。ヒラリーは半ば捨鉢な気持ちでジェソップの提案を受け入れたのである。

果たしてオリーヴになり済まし旅行を再開したヒラリーに、様々な人間が声をかけてくる。彼らは表面上、たまたま一緒になった旅行者のように見えるが、もしかしたら敵組織の一員かもしれない。何かサインを示してくる可能性がある。それを見逃さないよう注意力を鋭敏に働かせながら、しかし外面はナチュラルにふるまって行動するヒラリーの張り詰めた緊張感が尋常ではない。最初は死んでも構わないと思っていたはずなのに、いざとなると囚われの身になる恐怖心も湧き起こってくる。彼女はイギリス情報部に雇われた、にわか仕込みの探偵であると同時に、大きなトラブルに巻き込まれた被害者のようでもある。それでいて、ある種のたくましさが感じられるのはなぜなのだろうか。

彼女は成長していくのだ。干からびていた生への執着が、再び盛り返してくる。過去とは違う別の女、トーマス・ベタートンの妻オリーヴに生まれ変わったからだ。すなわち偽りの姿とはいえ、新たな男と女の関係を受け入れることが彼女の熱情を高まらせたのであり、その意味で本作は極めてロマンチックなトラベル・ミステリでもあるのだ。

ここまでが物語の中盤。後半は敵組織の根城である巨大施設が舞台となる。一見、何不自由のない至れり尽くせりの贅沢な生活が約束されていながら、実は脱出不可能であるところがまさしく怖い。ヒラリーは果たして施設の中で調査活動を完遂させ、無事に脱出できるのかどうか。閉塞性の強いサスペンス小説へと変貌していく。

こうして見てみると、本書がクリスティー作品以外の何ものでもないことがよく分かる。生涯、旅行を愛したクリスティーは、その体験を十二分に活かし『オリエント急行の殺人』（一九三四）、『ナイルに死す』（一九三七）など優れたトラベル・本格ミステリを残した。これらの作品は人が異郷の地を訪れるときに感じる甘美なロマンチシズムをあふれさせながらも、主要登場人物たちを列車、観光船など限定された場所にあえて閉じ込める。そこで織り成される（主に殺意を巡っての）微妙な心の交錯が一種、危険な匂いのメロドラマ、ないしはスパイスの効いた人間喜劇を生み出しているのだ。しかも豊かな中産階級の家庭で育まれたクリスティーの品性、つまり安定した勧善懲悪が基盤にあるので、万人に通じるポピュラリティーも成立したのである。だが、それだけでは単なる通俗小説なわけで、物語の最後の最後で読者を驚嘆させるミステリ技巧あってこそ、クリスティーならではなのだ。

本書もしかり。巨大施設は（主人公から見て、つまりは読者の気分としても）異郷の地に囲まれた閉鎖空間である。そして結末では、それまでのストーリー展開では全く予測し得なかった真実が明らかになる。

ヒラリーは天才的な頭脳を持っていないし、活発な冒険好きというわけでもない。ところがヒロインとして実に魅力的である。後半、施設の環境にいつしか慣れてしまって、職務遂行の覇気が薄れてくる自分を次のように反省する。

女性はもともと順応性が高く、それは女性の強みであるのと同時に弱点でもある。女性は周囲の状況をじっくり観察したうえで素直に受け入れ、現実主義者よろしく、そのなかで精いっぱい楽しもうとするのだ。（本書二六三頁）

〈弱点〉と言っているのは自己卑下しているところもあるのだろう。実は強み、武器として活用する場面のほうが多い。本当のタフネスとはこういう性質を言うのかもしれない。やはり彼女は冒険小説の主人公なのだ。

バラエティに富んだ作品の数々

〈ノン・シリーズ〉

名探偵ポアロもミス・マープルも登場しない作品の中で、最も広く知られているのが『そして誰もいなくなった』（一九三九）である。マザーグースになぞらえて殺人事件が次々と起きるこの作品は、不可能状況やサスペンス性など、クリスティーの本格ミステリ作品の中でも特に評価が高い。日本人の本格ミステリ作家にも多大な影響を与え、多くの読者に支持されてきた。

その他、紀元前二〇〇〇年のエジプトで起きた殺人事件を描いた『死が最後にやってくる』（一九四四）、『チムニーズ館の秘密』（一九二五）に出てきたロンドン警視庁のバトル警視が主役級で活躍する『ゼロ時間へ』（一九四四）、オカルティズムに満ちた『蒼ざめた馬』（一九六一）、スパイ・スリラーの『フランクフルトへの乗客』（一九七〇）や『バグダッドの秘密』（一九五一）などのノン・シリーズがある。

また、メアリ・ウェストマコット名義で『春にして君を離れ』（一九四四）をはじめとする恋愛小説を執筆したことでも知られるが、クリスティー自身は四半世紀近くも関係者に自分が著者であることをもらさないよう箝口令をしいてきた。これは、「アガサ・クリスティー」の名で本を出した場合、ミステリと勘違いして買った読者が失望するのではと配慮したものであったが、多くの読者からは好評を博している。

72 茶色の服の男
73 チムニーズ館の秘密
74 七つの時計
75 愛の旋律
76 シタフォードの秘密
77 未完の肖像
78 なぜ、エヴァンズに頼まなかったのか?
79 殺人は容易だ
80 そして誰もいなくなった
81 春にして君を離れ
82 ゼロ時間へ
83 死が最後にやってくる
84 忘られぬ死
86 暗い抱擁
87 ねじれた家
88 バグダッドの秘密
89 娘は娘
90 死への旅
91 愛の重さ
92 無実はさいなむ
93 蒼ざめた馬
94 ベツレヘムの星
95 終りなき夜に生れつく
96 フランクフルトへの乗客

訳者略歴　青山学院大学文学部英米文学科卒，英米文学翻訳家　訳書『家族の名誉』『二度目の破滅』パーカー，『凍てついた夜』ラ・プラント（以上早川書房刊）他多数

Agatha Christie

死《し》への旅《たび》

〈クリスティー文庫90〉

二〇〇四年八月三十一日　発行
二〇一六年十月　十五日　二刷
（定価はカバーに表示してあります）

著者　アガサ・クリスティー
訳者　奥《おく》村《むら》章《あき》子《こ》
発行者　早川　浩
発行所　株式会社　早川書房

郵便番号一〇一 - 〇〇四六
東京都千代田区神田多町二ノ二
電話　〇三 - 三二五二 - 三一一一（大代表）
振替　〇〇一六〇 - 三 - 四七七九九
http://www.hayakawa-online.co.jp

印刷・星野精版印刷株式会社　製本・株式会社フォーネット社
Printed and bound in Japan
ISBN978-4-15-130090-5 C0197

本書は活字が大きく読みやすい〈トールサイズ〉です。